Alexander McCall Smith

Ein Gentleman für Mma Ramotswe

Alexander McCall Smith

Ein Gentleman für Mma Ramotswe

Der zweite Fall der »No. 1 Ladies' Detective Agency«

aus dem Englischen von Gerda Bean

nymphenburger

Besuchen Sie uns im Internet unter
http://www.nymphenburger-verlag.de

1. Auflage 2002
2. Auflage 2003
3. Auflage 2008

Negotiated through Literary Agency Diana Voigt,
A-1010 Vienna, Austria
Titel der Originalausgabe: TEARS OF THE GIRAFFE
MORE FROM THE NO. 1 LADIES' DETECTIVE AGENCY

Umschlag: Wolfgang Heinzel unter Verwendung eines
Fotos von IFA Bilderteam, München
Lektorat: Gabriele Berding
Satz: EDV-Fotosatz Huber/Verlagsservice G. Pfeifer, Germering
Gesetzt aus: 10,5/13 Punkt Garamond
Druck und Binden: GGP Media GmbH, Pößneck
Printed in Germany
ISBN 978-3-485-00902-7

Dieses Buch ist für
Richard Latcham

afrika
afrika afrika
afrika afrika afrika
afrika afrika
afrika

Kapitel 1

Mr. J. L. B. Matekoni, Inhaber der Autowerkstatt *Tlokweng Road Speedy Motors*, konnte kaum glauben, dass sich Mma Ramotswe – mit *Mma* wurde sie als gestandene Frau überall höflich angeredet –, die erfolgreiche Gründerin der *No. 1 Ladies' Detective Agency*, bereit erklärt hatte, ihn zu heiraten. Das hatte sie erst getan, als er sie zum zweiten Mal darum gebeten hatte. Bei seinem ersten Antrag, für den er all seinen Mut zusammengenommen hatte, hatte sie ihm einen Korb gegeben – wenn auch sanft und mit Bedauern. Danach hatte er sich gesagt, dass Mma Ramotswe nie wieder heiraten würde, dass ihre kurze und katastrophale Ehe mit Note Mokoti, einem Trompeter und Jazzvirtuosen, sie davon überzeugt hatte, dass die Ehe nichts als eine Gebrauchsanleitung für Kummer und Sorgen war. Schließlich war sie eine selbstständige Frau mit einem eigenen Unternehmen und einem gemütlichen Haus am Zebra Drive. Weshalb sollte auch eine Frau wie sie einen Mann nehmen, wenn sich der Mann, sobald das Ehegelübde gesprochen war und er sich im Hause breit gemacht hatte, höchstwahrscheinlich als schwierig erweisen würde? Wenn er in Mma Ramotswes Haut steckte, würde er Heiratsanträge wohl auch zurückweisen, selbst von einem so vernünftigen und ehrenwerten Mann wie ihm.

Aber dann plötzlich, an jenem Abend, als sie zusammen auf ihrer Veranda gesessen hatten, nachdem er den Nachmittag mit der Reparatur ihres winzigen weißen Lieferwagens verbracht hatte, hatte sie Ja gesagt. Und sie hatte auf eine so ungekünstelte und eindeutig *gütige* Weise geantwortet, dass er sich mit seiner Meinung, dass sie zu den allerbesten Frauen Botswanas gehöre, bestätigt fühlte. Als er später in sein Haus in der Nähe des alten Flugplatzes zurückkehrte, hatte er über die Ungeheuerlichkeit seines Glückes nachgedacht. Er, der nach einer kurzen Ehe jahrelang Witwer gewesen war, sollte jetzt die Frau heiraten, die er mehr als jede andere bewunderte. Dieses erstaunliche Glück war beinah unfassbar und er fragte sich, ob er aus diesem köstlichen Traum nicht doch vielleicht plötzlich erwachen würde.

Trotzdem war es die reine Wahrheit. Am nächsten Morgen, als er das Radio neben seinem Bett einschaltete und die vertrauten Klänge von Kuhglocken hörte, mit denen Radio Botswana die Frühsendung einläutete, wurde ihm klar, dass es tatsächlich passiert war und dass er sich – wenn sie über Nacht nicht ihre Meinung geändert hatte – als verlobt betrachten durfte.

Er sah auf seine Armbanduhr. Es war sechs und das erste Licht des Tages schien auf den Dornenbaum vor seinem Schlafzimmerfenster. Rauch von morgendlichen Feuern, der feine Holzrauch, der den Appetit anregte, läge bald in der Luft und er würde die Laute von Menschen auf den Pfaden hören, die in der Nähe seines Hauses kreuz und quer den Busch durchzogen, Schreie von Kindern auf dem Weg zur Schule, Männer, die mit verschlafenen Augen zur Arbeit in die Stadt gingen, Frauen, die sich gegenseitig etwas zuriefen, Afrika, das erwachte und den Tag begann. Die Leute standen früh auf, aber es wäre besser, noch etwa eine Stunde zu warten, bis er Mma Ramotswe anrief. So hätte sie Gelegenheit, sich eine erste Tasse *Roiboos*-Tee, ihren geliebten Rotbuschtee zu brauen. Wie er wusste, saß sie danach gern für eine halbe

Stunde draußen und beobachtete die Vögel auf ihrem Rasenstück. *Hoopoes* mit ihren schwarzen und weißen Streifen waren dabei, die wie kleine mechanische Spielzeugvögel nach Insekten pickten, und die herumstolzierenden Ringeltauben mit ihrem ständigen Liebesgegurre. Mma Ramotswe mochte Vögel und wenn sie wollte, könnte er ihr eine Voliere bauen. Sie könnten Tauben züchten oder wie manche Leute vielleicht sogar etwas Größeres, Bussarde zum Beispiel. Was sie allerdings mit Bussarden täten, nachdem sie sie gezüchtet hätten, war ihm nicht klar. Sie fraßen natürlich Schlangen, was nützlich wäre, aber ein Hund könnte genauso gut Schlangen vom Hof halten.

Als er noch ein Junge in Molepolole war, hatte er einen Hund besessen, der sich zu einem sagenhaften Schlangenfänger entwickelt hatte. Es war ein mageres braunes Tier mit ein, zwei weißen Flecken und einem gebrochenen Schwanz gewesen, und Mr. J. L. B. Matekoni hatte ihn sehr geliebt. Nach einigen Jahren war er einer Ringhalskobra zum Opfer gefallen und wenige Minuten nach ihrem Biss gestorben. Kein anderer Hund hatte ihn ersetzen können, aber jetzt ... Nun, dies war nur eine der Möglichkeiten, die sich eröffneten. Sie könnten einen Hund kaufen und sich gemeinsam einen Namen für ihn ausdenken. Am liebsten wäre ihm sogar, wenn *sie* den Hund und einen Namen für ihn auswählte, denn er wollte auf gar keinen Fall, dass Mma Ramotswe meinte, er wolle alles allein entscheiden. Im Gegenteil – er würde am liebsten so wenig wie möglich entscheiden. Sie war eine sehr tüchtige Frau und würde ihr gemeinsames Leben sicher zu seiner völligen Zufriedenheit gestalten – solange sie nicht versuchte, ihn in ihre Detektivgeschäfte zu verwickeln. Das wäre absolut nicht in seinem Sinn.

Sie war die Detektivin – er der Mechaniker. Und so sollte es bleiben.

Kurz vor sieben rief er sie an. Mma Ramotswe schien sich darüber zu freuen und erkundigte sich auf höfliche Setswana-Art, ob er gut geschlafen hätte.

»Ich habe sehr gut geschlafen«, antwortete Mr. J. L. B. Matekoni. »Ich habe die ganze Nacht von der klugen und schönen Frau geträumt, die gesagt hat, dass sie mich heiraten will.«

Er schwieg. Wenn sie ihm mitteilen wollte, dass sie sich die Sache anders überlegt hätte, wäre das jetzt der passende Augenblick.

Mma Ramotswe lachte. »Ich erinnere mich nie an meine Träume«, sagte sie. »Aber wenn ich es täte, dann wüsste ich, dass ich von diesem erstklassigen Automechaniker und Gentleman geträumt habe, den ich heiraten werde.«

Mr. J. L. B. Matekoni lächelte erleichtert. Sie hatte ihre Meinung nicht geändert, und sie waren immer noch verlobt.

»Heute müssen wir unbedingt im Hotel President zu Mittag essen«, sagte er. »Dieses wichtige Ereignis müssen wir feiern.«

Mma Ramotswe war einverstanden. Sie wäre um zwölf Uhr bereit, und anschließend – wenn es ihm recht sei – würde sie sich gern von ihm sein Haus zeigen lassen. Es gab jetzt zwei Häuser, und für eines müssten sie sich wohl entscheiden. Ihr Haus am Zebra Drive habe viele gute Eigenschaften, aber es läge ziemlich zentral und etwas außerhalb zu leben wäre nicht schlecht. Sein Haus in der Nähe des alten Flugplatzes habe einen größeren Garten und sei zweifellos ruhiger gelegen, aber nicht weit vom Gefängnis entfernt. Und war nicht auch ein überwucherter Friedhof ganz in der Nähe? Ein wichtiger Faktor. Wenn sie aus irgendeinem Grund nachts allein bleiben müsste, würde es ihr gar nicht gefallen, so nah an einem Friedhof zu wohnen. Nicht, dass sie abergläubisch gewesen wäre – ihr Gottesverständnis war eher konventionell und ließ unruhigen Geistern und Ähnlichem wenig Raum, aber trotzdem ...

Mma Ramotswes Ansicht nach gab es Gott, *Modimo*, der im Himmel lebte, mehr oder weniger direkt über Afrika. Gott war äußerst verständnisvoll, vor allem Menschen wie ihr gegenüber, aber seine Gesetze zu missachten und zu brechen, wie es so viele Leute taten, hieß Strafe heraufzubeschwören. Wenn gute Menschen wie Mma Ramotswes Vater, Obed Ramotswe, starben, wurden sie ohne jeden Zweifel von Gott willkommen geheißen. Das Schicksal der anderen war unklar, aber sie wurden an einen schrecklichen Ort geschickt – ein bisschen wie Nigeria vielleicht –, und wenn sie ihre Missetaten einsahen, wurde ihnen vergeben.

Gott war gut zu ihr gewesen. Er hatte ihr eine glückliche Kindheit beschert, auch wenn ihre Mutter gestorben war, als sie noch klein war. Sie war von ihrem Vater und ihrer gutherzigen Cousine versorgt worden, und diese hatten ihr beigebracht, was es bedeutet, Liebe zu geben – Liebe, die sie ihrem kleinen Baby in seinen wenigen kostbaren Lebenstagen gegeben hatte. Als es starb, hatte sie sich eine Weile gefragt, warum Gott ihr so etwas antun konnte, aber mit der Zeit hatte sie sich damit abgefunden. Jetzt, mit dem Auftauchen von Mr. J. L. B. Matekoni, einem guten, freundlichen Mann, war Gottes Güte ganz offensichtlich. Er hatte ihr einen Ehemann geschickt.

Nach ihrem Verlobungsessen im Hotel President – einem Lunch, bei dem Mr. J. L. B. Matekoni zwei große Steaks vertilgte und Mma Ramotswe, die Süßes liebte, viel mehr Eis aß, als sie sich vorgenommen hatte – fuhren sie in Mr. J. L. B. Matekonis Pick-up zu seinem Haus.

»Es ist nicht besonders ordentlich«, sagte er nervös. »Ich versuche ja, es in Ordnung zu halten, aber das ist schwierig für einen Mann. Ich habe zwar eine Haushaltshilfe, aber sie macht alles noch schlimmer, finde ich. Sie ist sehr unordentlich.«

»Wir können die Frau behalten, die für mich arbeitet«, sagte Mma Ramotswe. »Sie kann alles: bügeln, putzen, polieren. Darin ist sie eine der Besten in Botswana. Für dein Dienstmädchen können wir eine andere Stelle finden.«

»Und in einigen Zimmern liegen Motorteile«, setzte Mr. J. L. B. Matekoni schnell hinzu. »Manchmal hatte ich nicht genug Platz in der Werkstatt und musste sie im Haus unterbringen – interessante Motoren, die ich vielleicht irgendwann brauche.«

Mma Ramotswe sagte nichts. Jetzt wusste sie, warum Mr. J. L. B. Matekoni sie noch nie zu sich eingeladen hatte. Sein Büro in der Firma *Tlokweng Road Speedy Motors* war schlimm genug mit all dem Öl und den Kalendern, die ihm die Ersatzteillieferanten schickten. Ihrer Meinung nach waren es alberne Kalender. Viel zu dünne Frauen, die auf Reifen saßen oder an Autos lehnten. Solche Frauen waren zu nichts nütze. Sie eigneten sich nicht fürs Kinderkriegen, und keine Einzige sah aus, als ob sie eine höhere Schulbildung oder überhaupt irgendeine Schule abgeschlossen hätte. Es waren nutzlose Mädchen, nur zum Amüsieren, die die Männer aufregten und durcheinander brachten, was für keinen gut war. Wenn die Männer nur wüssten, was für Narren diese schlechten Mädchen aus ihnen machten. Aber sie wussten es nicht, und es brachte nichts, es ihnen erklären zu wollen.

Mma Ramotswe blieb im Auto sitzen, als Mr. J. L. B. Matekoni sein silbern gestrichenes Hoftor aufstieß. Sie stellte fest, dass der Abfalleimer von Hunden umgestoßen worden war und Papierfetzen und anderer Unrat herumlagen. Wenn sie hierher zog – *wenn* –, würde sich das bald ändern. In der traditionellen Gesellschaft von Botswana hatte die Frau den Hof in Ordnung zu halten, und mit so einem Hof wollte sie auf keinen Fall in Verbindung gebracht werden.

Sie parkten vor der *stoep*, der Veranda, unter einem Sonnenschutz, den sich Mr. J. L. B. Matekoni aus Schatten spendenden Netzen grob zurechtgebastelt hatte. Nach heutigen Vorstellungen war es ein großes Haus, das zu einer Zeit gebaut worden war, als ausreichend Platz noch kein Thema war. Damals stand ganz Afrika zur Verfügung, das meiste davon ungenutzt, und niemand dachte daran, Platz zu sparen. Inzwischen war alles anders, und die Leute fingen an, sich über die Städte Gedanken zu machen und wie sie immer mehr vom Busch verschlangen. Dieses Haus, ein niedriger und ziemlich düsterer Bungalow mit einem Wellblechdach, war zu Protektoratszeiten für einen Kolonialbeamten gebaut worden. Die Außenwände waren verputzt und geweißt und die Fußböden aus polierten roten Zementquadraten. Solche Böden fühlten sich in den heißen Monaten immer kühl unter den Füßen an, obwohl es für echten Komfort kaum etwas Besseres gab als die traditionellen Böden aus festgeklopftem Lehm oder Viehdung.

Mma Ramotswe sah sich um. Sie waren im Wohnzimmer, das sich gleich hinter der Eingangstür befand.

Wuchtige Möbel standen da herum, die sicher früher einiges gekostet hatten, jetzt aber ziemlich schäbig aussahen. Die Sessel, die breite Holzlehnen hatten, waren rot gepolstert. Auf einem Tisch aus schwarzem Hartholz standen ein leeres Glas und ein Aschenbecher. An den Wänden hingen das Bild eines Berges, auf dunklen Samt gemalt, ein hölzerner Kudu-Kopf und ein kleines Bild von Nelson Mandela. Das Ganze machte einen freundlichen Eindruck, wirkte aber nach Meinung von Mma Ramotswe alles ein bisschen verloren, nicht untypisch für das Zimmer eines unverheirateten Mannes.

»Ein sehr hübsches Zimmer«, bemerkte Mma Ramotswe.

Mr. J. L. B. Matekoni strahlte vor Freude. »Ich versuche es in Ordnung zu halten«, sagte er. »Für wichtige Besucher muss man doch einen besonderen Raum haben.«

»Hast du denn wichtige Besucher?«, fragte Mma Ramotswe.

Mr. J. L. B. Matekoni runzelte die Stirn. »Bis jetzt sind noch keine da gewesen«, sagte er. »Aber es ist immerhin möglich, das noch welche kommen.«

»Ja«, stimmte Mma Ramotswe ihm bei. »Man kann nie wissen.«

Sie blickte über die Schulter auf eine Tür, die zum Rest des Hauses führte.

»Zu den anderen Zimmern geht es hier durch?«, fragte sie höflich.

Mr. J. L. B. Matekoni nickte. »Das ist der nicht so ordentliche Teil des Hauses«, sagte er. »Vielleicht sollten wir ihn uns ein anderes Mal ansehen.«

Mma Ramotswe schüttelte den Kopf, und Mr. J. L. B. Matekoni begriff, dass es kein Entrinnen gab. Das gehörte zur Ehe wohl dazu. Es durfte keine Geheimnisse geben – alles musste offen gelegt werden.

»Hier entlang«, sagte er zögernd und öffnete die Tür. »Ich muss mir wirklich eine bessere Haushaltshilfe zulegen. Sie macht ihre Arbeit einfach nicht gut.«

Mma Ramotswe folgte ihm durch den Flur. Die erste Tür, an die sie kamen, stand halb offen, und Mma Ramotswe spähte in den Raum, der offensichtlich einmal ein Schlafzimmer gewesen war. Jetzt waren auf dem Fußboden anstatt eines Teppichs jede Menge Zeitungen ausgelegt. In der Mitte thronte ein Motor mit freigelegten Zylindern und drum herum verstreut lagen die Teile, die dem Motor entnommen worden waren.

»Das ist ein ganz besonderer Motor«, sagte Mr. J. L. B. Matekoni und sah sie besorgt an. »In ganz Botswana gibt es keinen zweiten wie ihn. Irgendwann werde ich ihn zu Ende reparieren.«

Sie gingen weiter. Der nächste Raum war ein Badezimmer, relativ sauber, auch wenn es ziemlich nüchtern und vernachlässigt aussah. Auf dem Wannenrand balancierte ein großes Stück Karbolseife auf einem alten weißen Waschlappen. Sonst gab es nichts.

»Karbolseife ist eine sehr gesunde Seife«, sagte Mr. J. L. B. Matekoni. »Ich benutze sie täglich.«

Mma Ramotswe nickte. Sie mochte Palmölseife am liebsten, sie war gut für den Teint, aber sie konnte verstehen, dass Männer etwas Kräftigeres wollten.

Von den übrigen Räumen war nur einer bewohnbar, das Esszimmer, mit einem Tisch und einem Stuhl in der Mitte. Aber der Fußboden war schmutzig, Staub hatte sich unter den Möbeln und in jeder Ecke angesammelt. Wer immer das Zimmer hätte putzen sollen, hatte hier seit Monaten nicht gekehrt. Was machte diese Hausangestellte überhaupt? Stand sie stundenlang am Tor und tratschte mit ihren Freundinnen, wie es so häufig passierte, wenn man nicht aufpasste? Mma Ramotswe war klar geworden, dass Mr. J. L. B. Matekoni schändlich ausgenutzt wurde und dass sich die Haushaltshilfe auf seine Gutmütigkeit verließ, ohne die sie ihren Job schon längst verloren hätte.

In den übrigen Räumen standen, neben Betten, Kisten herum, die mit Zündkerzen, Scheibenwischern und anderen sonderbaren Teilen voll gestopft waren. Und was die Küche betraf, so war sie zwar sauber, aber ebenfalls kahl – sie enthielt nur zwei Töpfe, mehrere weiße Emailleteller und einen kleinen Besteckkasten.

»Die Frau ist vor allem eingestellt worden, um für mich zu kochen«, sagte Mr. J. L. B. Matekoni. »Sie kocht auch jeden Tag eine Mahlzeit, aber es ist immer das Gleiche. Alles, was ich zu essen bekomme, ist Maisbrei und Eintopf. Manchmal macht sie mir Kürbis, aber nicht oft. Und trotzdem scheint sie immer eine Menge Geld für Küchenvorräte zu brauchen.«

»Das ist eine sehr faule Frau«, sagte Mma Ramotswe. »Sie sollte sich schämen. Wenn sich alle Frauen in Botswana so benähmen, wären unsere Männer schon längst ausgestorben.«

Mr. J. L. B. Matekoni lächelte. Sein Dienstmädchen hatte ihn seit Jahren wie einen Leibeigenen behandelt, und er hatte nie den Mut gehabt, sich zur Wehr zu setzen. Aber jetzt stand seiner Angestellten eine Frau – Mma Ramotswe – gegenüber, die ihr vermutlich gewachsen war, und sie würde sich bald nach jemand anderem umsehen, den sie vernachlässigen konnte.

»Wo ist sie?«, fragte Mma Ramotswe. »Ich würde gerne mal mit ihr reden.«

Mr. J. L. B. Matekoni sah auf seine Armbanduhr. »Sie müsste bald da sein«, meinte er. »Sie kommt jeden Tag um diese Zeit.«

Sie saßen im Wohnzimmer, als die Haushaltshilfe ihre Ankunft mit dem Zuschlagen der Küchentür verkündete.

»Das ist sie«, sagte Mr. J. L. B. Matekoni. »Sie knallt immer mit den Türen. In all den Jahren, in denen sie hier gearbeitet hat, hat sie nicht eine Tür leise geschlossen. Immer nur krach-bumm, krach-bumm.«

»Gehen wir zu ihr«, sagte Mma Ramotswe. »Die Dame möchte ich doch gerne kennen lernen, die sich so rührend um dich gekümmert hat.«

Mr. J. L. B. Matekoni ging voran. Vor der Spüle in der Küche, wo sie einen Kessel mit Wasser füllte, stand eine große Frau Mitte 30. Sie war wesentlich größer als Mr. J. L. B. Matekoni oder Mma Ramotswe, und obwohl sie eher schlanker als Mma Ramotswe war, sah sie mit ihren schwellenden Armmuskeln und kräftigen Beinen bedeutend stärker aus. Sie trug einen großen, zerknautschten roten Hut auf dem Kopf und eine blaue Kittelschürze über dem Kleid. Ihre Schuhe waren aus merkwürdig glänzendem Leder, ähnlich dem Lackleder, aus dem Tanzschuhe gemacht werden.

Mr. J. L. B. Matekoni räusperte sich, um sich bemerkbar zu machen, und die Frau drehte sich langsam um.

»Ich hab zu tun …«, fing sie an, unterbrach sich aber, als sie Mma Ramotswe bemerkte.

Mr. J. L. B. Matekoni grüßte sie höflich auf traditionelle Art. Dann stellte er seinen Gast vor: »Das ist Mma Ramotswe«, sagte er.

Das Hausmädchen blickte Mma Ramotswe an und nickte kurz.

»Ich bin froh, dass ich die Gelegenheit habe, Sie kennen zu lernen, Mma«, sagte Mma Ramotswe. »Mr. J. L. B. Matekoni hat mir von Ihnen erzählt.«

Die Frau sah ihren Arbeitgeber an. »Oh, Sie haben von mir gehört«, sagte sie. »Das freut mich, dass er von mir spricht. Es würde mir gar nicht gefallen, wenn keiner von mir spricht.«

»Ja«, sagte Mma Ramotswe. »Es ist besser, wenn von einem gesprochen wird, als wenn von einem nicht gesprochen wird. Abgesehen von einigen Ausnahmen.«

Die Frau runzelte die Stirn. Der Kessel war jetzt voll, und sie zog ihn vom Wasserhahn weg.

»Ich bin sehr beschäftigt«, sagte sie abweisend. »Es gibt viel zu tun in diesem Haus.«

»Ja«, sagte Mma Ramotswe. »Es gibt ungeheuer viel zu tun. In so einem schmutzigen Haus gibt es eine Menge Arbeit.«

Die große Frau erstarrte. »Warum sagen Sie, dass das Haus schmutzig ist?«, fragte sie. »Wie kommen Sie dazu zu sagen, dass das Haus schmutzig ist?«

»Sie ...«, fing Mr. J. L. B. Matekoni an, wurde aber vom Blick der Hausangestellten zum Schweigen gebracht.

»Ich sage es, weil ich es gesehen habe«, erklärte Mma Ramotswe. »Ich habe den Staub im Esszimmer gesehen und den Abfall im Garten. Mr. J. L. B. Matekoni hier ist nur ein Mann. Von ihm kann man nicht erwarten, dass er sein Haus selber sauber hält.«

Die Augen der Frau waren aufgerissen und starrten Mma Ramotswe mit schlecht verhohlener Gehässigkeit an. Ihre Nasenlöcher bebten vor Wut und ihre Lippen waren angriffslustig gewölbt.

»Ich arbeite seit vielen Jahren für diesen Mann«, zischte sie. »Jeden Tag hab ich geschuftet und geschuftet und geschuftet. Ich habe ihm gutes Essen gekocht und die Böden poliert. Ich habe ihn sehr gut versorgt.«

»Der Meinung bin ich nicht, Mma«, sagte Mma Ramotswe ruhig. »Wenn Sie ihn so gut ernährt haben – warum ist er dann so dünn? Ein Mann, der gut versorgt wird, ist dicker. Männer sind da genau wie Rinder. Das weiß jeder.«

Die Hausangestellte blickte von Mma Ramotswe auf ihren Arbeitgeber. »Wer ist diese Frau?«, wollte sie wissen. »Wieso kommt sie in meine Küche und behauptet solche Sachen? Sagen Sie ihr gefälligst, sie soll wieder in die Kneipe gehen, wo Sie sie aufgelesen haben.«

Mr. J. L. B. Matekoni schluckte hart. »Ich habe sie gebeten, mich zu heiraten«, sprudelte es aus ihm heraus. »Sie wird meine Frau.«

Die Angestellte schien in sich zusammenzufallen. »Aiee!«, schrie sie. »Aiee! Sie können sie nicht heiraten! Sie wird Sie umbringen! Das wäre das Schlimmste, was Sie machen können!«

Mr. J. L. B. Matekoni trat einen Schritt vor und legte seine Hand begütigend auf ihre Schulter.

»Machen Sie sich keine Sorgen, Florence«, sagte er. »Sie ist eine gute Frau, und ich werde dafür sorgen, dass Sie einen anderen Job bekommen. Ich habe einen Cousin, dem das Hotel am Busbahnhof gehört. Er braucht Zimmermädchen, und wenn ich ihn darum bitte, wird er Ihnen Arbeit geben.«

Dies stimmte die Frau aber keineswegs friedlicher. »Ich will in keinem Hotel arbeiten, wo jeder wie ein Sklave behandelt wird«, sagte sie. »Ich bin kein ›Tu-dies-tu-das-Mädchen‹. Ich bin eine erstklassige Haushälterin, die für Privathaushalte geeignet ist. Oh! Oh! Jetzt bin ich erledigt! Und Sie sind auch erledigt, wenn Sie die Dicke da heiraten! Sie wird Ihr Bett kaputt machen! Sie werden bestimmt ganz schnell sterben. Das ist Ihr Ende!«

Mr. J. L. B. Matekoni signalisierte Mma Ramotswe mit einem Blick, dass sie die Küche verlassen sollten. Es wäre besser, wenn sich das Hausmädchen allein beruhigte. Er hatte nicht erwartet, dass die Neuigkeit gut aufgenommen werden würde, aber dass die Frau derart peinliche und beunruhigende Prophezeiungen ausstoßen würde, hatte er sich nicht vorgestellt. Je früher er mit seinem Cousin redete und den neuen Job für sie arrangierte, desto besser.

Sie gingen wieder ins Wohnzimmer und schlossen die Tür hinter sich.

»Dein Dienstmädchen ist eine schwierige Frau«, sagte Mma Ramotswe.

»Einfach ist sie nicht«, sagte Mr. J. L. B. Matekoni. »Aber ich finde, wir haben keine andere Wahl. Sie muss eine andere Stelle annehmen.«

Mma Ramotswe nickte. Er hatte Recht. Das Dienstmädchen musste gehen, aber auch sie beide. Sie konnten in diesem Haus nicht wohnen, auch wenn der Garten größer war. Sie müssten das Haus vermieten und in den Zebra Drive ziehen. Ihre Hausangestellte war bedeutend besser und würde sie beide hervorragend versorgen. In kürzester Zeit würde Mr. J. L. B. Matekoni an Gewicht zulegen und mehr dem wohlhabenden Werkstattbesitzer und Gentleman gleichen, der er nun einmal war. Sie blickte sich im Zimmer um. Gab es hier irgendetwas, was sie unbedingt mitnehmen müssten? Die Antwort, dachte sie, lautete wahrscheinlich nein. Alles, was Mr. J. L. B. Matekoni mitbringen müsste, wäre ein Koffer mit seiner Kleidung und seinem Stück Karbolseife. Das wär's auch schon.

Kapitel 2

Natürlich müsste sie taktvoll vorgehen. Mma Ramotswe wusste, dass es Mr. J. L. B. Matekoni in ihrem Haus am Zebra Drive gefallen würde – da war sie sich sicher –, aber Männer hatten ihren Stolz, und sie würde sich genau überlegen müssen, wie sie ihm ihre Entscheidung nahe brachte. Sie konnte ja kaum sagen: »Dein Haus ist ein Schweinestall. Überall liegen Motoren und Autoteile herum.« Und auch nicht: »So nah an einem alten Friedhof möchte ich nicht leben.« Aber wie wäre es damit: »Es ist ein wunderbares Haus mit einer Menge Platz. Alte Motoren stören mich überhaupt nicht, aber du findest es doch sicher auch sehr praktisch, dass der Zebra Drive so zentral gelegen ist?« Ja, so würde es gehen.

Sie hatte sich bereits überlegt, wie der Einzug von Mr. J. L. B. Matekoni in ihr Haus am Zebra Drive am besten organisiert werden könnte. Ihr Haus war zwar nicht ganz so groß wie seines, aber sie hätten mehr als genug Platz. Es gab drei Schlafzimmer. Sie beide würden das größte beziehen, das auf der Rückseite des Hauses lag und damit auch das ruhigste war. Die anderen beiden Räume benutzte sie als Vorratskammer und Nähzimmer, aber die Vorratskammer konnte sie ausräumen und den Inhalt in der Garage unterbringen. Dann hätte Mr. J. L. B. Matekoni einen Raum für sich. Ob er Autoteile oder alte Motoren drin lagern wollte, wäre seine Sache, aber es käme ein deutlicher Hinweis von ihr, dass Motoren im Haus eigentlich nichts zu suchen hätten.

Das Wohnzimmer könnte sicher unverändert bleiben. Ihre eigenen Sessel waren den Möbeln, die sie in seinem Wohnzimmer gesehen hatte, entschieden vorzuziehen, obwohl es gut möglich war, dass er das Bergbild aus Samt und ein oder zwei Stücke seiner Zimmerdekoration gerne mitbringen würde. Diese Sachen würden gut zu ihren eigenen passen, zu denen das Foto ihres Vaters, ihres Daddys Obed Ramotswe in seinem glänzenden Lieblingsanzug gehörte. Vor diesem Foto blieb sie oft stehen und dachte über sein Leben nach und alles, was es für sie bedeutete. Sie war sicher, dass er mit Mr. J. L. B. Matekoni einverstanden gewesen wäre. Er hatte sie vor Note Mokoti gewarnt, aber nicht versucht, die Heirat zu verhindern, wie es andere Eltern vielleicht getan hätten. Sie hatte gewusst, was er empfand, war aber zu jung und zu verliebt in den charmanten Trompeter gewesen, um sich um die Gedanken ihres Vaters zu kümmern. Und als die Ehe auf katastrophale Weise zerbrach, hatte er ihr auch nicht vorgehalten, dass alles genau so eingetroffen war, wie er es vorausgesagt hatte, sondern sich nur um ihre Sicherheit und ihr Wohl gesorgt – so war er immer gewesen. Sie hatte Glück, einen solchen Vater gehabt zu haben. Heutzutage gab es viele Menschen ohne Vater, Menschen, die von ihren Müttern oder Großmüttern großgezogen wurden und in vielen Fällen nicht einmal wussten, wer ihr Vater war. Sie schienen deshalb nicht unglücklich zu sein, aber sicher gab es in ihrem Leben eine große Leere. Aber wenn man nicht weiß, dass eine Leere vorhanden ist, kümmert es einen ja vielleicht auch nicht. Wenn man ein Tausendfüßler wäre, ein *tshongololo*, und auf der Erde herumkrabbelte, würde man da auf die Vögel schauen und jammern, weil man keine Flügel besaß? Wahrscheinlich nicht.

Mma Ramotswe neigte zu philosophischen Betrachtungen, aber nur bis zu einem gewissen Punkt. Solche Fragen waren zweifellos eine Herausforderung, aber sie führten im Allgemeinen zu weiteren Fragen, die sich einfach nicht beantworten ließen. Jeder wusste zum Beispiel, dass es falsch ist, an einem Ort zu sein, wo eine Frau gerade ein Kind zur Welt bringt. Aber dann gab es diese erstaunlichen Ideen in anderen Ländern, dass Männer bei der Geburt ihrer Kinder dabei sein sollten. Wenn Mma Ramotswe so etwas in Zeitschriften las, stockte ihr der Atem. Dann hatte sie sich aber auch gefragt, warum ein Vater nicht sehen sollte, wie sein Kind geboren wurde, sodass er es auf der Welt willkommen heißen und sich auch über dieses Ereignis freuen konnte, und sie hatte Schwierigkeiten gehabt, dafür einen Grund zu finden. Die Antwort musste schließlich sein, dass es falsch war, weil die alte Botswana-Moral es für falsch erklärte, und die alte Botswana-Moral war, wie jeder wusste, vollkommen richtig. Man spürte das einfach.

Heutzutage gab es natürlich viele Leute, die von dieser Moral nichts mehr zu halten schienen. Sie sah es im Benehmen der Schulkinder, wie sie herumstolzierten, sich schubsend ihren Weg bahnten und älteren Leuten keinen Respekt zollten. Als sie noch zur Schule ging, respektierten Kinder die Erwachsenen und senkten den Blick, wenn sie mit ihnen sprachen, aber heute sahen einem die Kinder direkt ins Gesicht und gaben freche Antworten. Erst vor kurzem hatte sie einen Jungen – ihrer Meinung nach nicht älter als 13 – aufgefordert, eine leere Dose, die er im Einkaufszentrum einfach hingeworfen hatte, aufzuheben. Er hatte sie verwundert angesehen, dann gelacht und gesagt, sie könne sie selber aufheben, wenn sie wolle – er würde es nicht tun. Diese Frechheit hatte sie dermaßen erstaunt, dass ihr keine passende Antwort einfiel, und er schlenderte einfach weiter und ließ sie sprachlos zurück. Als sie jung war, hätte eine Frau so einen Jungen gepackt und auf der Stelle verprügelt. Aber heute durfte man die Kinder anderer Leute nicht auf der Straße verhauen. Es gäbe einen enormen Aufstand. Sie war natürlich eine moderne Frau und hielt nichts vom Schlagen, aber manchmal fragte man sich doch …

Gedanken über die Ehe und einen Umzug und das Verhauen von Jungen waren gut und schön, aber die alltäglichen Dinge mussten auch erledigt werden, und für Mma Ramotswe bedeutete das, die *No. 1 Ladies' Detective Agency* am Montag so wie an jedem Werktagmorgen zu öffnen, auch wenn die Chance, dass jemand mit einem Auftrag kam oder anrief, sehr gering war. Das Schild vor ihrem Büro gab bekannt, dass die Öffnungszeiten jeden Tag von neun Uhr früh bis fünf Uhr nachmittags waren, und Mma Ramotswe hielt es für wichtig, Wort zu halten. Genau genommen war noch nie ein Kunde am frühen Morgen aufgetaucht, die meisten erschienen am späten Nachmittag. Sie hatte keine Ahnung weshalb, aber die Leute schienen eine gewisse Zeit dafür zu brauchen, um den Mut aufzubringen, ihre Schwelle zu überschreiten und loszuwerden, was immer sie bedrückte.

Also saß Mma Ramotswe mit ihrer Sekretärin, Mma Makutsi, zusammen und trank einen großen Becher Buschtee, den Mma Makutsi jeden Morgen für sie beide braute. Eigentlich benötigte sie nicht unbedingt eine Sekretärin, aber ein Geschäft, das ernst genommen werden wollte, brauchte jemanden, der das Telefon bediente und Anrufe entgegennahm, wenn sie nicht da war. Mma Makutsi beherrschte die Schreibmaschine – sie hatte 97 Prozent bei ihrer Sekretärinnenprüfung erzielt – und war für einen so kleinen Betrieb wahrscheinlich zu schade, aber sie war angenehm im Umgang und loyal und hatte die Gabe, diskret zu sein, was am wichtigsten war.

»Wir dürfen nicht über die Dinge reden, die wir hier in unserem Büro erfahren«, hatte Mma Ramotswe bei ihrem Einstellungsgespräch hervorgehoben, und Mma Makutsi hatte mit ernster Miene genickt. Mma Ramotswe erwartete nicht, dass sie begriff, was Vertraulichkeit bedeutete – die Menschen in Botswana redeten gern über das, was passierte –, und stellte mit Verwunderung fest, dass Mma Makutsi sehr wohl begriff, was es mit der Verpflichtung zur Vertraulichkeit auf sich hatte. Tatsächlich hatte Mma Ramotswe sogar entdeckt, dass ihre Sekretärin sich weigerte, Leuten zu sagen, wo sie arbeitete, und nur von einem Büro »irgendwo drüben am Kgale Hill« sprach. Das war eigentlich unnötig, aber zumindest bewies es, dass die Geheimnisse der Kunden bei ihr sicher waren.

Der Tee am frühen Morgen mit Mma Makutsi war ein angenehmes Ritual, aber auch aus beruflicher Sicht von Nutzen. Mma Makutsi war äußerst aufmerksam und merkte sich auch das unbedeutendste Gerücht, dass sich als nützlich erweisen könnte. Von ihr hatte Mma Ramotswe zum Beispiel gehört, dass sich ein mittlerer Beamter im Planungsministerium mit der Schwester der Frau, der die Reinigung *Ready Now Dry Cleaners* gehörte, verloben wollte. Diese Information mochte uninteressant erscheinen, aber als Mma Ramotswe vom Inhaber eines Supermarktes beauftragt wurde, herauszufinden, warum ihm die Genehmigung für den Bau einer chemischen Reinigung neben seinem Laden verweigert wurde, war es gut, darauf hinweisen zu können, dass die Person, die die Entscheidung traf, Interesse an einem anderen – konkurrierenden – Reinigungsbetrieb haben könnte. Allein diese Information machte dem Unsinn ein Ende. Mma Ramotswe musste den Beamten nur darauf aufmerksam machen, dass es Leute in Gaborone gab, die – ganz gewiss vollkommen ungerechtfertigt – behaupteten, dass Familienbande sein Urteil beeinflussten. Als das jemand ihr gegenüber erwähnt hätte, habe sie das Gerücht natürlich vehement zurückgewiesen und behauptet, dass zwischen seinen persönlichen Interessen und den Schwierigkeiten eines anderen, eine Genehmigung für die Eröffnung eines Reinigungsbetriebes zu erhalten, unmöglich eine Verbindung bestehen könne. Der bloße Gedanke daran sei empörend, hatte sie gesagt.

An diesem Montag hatte Mma Makutsi nichts von Bedeutung zu berichten. Sie hatte ein ruhiges Wochenende mit ihrer Schwester verbracht, die als Krankenschwester im Princess Marina Hospital arbeitete. Am Sonntag waren sie in die Kirche gegangen, und eine Frau war während einer Hymne in Ohnmacht gefallen. Ihre Schwester hatte geholfen, sie wieder zu sich zu bringen, und gemeinsam hatten sie ihr im Saal neben der Kirche einen Tee gemacht. Die Frau war zu dick, sagte sie, und die Hitze hatte sie überwältigt, aber sie erholte sich schnell und trank vier Tassen Tee. Es war eine Frau aus dem Norden, sagte sie, mit zwölf Kindern oben in Francistown.

»Das ist zu viel«, sagte Mma Ramotswe. »In der heutigen Zeit ist es nicht gut, zwölf Kinder zu haben. Die Regierung sollte den Leuten sagen, dass sie nach sechs Kindern aufhören müssen.«

Mma Makutsi stimmte ihr zu. Sie hatte vier Brüder und zwei Schwestern und meinte, dass ihre Eltern deshalb nicht genug für die Ausbildung ihrer Kinder hätten tun können.

»Es ist ein Wunder, dass ich 97 Prozent erreicht habe«, meinte sie.

»Wenn Sie nur zu dritt gewesen wären, hätten Sie bestimmt 100 Prozent erzielt.«

»Vielleicht mehr als 100?«, überlegte Mma Makutsi. »Noch nie hat jemand in der Handelsschule von Botswana mehr als 100 Prozent erreicht. Ich glaube, das ist einfach nicht möglich.«

Sie hatten nicht viel zu tun an diesem Morgen. Mma Makutsi machte ihre Schreibmaschine sauber und polierte ihren Tisch, während Mma Ramotswe eine Zeitschrift las und einen Brief an ihre Cousine in Lobatse schrieb. Die Stunden krochen dahin, und um zwölf war Mma Ramotswe bereit, die Agentur für die Mittagspause zu schließen. Aber gerade, als sie es Mma Makutsi vorschlagen wollte, knallte ihre Sekretärin die Schublade zu, steckte einen Bogen Papier in ihre Schreibmaschine und fing energisch an zu tippen. Das bedeutete, dass ein Kunde sich näherte.

Ein großes Auto, mit der dünnen Staubschicht bedeckt, die sich in der trockenen Jahreszeit überall niederließ, war vorgefahren, und eine magere weiße Frau, in Khakibluse und Khakihose gekleidet, stieg auf der Beifahrerseite aus. Sie blickte kurz auf das Schild am Haus, nahm ihre Sonnenbrille ab und klopfte an die halb geöffnete Tür.

Mma Makutsi ließ sie eintreten, während sich Mma Ramotswe zur Begrüßung vom Stuhl erhob.

»Es tut mir Leid, dass ich vorbeikomme, ohne mich angemeldet zu haben«, sagte die Frau. »Ich hatte gehofft, Sie anzutreffen.«

»Sie brauchen sich nicht anzumelden«, sagte Mma Ramotswe freundlich und streckte ihr die Hand entgegen. »Sie sind immer willkommen.«

Die Frau ergriff Mma Ramotswes Hand auf die in Botswana übliche Weise, indem sie die linke Hand als ein Zeichen der Achtung auf ihren rechten Unterarm legte. Die meisten Weißen schüttelten einem sehr unhöflich die Hand, indem sie ihre freie Hand herunterhängen ließen, die dann allerhand Blödsinn anstellen konnte. Diese Frau wenigstens wusste, was Anstand war.

Sie bat die Besucherin, sich in den Sessel zu setzen, der für Kunden gedacht war, während Mma Makutsi sich am Kessel zu schaffen machte.

»Ich bin Mrs. Andrea Curtin«, sagte die Besucherin. »Ich hörte in meiner Botschaft, dass Sie Detektivin sind und mir vielleicht helfen können.«

Mma Ramotswe hob eine Augenbraue. »Botschaft?«

»Die amerikanische Botschaft«, sagte Mrs. Curtin. »Ich bat sie um den Namen eines Detektivbüros.«

Mma Ramotswe lächelte. »Ich bin froh, dass sie mich empfohlen haben«, sagte sie. »Aber was brauchen Sie?«

Die Frau hatte ihre Hände im Schoß gefaltet und blickte jetzt auf sie hinunter. Die Haut ihrer Hände war gesprenkelt, wie es die Hände der Weißen waren, wenn sie zu viel Sonne abbekommen hatten. Vielleicht war sie eine Amerikanerin, die viele Jahre in Afrika gelebt hatte. Es gab eine Menge solcher Leute. Sie lernten, Afrika zu lieben, und blieben manchmal bis zu ihrem Tod. Mma Ramotswe konnte das nachvollziehen. Sie konnte sich überhaupt nicht vorstellen, weshalb jemand anderswo leben wollte. Wie überlebten Menschen bloß in einem kalten nördlichen Klima mit all dem Schnee und Regen und der Dunkelheit?

»Ich könnte sagen, dass ich jemanden suche«, sagte Mrs. Curtin und hob den Blick, um Mma Ramotswe anzusehen. »Das würde aber bedeuten, dass es jemanden gibt, den man suchen kann. Ich glaube aber nicht, dass es denjenigen noch gibt. Deshalb sollte ich wohl besser sagen, ich möchte herausfinden, was vor langer Zeit mit jemandem passiert ist. Ich glaube nicht, dass diese Person noch lebt. Ich bin sogar sicher, dass sie nicht mehr lebt. Aber ich möchte herausfinden, was geschehen ist.«

Mma Ramotswe nickte. »Manchmal ist es wichtig, etwas zu wissen«, sagte sie. »Und es tut mir Leid, Mma, wenn Sie jemanden verloren haben.«

Mrs. Curtin lächelte. »Sie sind sehr freundlich. Ja, ich habe jemanden verloren.«

»Wann war das?«

»Vor zehn Jahren«, sagte Mrs. Curtin. »Vor zehn Jahren habe ich meinen Sohn verloren.«

Für ein paar Minuten war es still. Mma Ramotswe blickte zu Mma Makutsi, die an der Spüle stand und Mrs. Curtin anstarrte. Als Mma Makutsi den Blick ihrer Chefin bemerkte, wandte sie sich schuldbewusst wieder ihrer Teekanne zu und füllte sie mit Wasser.

Mma Ramotswe unterbrach das Schweigen. »Das tut mir sehr Leid. Ich weiß, was es heißt, ein Kind zu verlieren.«

»Wirklich, Mma?«

Sie war sich nicht sicher, ob die Frage eine Spitze enthielt. War sie ironisch? Aber sie sagte sanft: »Ich habe mein Baby verloren. Es ist nicht am Leben geblieben.«

Mrs. Curtin senkte den Blick. »Dann wissen Sie, wie es ist«, sagte sie.

Mma Makutsi hatte inzwischen den Buschtee zubereitet und brachte ein angeschlagenes Emailletablett, auf dem zwei Becher standen. Mrs. Curtin nahm ihren dankbar entgegen und nippte an der heißen, roten Flüssigkeit.

»Ich sollte Ihnen ein wenig von mir erzählen«, sagte Mrs. Curtin. »Dann werden Sie begreifen, warum ich hier bin und warum ich möchte, dass Sie mir helfen. Wenn Sie mir helfen können, würde ich mich sehr freuen – wenn nicht, werde ich es verstehen.«

»Ich werde es Ihnen sagen«, erklärte Mma Ramotswe. »Ich kann nicht jedem helfen. Ich werde weder unsere Zeit noch Ihr Geld verschwenden. Ich werde Ihnen sagen, ob ich Ihnen helfen kann.«

Mrs. Curtin stellte ihren Becher hin und wischte sich die Hand an ihrer Khaki-Hose ab.

»Dann lassen Sie mich erzählen«, sagte sie, »warum eine Amerikanerin in Ihrem Büro in Botswana sitzt. Und wenn ich damit fertig bin, können Sie Ja oder Nein sagen. Ganz einfach. Entweder Ja oder Nein.«

Kapitel 3

»Vor zwölf Jahren kam ich nach Afrika. Ich war 43 Jahre alt und Afrika bedeutete mir nichts. Wahrscheinlich hatte ich die üblichen Vorstellungen – wirre Bilder von Großwild und Savanne und Kilimandscharo, der sich über den Wolken erhebt. Ich dachte auch an Hungersnöte und Bürgerkriege und halb nackte Kinder mit aufgeblähten Bäuchen, die in die Kamera starren, in Hoffnungslosigkeit versunken. Ich weiß, dass das alles nur eine Seite von Afrika ist – und auch nicht die wichtigste –, aber solche Sachen gingen mir durch den Kopf.

Mein Mann war Volkswirt. Wir lernten uns an der Uni kennen und heirateten kurz nach unserem Examen. Wir waren sehr jung, aber unsere Ehe hat gehalten. Mein Mann nahm eine Stelle in Washington an und war zuletzt bei der Weltbank tätig. Er hatte einen ziemlich hohen Posten dort und hätte in Washington Karriere machen können. Aber er wurde immer unruhiger, und eines Tages verkündete er, dass er als Regionalmanager die Weltbank zwei Jahre in Botswana vertreten könnte. Immerhin war es eine Beförderung, und wenn er etwas gegen seine Ruhelosigkeit brauchte, war mir das lieber als eine Affäre mit einer anderen Frau – das obligatorische Mittel, mit dem Männer ihre Unruhe heilen. Sie wissen, wie es ist, Mma, wenn die Männer merken, dass sie nicht mehr jung sind. Sie verfallen in Panik und suchen sich eine Jüngere, die ihnen beweist, dass sie noch Männer sind.

So etwas hätte ich nicht ertragen, und deshalb stimmte ich zu und wir zogen mit unserem damals 18-jährigen

Sohn Michael hierher. Er hätte eigentlich mit seinem Studium beginnen sollen, aber wir beschlossen, dass er noch ein Jahr mit uns mitkommen könnte, bevor er nach Dartmouth ging. Das ist ein sehr gutes College in Amerika, Mma. Einige unserer Universitäten sind wirklich nicht gut, aber Dartmouth gehört zu den besten. Wir waren stolz, dass er dort einen Studienplatz bekommen hatte.

Michael gefiel der Gedanke, mit uns hierher zu ziehen, und er las alles, was er über Afrika auftreiben konnte. Bis wir hier ankamen, wusste er schon viel mehr darüber als mein Mann und ich. Ich glaube, beim Lesen verliebte er sich in Afrika – durch all diese Bücher, noch bevor er einen Fuß auf afrikanischen Boden gesetzt hatte.

Die Bank hatte uns ein Haus in Gaborone beschafft, gleich hinter dem Regierungsgebäude, wo sich alle Botschaften und Regierungskommissionen befinden. Es gefiel mir sofort. In jenem Jahr hatte es ausreichend geregnet und der Garten war sehr gepflegt – ein Beet neben dem anderen mit Cannas und weißen Gartenlilien, Unmengen von Bougainvillaea, ein dichter Rasen aus Kikuyu-Gras. Es war ein viereckiges Stück Paradies hinter einer hohen weißen Mauer.

Michael war wie ein Kind, das gerade den Schlüssel zum Süßigkeitenschrank gefunden hat. Er stand früh auf und fuhr mit Jacks Wagen zur Molepolole Road hinaus. Noch vor dem Frühstück streifte er eine Stunde oder länger durch den Busch. Ich bin ein- oder zweimal mitgegangen, obwohl ich ungern früh aufstehe, und dann redete er begeistert über die Vögel, die wir sahen, und die Eidechsen, die im Staub herumflitzten. Schon nach ein paar Tagen kannte er sämtliche Namen. Und wir beobachteten die aufgehende Sonne und spürten ihre Wärme. Sie wissen, wie es ist, Mma, dort draußen am Rand der Kalahari. Es ist die Tageszeit, zu der der Himmel weiß und leer ist und ein scharfer Geruch in der Luft liegt und man seine Lunge bis zum Bersten füllen möchte.

Jack hatte viel zu tun und musste viele Leute empfangen – Regierungsbeamte, Leute von amerikanischen Hilfsorganisationen, Finanzfachleute und so weiter. Ich hatte an all dem kein Interesse, und so gab ich mich damit zufrieden, den Haushalt zu führen, zu lesen und mit den Leuten, die ich mochte, einen Kaffee zu trinken. Ich half auch in der Methodisten-Klinik aus. Ich fuhr Menschen zwischen der Klinik und ihren Dörfern hin und her, wobei ich auch etwas mehr vom Land zu sehen bekam. Auf diese Weise erfuhr ich eine Menge über die Menschen hier, Mma Ramotswe.

Ich glaube tatsächlich, dass ich noch nie glücklicher gewesen bin. Wir hatten ein Land gefunden, in dem die Menschen respektvoll miteinander umgingen und wo es andere Werte gab als das zu Hause übliche ›Raffen, was das Zeug hält‹. Ich wurde bescheidener. Alles in meinem eigenen Land kam mir schäbig und oberflächlich vor, verglichen mit dem, was ich in Afrika sah. Menschen litten hier und viele besaßen nur wenig, aber sie hatten dieses wunderbare Mitgefühl füreinander. Als ich zum ersten Mal hörte, wie afrikanische Menschen andere – völlig Fremde – Bruder oder Schwester nannten, klang das komisch in meinen Ohren. Aber nach einer Weile wusste ich genau, was es bedeutete, und ich fing an, genauso zu denken. Irgendwann wurde ich zum ersten Mal Schwester genannt, und ich fing an zu weinen. Die Frau konnte natürlich nicht verstehen, warum ich mich plötzlich so aufregte, und ich sagte zu ihr: *Es ist nichts. Ich weine nur. Ich weine nur.* Ich wünschte, ich hätte meine Freundinnen ›meine Schwestern‹ nennen können, aber es hätte unnatürlich geklungen, und ich brachte es nicht fertig. Aber ich hätte es gerne getan. Ich war nach Afrika gekommen und ich lernte dazu.

Michael begann Setswana zu lernen. Ein Mr. Nogana kam ins Haus und gab ihm vier Mal in der Woche Unterricht. Er war Ende 60, ein pensionierter Lehrer und sehr würdevoll. Er trug eine Brille mit kleinen runden Gläsern, wovon eines zerbrochen war. Ich bot ihm an, eine neue Brille zu kaufen, weil ich annahm, dass er nicht genug Geld hatte, aber er schüttelte den Kopf und sagte, er könne sehr gut sehen, vielen Dank, aber es wäre nicht nötig. Die beiden Männer saßen auf der Veranda, und Mr. Nogana übte Setswana-Grammatik mit Michael und nannte ihm die Namen für alles, was sie sahen – die Pflanzen im Garten, die Wolken am Himmel, die Vögel.

›Ihr Sohn lernt schnell‹, sagte er zu mir. ›Er hat ein afrikanisches Herz – ich bringe diesem Herzen nur das Sprechen bei.‹

Michael begann Freundschaften zu schließen. In Gaborone lebten noch andere Amerikaner, einige sogar in seinem Alter, aber an denen war er nicht sonderlich interessiert, genauso wenig wie an anderen jungen Ausländern, die mit ihren Diplomateneltern in der Stadt lebten. Er war lieber mit Einheimischen zusammen oder mit Leuten, die etwas über Afrika wussten. Er verbrachte viel Zeit mit einem jungen Südafrikaner und mit einem Mann, der als freiwilliger medizinischer Helfer in Mosambik gewesen war. Es waren ernste Menschen, und ich mochte sie auch.

Nach ein paar Monaten verbrachte er immer mehr Zeit mit einer Gruppe von Leuten, die auf einer alten Farm hinter Molepolole lebten. Auch eine junge Frau war dort, eine Südafrikanerin, die ein paar Jahre zuvor aus Johannesburg gekommen war, nachdem sie irgendwelchen politischen Ärger gehabt hatte. Dann war da noch ein Deutscher aus Namibia, ein schlaksiger, bärtiger Mann, der bestimmte Vorstellungen hatte, wie man die Landwirtschaft verbessern könnte, und mehrere Einheimische aus Mochudi, die in der Brigadenbewegung gearbeitet hatten. Man könnte vielleicht von einer Art Kommune sprechen, aber das würde zu Missverständnissen führen. Für mich ist eine Kommune etwas, wo sich Hippies versammeln und Drogen nehmen. So war es dort aber nicht. Es waren ernste junge Menschen, die Gemüse in sehr trockener Erde anbauen wollten.

Die Idee stammte von Burkhardt, dem Deutschen. Er glaubte, dass die Landwirtschaft in trockenen Gebieten wie Botswana und Namibia durch den Anbau von Feldfrüchten unter Schatten spendenden Netzen und einer Bewässerung durch Wassertropfen an Schnüren verbessert werden könnte. Sie haben vielleicht gesehen, wie es funktioniert, Mma Ramotswe – die Schnur ist an einem dünnen Schlauch befestigt, und ein Wassertropfen läuft an der Schnur entlang und in den Boden um die Wurzel der Pflanze hinein. Es funktioniert wirklich, ich habe es gesehen.

Burkhardt wollte dort draußen eine Kooperative gründen und das alte Farmhaus als Basis benutzen. Es war ihm gelungen, von irgendwoher Geld zu beschaffen, und sie hatten einen kleinen Buschbereich gerodet und einen Brunnen gebohrt. Sie hatten es auch geschafft, Einheimische zum Mitmachen in der Kooperative zu überreden, und als ich sie mit Michael besuchte, konnten sie bereits eine Menge Kürbisse und Gurken ernten. Sie verkauften das Gemüse an die Hotels in Gaborone und an Krankenhausküchen.

Michael verbrachte immer mehr Zeit mit diesen Leuten, und irgendwann erklärte er uns, er wolle mit ihnen zusammenleben. Zuerst machte ich mir Sorgen – welche Mutter täte es nicht –, aber wir gewöhnten uns an den Gedanken, als uns klar wurde, wie viel es ihm bedeutete, etwas für Afrika zu tun. So fuhr ich ihn also an einem Sonntagnachmittag hinaus und ließ ihn dort zurück. Er sagte, er würde in der folgenden Woche in die Stadt kommen und uns besuchen, was er auch tat. Er schien wahnsinnig glücklich zu sein, geradezu aus dem Häuschen, mit seinen neuen Freunden dort leben zu können.

Wir sahen ihn häufig. Die Farm lag nur eine Stunde außerhalb, und sie fuhren praktisch jeden Tag in die Stadt, um Gemüse auszuliefern oder Vorräte zu besorgen. Einer der Batswana hatte eine Ausbildung als Krankenpfleger absolviert und eine Art Klinik eingerichtet, in der leichtere Beschwerden behandelt wurden. Sie machten zum Beispiel Wurmkuren mit Kindern und schmierten Salbe auf Pilzinfektionen. Die Regierung gab ihnen einen kleinen Vorrat an Arzneimitteln, und Burkhardt bekam den Rest von verschiedenen Firmen, die froh waren, Medikamente mit abgelaufenem Verfallsdatum loszuwerden, die ihre Wirkung jedoch noch nicht eingebüßt hatten. Damals war Dr. Merriweather am Livingstone Hospital, und er kam ab und zu vorbei, um nach dem Rechten zu sehen. Einmal sagte er mir, dass der Krankenpfleger genauso gut wie die meisten Ärzte wäre.

Dann kam für Michael die Zeit, nach Amerika zurückzukehren. Er sollte in der dritten Augustwoche in Dartmouth sein, und Ende Juli erklärte er uns, dass er nicht hingehen würde, er wolle noch mindestens ein Jahr in

Botswana bleiben. Ohne dass wir davon wussten, hatte er sich mit Dartmouth in Verbindung gesetzt und erreicht, dass er seinen Studienbeginn um ein Jahr verschieben konnte. Wie Sie sich denken können, war ich sehr bestürzt. In Amerika muss man aufs College gehen, verstehen Sie? Wenn man nicht studiert, bekommt man keinen anständigen Job. Und ich hatte plötzlich das Bild vor Augen, dass Michael seine Ausbildung hinwerfen und den Rest seines Lebens in einer Kommune verbringen würde. Ich nehme an, dass viele Eltern solche Befürchtungen haben, wenn sich die Kinder wegen irgendwelchen idealistischen Vorstellungen auf und davon machen.

Jack und ich diskutierten stundenlang, und er überzeugte mich schließlich davon, dass wir besser auf Michaels Wünsche eingingen. Wenn wir ihn vom Gegenteil zu überzeugen versuchten, würde er sich wahrscheinlich nur desto mehr in die Sache verbohren und dann gar nicht mehr studieren wollen. Stimmten wir seinem Plan aber zu, würde er am Ende des nächsten Jahres vielleicht gerne mit uns zurückreisen.

›Er leistet gute Arbeit‹, sagte Jack. ›Die meisten jungen Leute in seinem Alter sind furchtbar egoistisch. Er nicht.‹

Und ich musste ihm Recht geben, es schien völlig richtig, was er tat. Botswana war ein Ort, an dem die Menschen glaubten, dass so eine Arbeit etwas bewirkt. Und man darf nicht vergessen – die Leute wollten zeigen, dass es eine echte Alternative zu dem gab, was in Südafrika passierte. Botswana war damals ein Vorbild für andere.

Michael blieb also, wo er war, und als die Zeit für uns gekommen war, das Land zu verlassen, weigerte er sich natürlich, uns zu begleiten. Es gäbe immer noch Arbeit zu tun, sagte er, und er wolle noch ein paar Jahre bleiben. Die Farm war ein großer Erfolg. Sie hatten noch mehr Brunnen gebohrt, und die Farm konnte jetzt 20 Familien ernähren. Es war alles zu wichtig, um es aufzugeben.

Ich hatte es vorausgesehen – ich glaube, wir beide hatten es vorausgesehen. Wir versuchten, ihn zu überreden, aber es war sinnlos. Außerdem hatte er inzwischen mit der südafrikanischen Frau eine Beziehung, obwohl sie mindestens sechs oder sieben Jahre älter war als er. Ich hielt sie für den Hauptgrund seiner Entscheidung, und wir boten ihm an, ihr eine Einreiseerlaubnis in die Staaten zu verschaffen, doch davon wollte er absolut nichts wissen. Afrika wäre es, was ihn hielte. Wenn wir glaubten, dass es so etwas Simples wie die Beziehung zu einer Frau wäre, hätten wir die Lage gründlich missverstanden.

Wir ließen ihm eine beträchtliche Geldsumme da. Mir war bewusst, dass Burkhardt ihn überreden könnte, das Geld in die Farm zu stecken oder einen Staudamm oder sonst was damit zu bauen. Aber das störte mich nicht. Ich fühlte mich einfach wohler bei dem Gedanken, dass er Geld zur Verfügung hätte, wenn er es brauchte.

Wir kehrten nach Washington zurück. Merkwürdigerweise wurde mir dort sofort klar, was Michael daran gehindert hatte, Botswana zu verlassen. Mir kam in Washington alles so unaufrichtig und – ja – aggressiv vor. Ich vermisste Botswana, und es verging kein Tag, kein einziger Tag, an dem ich nicht an dieses Land dachte. Es war wie ein beständiger Schmerz. Ich hätte alles dafür gegeben, aus meinem Haus gehen und unter einem Dornenbaum stehen zu können und in den weiten weißen Himmel zu schauen. Oder afrikanische Stimmen zu hören, die sich in der Nacht etwas zuriefen. Ich vermisste sogar die Oktoberhitze.

Michael schrieb uns jede Woche. Seine Briefe waren voller Neuigkeiten über die Farm. Ich erfuhr, wie es den Tomaten ging, und alles über die Insekten, die sich über die Spinatpflanzen hergemacht hatten. Seine Beschreibungen waren lebendig und sehr schmerzhaft für mich, weil ich zu gerne dort gewesen wäre und so etwas Sinnvolles wie er getan hätte. Nichts, was ich im Leben machte, schien irgendetwas zu bewirken. Ich übernahm ein paar wohltätige Aufgaben. Ich arbeitete an einem Projekt für Analphabeten. Ich brachte älteren Leuten, die das Haus nicht mehr verlassen konnten, Bücher aus der Bibliothek. Aber es war nichts im Vergleich zu dem, was mein Sohn viele Meilen entfernt von mir in Afrika tat.

Dann traf der wöchentliche Brief nicht ein, und ein oder zwei Tage später kam ein Anruf von der amerikanischen Botschaft in Botswana. Mein Sohn war als vermisst gemeldet worden. Sie gingen der Sache nach und würden mir Bescheid sagen, sobald sie weitere Informationen hätten.

Ich flog sofort hin und wurde von einem Botschaftsangehörigen, den ich kannte, vom Flughafen abgeholt. Er erklärte mir, dass Burkhardt der Polizei gesagt hätte, Michael sei eines Abends einfach verschwunden. Sie aßen immer alle zusammen, und er war beim Essen noch dabei gewesen. Danach hatte ihn keiner mehr gesehen. Die Südafrikanerin hatte keine Ahnung, wo er war, und der Lastwagen, den er nach unserer Abreise gekauft hatte, stand im Schuppen. Es war absolut rätselhaft, was passiert sein könnte.

Die Polizei hatte alle Leute auf der Farm verhört, war aber zu keinem Ergebnis gekommen. Niemand hatte ihn gesehen und keiner konnte sich vorstellen, was passiert sein könnte. Es schien, als habe ihn die Nacht verschlungen.

Am Tag nach meiner Ankunft fuhr ich nachmittags hinaus. Burkhardt war sehr mitfühlend und versuchte mich damit zu trösten, dass Michael sicher bald wieder auftauchen würde. Aber er konnte mir auch nicht erklären, warum sich mein Sohn ohne ein Wort hätte auf und davon machen sollen. Die Südafrikanerin war schweigsam – aus irgendeinem Grund misstraute sie mir und sagte fast nichts. Aber auch sie konnte sich nicht vorstellen, warum Michael plötzlich verschwunden sein sollte.

Ich blieb vier Wochen. Wir setzten eine Anzeige in die Zeitung und boten eine Belohnung für Hinweise auf seinen Verbleib an. Ich fuhr immer wieder auf die Farm und ließ mir alle Möglichkeiten durch den Kopf gehen. Ich beauftragte sogar einen Fährtenfinder damit, den Busch abzusuchen, und er durchstreifte zwei Wochen lang die Gegend und fand auch nichts.

Schließlich kamen alle zu dem Schluss, dass nur eines von zwei Dingen geschehen sein konnte. Entweder es hatte ihn jemand aus irgendeinem Grund – vielleicht bei einem Raubüberfall – getötet und seine Leiche mitgenommen. Oder er war von wilden Tieren verschleppt worden, von einem Löwen vielleicht, der aus der Kalahari gekommen war. Es wäre ungewöhnlich gewesen, so nah bei Molepolole auf einen Löwen zu treffen, aber nicht unmöglich. Wenn es aber das gewesen wäre, hätte der Fährtensucher eine Spur gefunden. Aber er hatte nichts entdeckt. Keinen ungewöhnlichen Tierkot. Nichts.

Einen Monat später kam ich wieder hierher und einige Monate danach noch einmal. Alle waren mitfühlend, aber irgendwann merkte ich, dass sie mir nichts mehr zu sagen hatten. So ließ ich die Sache in den Händen der Botschaft, die sich immer mal wieder mit der Polizei in Verbindung setzte. Aber es gab nie etwas Neues.

Vor sechs Monaten starb Jack. Er hatte Bauchspeicheldrüsenkrebs, und man hatte mir gesagt, dass keine Hoffnung bestünde. Nach seinem Tod beschloss ich dann, noch ein einziges Mal zu versuchen herauszufinden, was mit Michael passiert war. Es mag Ihnen seltsam vorkommen, Mma Ramotswe, dass jemand immer und immer wieder auf etwas zurückkommt, das vor zehn Jahren geschah. Aber ich will es wissen. Ich muss herausbekommen, was meinem Sohn zugestoßen ist. Ich erwarte nicht, ihn zu finden. Ich akzeptiere, dass er tot ist. Aber ich würde dieses Kapitel gern abschließen und mich verabschieden. Weiter nichts. Werden Sie mir helfen? Werden Sie versuchen, es für mich rauszubekommen? Sie sagen, Sie haben Ihr Kind verloren. Sie wissen also, was ich empfinde. Sie wissen es, nicht wahr? Es ist Trauer, die nie vergeht. Niemals.«

Als die Besucherin ihre Geschichte beendet hatte, blieb Mma Ramotswe einige Augenblicke schweigend sitzen. Was konnte sie für diese Frau tun? Könnte *sie* etwas finden, wenn die Polizei von Botswana und die amerikanische Botschaft bereits alles versucht und nichts erreicht hatten? Vermutlich konnte sie gar nichts machen. Die Amerikanerin aber brauchte trotzdem Hilfe – und wenn sie die nicht von der *No. 1 Ladies' Detective Agency* bekam, woher dann?

»Ich werde Ihnen helfen«, sagte sie und setzte hinzu, »meine Schwester.«

Kapitel 4

Mr. J. L. B. Matekoni schaute nachdenklich aus dem Fenster. Es gab zwei Fenster im Büro von *Tlokweng Road Speedy Motors*, wobei man aus einem direkt in die Werkstatt blickte, wo seine beiden jungen Lehrlinge gerade ein Auto aufbockten. Sie machten es falsch, obwohl er sie ständig auf die Gefahren aufmerksam machte. Der eine hatte sich schon einmal an einem Lüfterflügel verletzt und großes Glück gehabt, keinen Finger dabei zu verlieren. Aber sie hielten stur an ihren leichtsinnigen Arbeitspraktiken fest. Das Problem war natürlich, dass sie kaum neunzehn waren. In diesem Alter sind alle Männer unsterblich und bilden sich ein, ewig zu leben. Aber sie kommen auch noch dahinter, dachte er grimmig. Sie werden schon merken, dass sie auch nicht anders sind als der Rest von uns.

Mr. J. L. B. Matekoni drehte sich auf seinem Stuhl und blickte aus dem anderen Fenster. Die Aussicht in diese Richtung war erfreulicher: Hinter dem Hof der Werkstatt konnte man eine Gruppe Akazien sehen, die sich aus dem trockenen Dornengestrüpp erhoben, und noch weiter dahinter – wie Inseln in einem graugrünen Meer – die einzelnen Hügel bei Odi. Es war mitten am Vormittag, und die Luft stand still. Zur Mittagszeit würden die Hügel im Hitzedunst tanzen und schimmern. Er würde zum Essen nach Hause gehen, weil es zum Arbeiten zu heiß wäre. Er würde in der Küche sitzen, dem kühlsten Raum im Haus, Maisbrei und Eintopf essen, die ihm seine Hausangestellte gekocht hätte, und die *Botswana Dai-*

ly News lesen. Danach würde er wie immer sein Nickerchen machen und dann in die Werkstatt und zur nachmittäglichen Arbeit zurückkehren.

Die Lehrlinge aßen in der Werkstatt zu Mittag. Sie saßen dann auf ein paar umgedrehten Ölfässern, die sie unter eine Akazie gestellt hatten. Von diesem Aussichtspunkt aus beobachteten sie die vorbeigehenden Mädchen und führten anzügliche Reden, die ihnen viel Spaß zu machen schienen. Mr. J. L. B. Matekoni hatte gehört, was sie so alles sagten, und war überhaupt nicht begeistert davon.

»Du bist aber ein hübsches Mädchen! Hast du ein Auto? Ich kann dir dein Auto reparieren. Dann hast du mehr Tempo drauf!«

Die beiden jungen Stenotypistinnen von der Wasserbehörde kicherten und beschleunigten ihre Schritte.

»Du bist zu dünn! Du isst nicht genug Fleisch! Ein Mädchen wie du braucht mehr Fleisch, damit es eine Menge Kinder bekommen kann!«

»Wo hast du die Schuhe her? Sind das Mercedes-Schuhe? Heiße Schuhe für heiße Mädchen!«

Also wirklich!, dachte Mr. J. L. B. Matekoni. Als er in ihrem Alter war, hatte er sich nicht so benommen. Er hatte seine Lehre in der Diesel-Werkstatt der Botswana Bus Company absolviert, und so ein Benehmen hätte man nicht toleriert. Aber so waren die jungen Männer von heute, und er konnte nichts dagegen tun. Er hatte mit ihnen darüber gesprochen und gesagt, dass der Ruf seiner Werkstatt auch von ihnen – nicht nur von ihm – abhinge. Sie hatten ihn nur mit leerem Gesichtsausdruck angestarrt, und er musste zur Kenntnis nehmen, dass sie ihn überhaupt nicht verstanden hatten. Sie hatten nicht gelernt, was es heißt, einen Ruf zu haben. Der Begriff ging über ihren Verstand. Es hatte ihn deprimiert, und er hatte daran gedacht, ans Kultusministerium zu schreiben und vorzuschlagen, der Jugend von Botswana diese grundlegenden moralischen Auffassungen nahe zu bringen, aber als der Brief dann fertig vor ihm lag, hatte er so wichtigtuerisch geklungen, dass er beschlossen hatte, ihn nicht abzuschicken. Und genau das war das Problem, stellte er fest. Wenn man heutzutage eine Bemerkung zum Benehmen machte, klang es altmodisch und wichtigtuerisch. Um modern zu klingen, musste man anscheinend sagen, dass die Leute tun und lassen könnten, was sie wollten, egal, was andere davon halten. Das war die moderne Denkweise.

Mr. J. L. B. Matekoni wandte seinen Blick dem Schreibtisch und seinem aufgeschlagenen Kalender zu. Er hatte sich notiert, dass heute der Tag war, an dem er zur Waisenfarm ging, wie das Waisenhaus auf einem großflächigen Gelände außerhalb der Stadt genannt wurde. Wenn er sich gleich auf den Weg machte, könnte er die Sache noch vor dem Mittagessen erledigen und rechtzeitig zurück sein, um die Arbeit seiner Lehrlinge zu überprüfen, bevor die Besitzer ihre Fahrzeuge um vier Uhr abholten. An den beiden Autos war nichts zu reparieren. Sie waren nur zur Inspektion gebracht worden, und das schafften die Lehrlinge ganz gut allein. Er musste ihnen allerdings dabei auf die Finger schauen, denn sie stellten die Motoren gern auf Höchstleistung ein, und er musste das oft wieder in Ordnung bringen, bevor die Autos die Werkstatt verließen.

»Wir sollen keine Rennwagen aus ihnen machen«, mahnte er die Jungen. »Die Leute, die diese Autos fahren, sind keine Raser wie ihr. Es sind anständige Bürger.«

»Wieso heißen wir dann *Speedy Motors*?«, wollte einer der Lehrlinge wissen.

Mr. J. L. B. Matekoni hatte den Jungen angesehen. Es gab Momente, in denen er ihn gern anbrüllen würde, und dies war wohl so einer, aber er schaffte es immer, sich zu beherrschen.

»Wir heißen *Tlokweng Road Speedy Motors*«, erwiderte er geduldig, »weil unsere Arbeit blitzschnell erledigt wird. Begreifst du den Unterschied? Wir lassen den Kunden nicht tagelang warten wie andere Werkstätten. Wir erledigen den Job schnell und trotzdem gründlich, worauf ich euch immer wieder hinweisen muss.«

»Es gibt aber Leute, die schnelle Autos mögen«, warf der andere Lehrling ein. »Manche rasen gern.«

»Mag sein«, sagte Mr. J. L. B. Matekoni. »Aber nicht alle sind so. Es gibt Leute, die genau wissen, dass Rasen nicht immer der beste Weg ist, irgendwo hinzukommen, nicht wahr? Es ist besser, sich zu verspäten, als wenn alles zu spät ist, kapiert?«

Die Lehrlinge hatten ihn verständnislos angestarrt, und er hatte geseufzt. Es lag eben doch am Kultusministerium und seinen modernen Ideen. Die beiden Jungen verstanden nicht einmal die Hälfte von dem, was er sagte. Und eines schönen Tages würden sie einen schweren Unfall bauen.

Er fuhr zur Waisenfarm hinaus und drückte kräftig auf die Hupe, wie er es immer tat, wenn er das Tor erreichte. Seine Besuche machten ihm aus mehreren Gründen Freude. Er sah natürlich die Kinder gern und brachte fast immer eine Hand voll Süßigkeiten mit, die er verteilte, sobald sie sich um ihn scharten. Aber er freute sich auch, Mrs. Silvia Potokwane, die Leiterin, zu sehen. Sie war mit seiner Mutter befreundet gewesen, und er kannte sie schon sein ganzes Leben lang. Deshalb war es für ihn selbstverständlich, dass er jede Art von Maschine reparierte und sich um die beiden Lastwagen und den alten Kleinbus kümmerte, die der Farm als Transportmittel dienten. Dafür bekam er kein Geld, und er erwartete es auch nicht. Alle halfen der Waisenfarm, wenn sie konnten, und selbst wenn jemand darauf bestanden hätte, ihn zu bezahlen, hätte er nichts angenommen.

Mma Potokwane war im Büro, als er auftauchte. Sie beugte sich aus dem Fenster und winkte ihn herein.

»Der Tee ist fertig, Mr. J. L. B. Matekoni«, rief sie ihm zu. »Und Kuchen gibt es auch, wenn Sie sich beeilen.«

Er parkte seinen Pick-up unter den schattigen Zweigen eines Affenbrotbaums. Mehrere Kinder waren bereits erschienen und hüpften auf dem Weg zum Büro neben ihm her.

»Wart ihr Kinder auch brav?«, erkundigte er sich und langte in seine Taschen.

»Wir waren sehr brav«, sagte das älteste Kind. »Wir haben uns die ganze Woche über nur gut benommen. Wir sind schon ganz müde von den vielen guten Sachen, die wir gemacht haben.«

Mr. J. L. B. Matekoni lachte. »Wenn das so ist, bekommt ihr natürlich was Süßes.«

Er reichte dem ältesten Kind eine Faust voll Bonbons, das die Süßigkeiten höflich mit ausgestreckten Händen, wie es sich in Botswana gehörte, entgegennahm.

»Verwöhnen Sie die Kinder nicht!«, brüllte Mma Potokwane aus dem Fenster. »Das sind nämlich ganz ungezogene Gören.«

Die Kleinen lachten und sprangen davon, während Mr. J. L. B. Matekoni durch die Bürotür trat. Drinnen fand er Mma Potokwane, ihren Mann – ein pensionierter Polizist – und zwei Hausmütter vor. Alle hatten einen Becher Tee und einen Teller mit einem Stück Gewürzkuchen vor sich stehen.

Mr. J. L. B. Matekoni nippte an seinem Tee, während Mma Potokwane ihm von ihren Problemen mit einem der Brunnen erzählte. Die Pumpe lief schon nach einer knappen halben Stunde heiß, und sie hatten Angst, dass sie bald ihren Geist aufgeben würde.

»Öl«, sagte Mr. J. L. B. Matekoni. »Eine Pumpe ohne Öl wird heiß. Irgendwo muss ein Leck sein. Eine kaputte Dichtung oder so was.«

»Und die Bremsen im Minibus«, sagte Mr. Potokwane. »Sie machen furchtbare Geräusche.«

»Bremsklötze«, sagte Mr. J. L. B. Matekoni. »Es ist höchste Zeit, dass wir sie auswechseln. Bei diesem Wetter kommt viel Staub rein, und das verschleißt sie. Ich schau mir die Sache mal an, aber Sie werden den Wagen wahrscheinlich zur Reparatur in die Werkstatt bringen müssen.«

Sie nickten und wechselten das Thema. Jetzt sprachen sie über Ereignisse auf der Farm. Ein Junge hatte gerade einen Job gefunden und würde nach Francistown ziehen. Ein anderer hatte von einem Schweden, der ab und zu Geschenke schickte, ein Paar Laufschuhe bekommen. Er war der beste Läufer der Farm und könnte sich jetzt an Wettkämpfen beteiligen. Dann wurde es still, und Mma Potokwane blickte Mr. J. L. B. Matekoni erwartungsvoll an.

»Wie ich gehört habe, gibt es Neuigkeiten«, sagte sie nach einer Weile. »Wie ich gehört habe, werden Sie heiraten.«

Mr. J. L. B. Matekoni blickte auf seine Schuhe. Soweit er wusste, hatten sie es niemandem erzählt. Trotzdem sprach sich so was schnell in Botswana herum. Seine Hausangestellte musste es gewesen sein. Wahrscheinlich hatte sie es einer anderen erzählt, die es ihren Arbeitgebern berichtet hatte. Inzwischen wusste es wohl jeder.

»Ich werde Mma Ramotswe heiraten«, begann er. »Sie ist …«

Mma Potokwane ließ ihn nicht ausreden: »Das ist die Detektivin, stimmt's?«, rief sie. »Ich hab von ihr gehört. Da wird Ihr Leben aber aufregend werden! Sie werden ständig irgendwo auf der Lauer liegen und Leuten nachspionieren.«

Mr. J. L. B. Matekoni holte tief Luft. »Nichts dergleichen werde ich tun«, sagte er. »Ich werde mich nicht als Detektiv betätigen. Das ist Mma Ramotswes Job.«

Mma Potokwane schien enttäuscht zu sein. Aber dann strahlte sie wieder. »Sie kaufen ihr doch bestimmt einen Brillantring«, sagte sie. »Eine verlobte Frau muss heutzutage einen Brillantring tragen, um zu zeigen, dass sie verlobt ist.«

Mr. J. L. B. Matekoni starrte sie entgeistert an. »Ist das denn nötig?«

»Absolut«, sagte Mma Potokwane. »Wenn Sie Zeitschriften lesen, dann sehen Sie, dass für Brillantringe Werbung gemacht wird. Da steht, dass sie für Verlobungen bestimmt sind.«

Mr. J. L. B. Matekoni schwieg eine Weile. Dann sagte er: »Brillanten sind ziemlich teuer, nicht wahr?«

»Sehr teuer«, sagte eine der Hausmütter. 1000 Pula für einen winzig kleinen Brillanten.«

Mr. J. L. B. Matekoni schluckte: Fast 200 Euro!

»Mehr«, sagte Mr. Potokwane. »Manche kosten 200 000 Pula. Ein einziger Brillant!«

Mr. J. L. B. Matekoni machte ein verzagtes Gesicht. Er war nicht knauserig und genauso großzügig mit Geschenken wie mit seiner Zeit, aber er war gegen jegliche Geldverschwendung, und so viel für einen Brillanten auszugeben, selbst bei einer besonderen Gelegenheit, hielt er für eine ganz gewaltige Geldverschwendung.

»Ich werde mit Mma Ramotswe sprechen«, sagte er mit fester Stimme, um das unangenehme Thema zu beenden. »Vielleicht liegt ihr gar nichts an Brillanten.«

»Oh doch«, sagte Mma Potokwane. »Ihr wird schon was an Brillanten liegen. In diesem Punkt sind wir Frauen uns einig.«

Mr. J. L. B. Matekoni ging in die Hocke und guckte sich die Pumpe an. Nachdem er seinen Tee bei Mma Potokwane ausgetrunken hatte, war er den Weg entlanggegangen, der zum Pumpenhaus führte. Es war einer dieser merkwürdigen Pfade, die sich durch die Gegend schlängelten, um schließlich doch zum Ziel zu führen. Dieser Weg machte einen lässigen Schlenker um ein paar Kürbisfelder herum, führte durch einen *donga*, einen tiefen gerodeten Graben und endete vor dem kleinen Schuppen, der die Pumpe schützte. Das Pumpenhaus stand im Schatten einiger schirmartiger Dornenbäume, die, als Mr. J. L. B. Matekoni ankam, einen willkommenen Schattenkreis bildeten. Eine Blechdachhütte wie das Pumpenhaus konnte im direkten Sonnenlicht ungeheuer heiß werden, was für die Maschinerie im Innern nicht gerade von Vorteil war.

Er setzte seinen Werkzeugkasten am Eingang zum Pumpenhaus ab und stieß vorsichtig die Tür auf. An solchen Orten sah er sich immer vor, denn sie wurden gern von Schlangen aufgesucht. Aus irgendeinem Grund schienen Schlangen Maschinen zu lieben, und er hatte schon mehr als einmal eine schlaftrunkene Schlange entdeckt, die sich um ein Maschinenteil gewickelt hatte, an dem er arbeitete. Er hatte keine Ahnung, weshalb sie es taten. Vielleicht hatte es was mit Wärme und Bewegung zu tun.

Seine Augen brauchten ein paar Sekunden, um sich an die Dunkelheit zu gewöhnen, aber nach einer Weile sah er, dass sich nichts Unliebsames im Schuppen verbarg. Die Pumpe wurde von einem riesigen Schwungrad mit antiquiertem Dieselmotor angetrieben. Mr. J. L. B. Matekoni stieß einen Seufzer aus. Alte Dieselmotoren waren im Allgemeinen zwar zuverlässig, aber irgendwann kam der Zeitpunkt, an dem sie in Rente geschickt werden mussten. In dieser Hinsicht hatte er Mma Potokwane gegenüber bereits Andeutungen gemacht, aber sie hatte immer irgendwelche Gründe vorgebracht, warum Geld für andere dringendere Projekte ausgegeben werden musste.

»Aber Wasser ist das Wichtigste überhaupt«, sagte Mr. J. L. B. Matekoni. »Wenn Sie Ihr Gemüse nicht wässern können – was werden die Kinder essen?«

»Der liebe Gott wird schon für uns sorgen«, antwortete Mma Potokwane gelassen. »Eines Tages wird er uns eine neue Maschine senden.«

»Vielleicht«, sagte Mr. J. L. B. Matekoni. »Aber vielleicht auch nicht. Der liebe Gott ist manchmal nicht allzu sehr an Maschinen interessiert. Ich repariere Autos für eine Reihe von Pfarrern, und alle haben Kummer damit. Die Diener Gottes sind nicht gerade die besten Fahrer.«

Mit der Realität der Dieselsterblichkeit konfrontiert, zog er einen verstellbaren Schraubenschlüssel aus seinem Werkzeugkasten hervor und fing an, das Motorengehäuse zu entfernen. Kurz danach war er in seine Arbeit vertieft – ähnlich einem Chirurgen über einem narkotisierten Patienten – und legte das feste metallene Herz des Motors frei. In seinen besseren Zeiten war es ein feiner Motor gewesen, ein treuer Motor mit Charakter. Jeder Motor schien inzwischen aus Japan zu kommen und von Robotern hergestellt worden zu sein. Natürlich waren sie zuverlässig, aber für einen Mann wie Mr. J. L. B. Matekoni waren diese Motoren so fad wie weißes Toastbrot. Es war nichts in ihnen drin, keine Ballaststoffe, keine Besonderheiten. Und deshalb war es keine Herausforderung, einen japanischen Motor zu reparieren.

Er hatte oft gedacht, wie traurig es war, dass die nächste Mechanikergeneration nie einen der alten Motoren zu reparieren hätte. Sie wurden alle so ausgebildet, dass sie die modernen Motoren, die zur Fehlersuche Computer brauchten, reparieren konnten. Wenn jemand mit einem neuen Mercedes in die Werkstatt kam, rutschte Mr. J. L. B. Matekoni das Herz in die Hose. Mit solchen Autos konnte er nicht mehr umgehen, da er keine von diesen neuen Diagnosemaschinen besaß. Wie konnte er ohne ein solches Gerät denn feststellen, ob ein winziger Siliziumchip in irgendeinem unerreichbaren Teil des Motors das falsche Signal aussandte? Es lag ihm jedes Mal auf der Zunge zu sagen, dass die Fahrer sich ihr Auto von einem Computer und nicht von einem lebendigen Mechaniker reparieren lassen sollten, aber natürlich sagte er so etwas nicht, sondern tat sein Bestes an dem glänzenden Stahlteil, das unter der Haube dieser Autos eingebettet lag. Aber gern tat er es nicht.

Mr. J. L. B. Matekoni hatte jetzt die Zylinderköpfe des Pumpenmotors entfernt und spähte in die Zylinder hinein. Es war genau so, wie er es sich vorgestellt hatte. Er würde einige Motordichtungen auswechseln, um den Ölverlust zu stoppen, und dafür sorgen, dass der Motor für eine Nachbohrung in seine Werkstatt gebracht wurde. Aber irgendwann würde alles nichts mehr nützen, und dann blieb der Waisenfarm nichts anderes übrig, als einen neuen Motor zu kaufen.

Er zuckte zusammen. Ein Geräusch hinter ihm hatte ihn erschreckt. Das Pumpenhaus war ein ruhiger Ort, und bis jetzt hatte er nur Vogelstimmen in den Akazien gehört. Er drehte sich um, sah aber nichts. Dann hörte er es wieder. Es driftete durch den Busch, ein quietschendes Geräusch wie von einem schlecht geölten Rad. Vielleicht schob eine der Waisen eine Schubkarre oder ein Spielzeugauto durch die Gegend, wie es die Kinder sich gern aus altem Draht und Blech bastelten.

Mr. J. L. B. Matekoni wischte sich die Hände an einem Lappen ab und stopfte ihn wieder in die Tasche. Das Geräusch schien näher zu kommen, und dann sah er, was es war. Es tauchte aus dem Gestrüpp auf, das die Windungen des Pfades verbarg – ein Rollstuhl, in dem ein Mädchen saß, das ihn mit den Händen fortbewegte. Als sie vom Weg hochblickte und Mr. J. L. B. Matekoni entdeckte, blieb sie stehen. Die Hände hielten die Felgen der Räder fest. Einen Augenblick starrten sie sich gegenseitig an. Dann lächelte das Mädchen und legte die letzten paar Meter mit dem Rollstuhl zurück.

Sie grüßte ihn freundlich mit »Rra«, der höflichen Anrede für einen gestandenen Mann.

»Ich hoffe, es geht Ihnen gut, Rra«, sagte sie und streckte ihm ihre rechte Hand entgegen, während sie als Zeichen ihres Respekts die linke auf den Unterarm legte.

Sie schüttelten sich die Hände.

»Ich hoffe, meine Finger sind nicht zu ölig«, sagte Mr. J. L. B. Matekoni. »Ich habe an der Pumpe gearbeitet.«

Das Mädchen nickte. »Ich habe Ihnen Wasser gebracht, Rra. Mma Potokwane hat gesagt, Sie sind ohne etwas zu trinken hier raus gegangen und haben vielleicht Durst.«

Sie langte in eine Tasche unter ihrem Sitz und zog eine Flasche hervor.

Mr. J. L. B. Matekoni nahm das Wasser dankbar entgegen. Eben hatte er Durst bekommen und bedauert, dass er nichts zu trinken mitgenommen hatte. Er nahm einen großen Schluck aus der Flasche und beobachtete dabei das Mädchen. Sie war noch sehr jung – vielleicht elf oder zwölf – und hatte ein freundliches, offenes Gesicht. Ihre Haare waren zu Zöpfen geflochten, in die Perlen eingearbeitet worden waren. Sie trug ein hellblaues Kleid, vom vielen Waschen fast weiß gebleicht, und an den Füßen abgestoßene Tennisschuhe.

»Lebst du hier?«, fragte er. »Auf der Farm?«

Sie nickte. »Seit fast einem Jahr«, antwortete sie. »Ich bin mit meinem jüngeren Bruder hier. Er ist erst fünf.«

»Wo seid ihr her?«

Sie senkte den Blick. »Wir sind von Francistown runtergekommen. Meine Mutter ist tot. Sie ist vor fünf Jahren gestorben, als ich sieben war. Wir haben bei einer Frau gelebt, in ihrem Hof. Dann hat sie gesagt, dass wir gehen sollen.«

Mr. J. L. B. Matekoni sagte nichts. Mma Potokwane hatte ihm die Geschichten einiger Kinder erzählt, und jedes Mal hatte ihm das Herz weh getan. In der traditionellen Gesellschaft gab es kein ungewolltes Kind. Jedes wurde von irgendwem versorgt. Aber die Dinge änderten sich, und jetzt gab es Waisen. Es gab sie vor allem wegen der Krankheit, die in Afrika herrschte. Es gab jetzt viel mehr Kinder ohne Eltern, und die Waisenfarm war oft der einzige Ort, der ihnen blieb. War es diesem Mädchen auch so ergangen, und weshalb saß es im Rollstuhl?

Er unterbrach seine Überlegungen. Es hatte keinen Sinn, über Dinge nachzugrübeln, die man nicht ändern konnte. Es gab näher liegende Fragen zu beantworten. Zum Beispiel: warum machte der Rollstuhl so ein komisches Geräusch?

»Dein Rollstuhl quietscht«, sagte er, »tut er das immer?«

Das Mädchen schüttelte den Kopf. »Es hat vor ein paar Wochen angefangen. Ich glaube, irgendwas stimmt nicht mit ihm.«

Mr. J. L. B. Matekoni kauerte sich neben den Rollstuhl und untersuchte die Räder. So ein Ding hatte er noch nie repariert, aber er sah gleich, woran es lag. Die Lager waren trocken und staubig – ein wenig Öl würde Wunder bewirken – und die Bremse schabte. Das erklärte das Geräusch.

»Ich heb dich raus«, sagte er. »Du kannst unter dem Baum sitzen, während ich deinen Rollstuhl repariere.«

Er hob das Mädchen hoch und setzte es sanft auf die Erde. Dann drehte er den Rollstuhl um, löste den Bremsklotz und verstellte den Hebel, mit dem die Bremse bedient wurde. Öl kam auf die Lager, und die Räder wurden probeweise gedreht. Es gab keinen Widerstand mehr und das Geräusch war verschwunden. Er stellte den Rollstuhl wieder richtig hin und schob ihn zu dem Mädchen.

»Sie waren sehr nett, Rra«, sagte sie. »Aber jetzt muss ich zurück, sonst denkt die Hausmutter, dass ich verloren gegangen bin.«

Sie fuhr den Weg entlang und ließ Mr. J. L. B. Matekoni mit seiner Pumpe allein. Er setzte seine Arbeit fort, und nach einer Stunde war er fertig. Er war zufrieden, als er die Pumpe wieder in Gang setzte und sie einigermaßen reibungslos zu laufen schien. Die Reparatur würde jedoch nicht lange halten, und er wusste, dass er zurückkehren müsste, um sie vollständig auseinander zu nehmen. Und wie würde das Gemüse dann Wasser bekommen? Das war das Problem, wenn man in einem so trockenen Land lebte. Alles war gefährdet – ob es sich nun um menschliches Leben oder Kürbisse handelte.

Kapitel 5

Mma Potokwane hatte Recht gehabt – Mma Ramotswe war tatsächlich an Brillanten interessiert.

»Ich glaube, die Leute wissen über unsere Verlobung Bescheid«, sagte Mma Ramotswe, als sie und Mr. J. L. B. Matekoni im Büro von *Tlokweng Road Speedy Motors* Tee tranken. »Meine Hausangestellte behauptet, sie habe Leute in der Stadt davon reden hören. Sie sagt, dass es alle wissen.«

»So ist es nun mal in dieser Stadt«, seufzte Mr. J. L. B. Matekoni. »Ich erfahre andauernd etwas von den Geheimnissen anderer Leute.«

Mma Ramotswe nickte. Er hatte Recht. In Gaborone gab es keine Geheimnisse, jeder wusste über jeden Bescheid.

»Zum Beispiel«, sagte Mr. J. L. B. Matekoni, der sich für das Thema erwärmte, »als Mma Sonqkwena das Getriebe im neuen Auto ihres Sohnes ruinierte, weil sie mit 30 Meilen in der Stunde den Rückwärtsgang einlegen wollte, schien jeder davon gehört zu haben. Ich habe es niemandem erzählt, und trotzdem haben es alle erfahren.«

Mma Ramotswe lachte. Sie kannte Mma Sonqkwena, die wahrscheinlich älteste Autofahrerin in der Stadt. Ihr Sohn, der in der Broadhurst Mall ein gut gehendes Geschäft besaß, hatte seiner Mutter einzureden versucht, einen Chauffeur zu engagieren oder das Fahren aufzugeben. Er musste jedoch ihrem unbezähmbaren Streben nach Unabhängigkeit nachgeben.

»Sie fuhr in Richtung Molepolole«, erzählte Mr.

J. L. B. Matekoni weiter, »und plötzlich fiel ihr ein, dass sie die Hühner noch nicht gefüttert hatte. Also beschloss sie, sofort zu wenden, und legte prompt den Rückwärtsgang ein. Du kannst dir vorstellen, was mit dem Getriebe passierte. Und plötzlich redeten alle drüber. Sie dachten, ich hätte es den Leuten erzählt, das stimmt aber nicht. Ein Mechaniker muss wie ein Priester sein – er darf nicht über die Dinge reden, die er sieht.«

Mma Ramotswe stimmte ihm bei. Sie schätzte Verschwiegenheit, und sie bewunderte Mr. J. L. B. Matekoni dafür, dass auch er den Wert der Verschwiegenheit verstand. Es gab viel zu viele Leute mit lockerer Zunge. Aber das waren allgemeine Beobachtungen, und es gab Wichtigeres zu besprechen. Deshalb brachte sie die Unterhaltung auf das Thema zurück, mit dem die ganze Debatte begonnen hatte.

»Man redet also über unsere Verlobung«, sagte sie. »Einige wollten sogar den Ring sehen, den du mir gekauft hast.« Sie streifte Mr. J. L. B. Matekoni mit einem kurzen Blick, bevor sie weitersprach. »Ich habe ihnen gesagt, dass du ihn noch nicht gekauft hättest, ich aber sicher bald einen bekäme.«

Sie hielt den Atem an. Mr. J. L. B. Matekoni blickte wie immer, wenn er unsicher war, zu Boden.

»Ein Ring?«, kam es schließlich gedehnt. »Was für ein Ring?«

Mma Ramotswe beobachtete ihn genau. Man musste vorsichtig sein, wenn man mit Männern solche Sachen besprach. Sie verstanden natürlich nicht viel davon, aber man musste behutsam vorgehen und sie nicht in Angst und Schrecken versetzen, denn das wäre sinnlos. Sie beschloss mit ihm zu reden, offen, eine List würde er sowieso durchschauen. So käme sie nicht weiter.

»Ein Brillantring«, sagte sie. »So etwas tragen heutzutage verlobte Frauen. Es ist modern.«

Mr. J. L. B. Matekoni blickte immer noch bedrückt zu Boden.

»Brillanten?«, fragte er mit schwacher Stimme. »Bist du sicher, dass Brillanten wirklich das Modernste sind?«

»Ja«, sagte Mma Ramotswe energisch. »Alle modernen verlobten Damen bekommen neuerdings Brillantringe geschenkt. Es ist ein Zeichen, dass sie geschätzt werden.«

Mr. J. L. B. Matekoni blickte abrupt auf. Wenn das stimmte – und es deckte sich genau mit dem, was Mma Potokwane behauptet hatte –, blieb ihm keine andere Wahl als einen Brillantring zu kaufen. Er wollte nicht, dass Mma Ramotswe den Eindruck hatte, sie würde nicht geschätzt. Er schätzte sie außerordentlich. Er war ihr treu ergeben und ungeheuer dankbar, dass sie bereit war, ihn zu heiraten, und wenn ein Brillantring nötig war, es der Welt zu verkünden, dann war es ein geringer Preis, den er zu zahlen hatte. Als das Wort »Preis« seinen Gedankengang kreuzte, stockte er. Die alarmierenden Zahlen, die beim Tee auf der Waisenfarm genannt wurden, fielen ihm ein.

Er riskierte die Bemerkung: »Sie sind aber sehr teuer – ich hoffe, ich hab genug Geld.«

»Aber natürlich«, sagte Mma Ramotswe. »Es gibt doch sehr preisgünstige Ringe. Oder man zahlt in Raten ...«

Mr. J. L. B. Matekoni wurde wieder munterer. »Ich dachte, sie kosten Tausende und Abertausende«, sagte er. »Vielleicht 50 000 Pula?«

»Aber nein«, sagte Mma Ramotswe. »Es gibt natürlich teure, aber auch sehr gute, die nicht allzu viel kosten. Wir können uns ja welche anschauen. Bei den *Judgment-Day Jewellers* zum Beispiel. Sie haben eine gute Auswahl.«

Der Beschluss war gefasst. Am nächsten Morgen, nach der Erledigung der Post im Detektivbüro, würden sie zum Schmuckgeschäft gehen und einen Ring aussuchen. Das war ein aufregendes Vorhaben, und selbst Mr. J. L. B. Matekoni, der sich wegen der Aussicht auf einen erschwinglichen Ring sehr erleichtert fühlte, stellte fest, dass er sich auf den Ausflug freute. Nach gründlicher Überlegung war er inzwischen zu der Überzeugung gekommen, dass Brillanten doch etwas Reizvolles an sich hatten, etwas, das selbst ein Mann verstehen konnte, wenn er sich nur lange genug darüber Gedanken machte. Und was für Mr. J. L. B. Matekoni noch wichtiger war, war der Gedanke, dass sein Geschenk – vermutlich das teuerste seines Lebens – aus dem Boden Botswanas kam. Mr. J. L. B. Matekoni war Patriot. Er liebte sein Land genauso, wie es Mma Ramotswe tat. Der Gedanke, dass der Brillant, den er schließlich auswählen würde, aus einer der drei Diamantminen Botswanas stammte, verlieh dem Geschenk eine noch größere Bedeutung. Er gab damit der Frau, die er mehr als jede andere liebte und bewunderte, einen winzigen Teil des Grund und Bodens, auf dem sie gingen. Es war natürlich ein besonderer Teil: das Fragment eines Gesteins, das vor vielen, vielen Jahren zu höchster Klarheit gebrannt worden war. Dann hatte man den Stein oben in Orapa ausgegraben, poliert, nach Gaborone gebracht und in Gold gefasst. Und all dies, damit Mma Ramotswe ihn am zweiten Finger ihrer linken Hand tragen und allen verkünden konnte, dass er, Mr. J. L. B. Matekoni, Besitzer von *Tlokweng Road Speedy Motors*, ihr Ehemann werden würde.

Das Geschäft der *Judgment-Day Jewellers* befand sich am Ende einer staubigen Straße zwischen dem Salvation

Bookshop, wo Bibeln und andere religiöse Texte verkauft wurden, und dem Steuerberatungsbüro Mothobani Bookkeeping Services mit seiner Werbung *Schick das Finanzamt fort!* Es war kein besonders einnehmender Laden mit seinem schrägen Verandadach, das von weiß gestrichenen Backsteinsäulen getragen wurde. Auf dem Ladenschild, das ein Schildermaler ohne Ausbildung und mit nur bescheidenem Talent fabriziert hatte, waren Kopf und Schultern einer bezaubernden Schönheit zu sehen, die eine kostbare Halskette und große Ohrgehänge trug. Die Frau schenkte dem Betrachter trotz des Gewichts ihrer Ohrringe und der offenbar unangenehm schweren Halskette ein schiefes Lächeln.

Mr. J. L. B. Matekoni und Mma Ramotswe parkten auf der gegenüberliegenden Straßenseite im Schatten einer Akazie. Sie waren später dran als geplant, und es begann bereits sehr heiß zu werden. Um die Mittagszeit ließe sich ein Fahrzeug, das in der Sonne stand, kaum noch anfassen, die Sitze wären zu heiß für nacktes Fleisch und das Steuer ein Feuerrad. Schatten würde dies verhindern, und unter jedem Baum hockten Autos, die Nasen an den Baumstämmen wie Ferkel an einer Sau, um in den höchstmöglichen Schutz zu gelangen, den das unvollständige Dach graugrünen Laubes ihnen bot.

Die Tür war verschlossen, sprang aber zuvorkommend auf, als Mr. J. L. B. Matekoni die elektrische Klingel betätigte. Im Laden stand ein dünner Mann hinter der Theke, der Khakikleidung trug. Er hatte einen schmalen Kopf, und seine leicht schrägen Augen und die goldene Tönung seiner Haut ließen San-Blut vermuten, das Blut der Buschmänner der Kalahari. Was hatte der wohl in einem Schmuckladen verloren? Natürlich bestand kein Grund, weshalb er dort nicht arbeiten sollte, aber es wirkte irgendwie unpassend. Schmuckgeschäfte zogen Inder an oder Kenianer, die solche Tätigkeiten mochten. Basarwa arbeiteten lieber mit Tieren und waren hervorragende Vieh- und Straußenzüchter.

Der Juwelier lächelte sie an. »Ich habe Sie draußen gesehen«, sagte er. »Sie haben Ihr Auto unter dem Baum geparkt.«

Mr. J. L. B. Matekoni wusste, das er Recht hatte. Der Mann sprach korrektes Setswana, aber sein Akzent bestätigte, was äußerlich zu erkennen war. Zwischen den Vokalen drängten sich klickende und pfeifende Laute hervor. Es war eine eigenartige Sprache, die Sprache der San, und klang eher wie Vogelstimmen in den Bäumen als menschliche Sprache.

Mr. J. L. B. Matekoni stellte sich vor, wie es der Höflichkeit entsprach, und wandte sich dann Mma Ramotswe zu.

»Diese Dame ist jetzt mit mir verlobt«, sagte er. »Sie heißt Mma Ramotswe und ich möchte ihr zur Verlobung einen Ring kaufen.« Kurze Pause. »Einen Brillantring.«

Die Augen des Juweliers betrachteten ihn unter schweren Lidern. Dann richtete er seinen Blick seitwärts auf Mma Ramotswe. Sie erwiderte ihn und dachte: *Da ist Intelligenz. Das ist ein schlauer Mann, dem nicht zu trauen ist.*

»Sie sind ein glücklicher Mann«, sagte der Juwelier. »Nicht jeder findet so eine fröhliche dicke Frau zum Heiraten. Heutzutage gibt es viele dünne, tyrannische Frauen. Diese hier wird Sie sehr glücklich machen.«

Mr. J. L. B. Matekoni nahm das Kompliment gern entgegen. »Ja«, sagte er. »Ich habe Glück.«

»Und jetzt müssen Sie ihr einen schönen Ring mit einem großen Stein kaufen«, setzte der Juwelier seine Rede fort. »Eine dicke Frau kann keinen winzigen Ring tragen.«

Mr. J. L. B. Matekoni blickte auf seine Schuhe.

»Ich dachte an einen Ring mittlerer Größe«, sagte er. »Ich bin kein reicher Mann.«

»Ich weiß, wer Sie sind«, sagte der Juwelier. »Sie sind der Mann, dem *Tlokweng Road Speedy Motors* gehört. Sie können sich einen schönen Ring leisten.«

Mma Ramotswe beschloss, sich einzumischen. »Ich will keinen großen Stein«, sagte sie mit fester Stimme. »Ich bin keine Dame, die dicke Ringe trägt. Ich hatte mir einen Ring mit einem kleinen Stein erhofft.«

Der Juwelier sah sie kurz an. Er schien sich über ihre Anwesenheit fast zu ärgern. Er hielt das Ganze wohl für reine Männersache, wie eine Transaktion unter Viehhändlern, bei der sie nur störte.

»Ich zeige Ihnen jetzt ein paar Ringe«, sagte er und beugte sich zu einer Schublade hinab, die er aus dem Tresen zog. »Hier sind gute Brillantringe.«

Er setzte die Schublade auf dem Verkaufstisch ab und deutete auf eine Reihe von Ringen, die in Samtschlitzen steckten. Mr. J. L. B. Matekoni hielt den Atem an. Die Brillanten saßen in Grüppchen auf den Ringen: ein großer Stein in der Mitte, umgeben von kleineren. Mehrere Ringe hatten auch noch weitere Steine – Smaragde und Rubine –, und unter jedem steckte ein kleines Preisschild.

»Achten Sie nicht auf die Preisschildchen«, sagte der Juwelier mit gesenkter Stimme. »Ich kann Ihnen einen sehr hohen Nachlass bieten.«

Mma Ramotswe guckte auf den Auslagekasten. Dann blickte sie hoch und schüttelte den Kopf.

»Die sind zu groß«, sagte sie. »Ich sagte ja schon, dass ich etwas Kleineres möchte. Vielleicht sollten wir woanders hingehen.«

Der Juwelier seufzte. »Ich habe auch andere«, sagte er. »Ich habe auch Ringe mit kleinen Steinen.«

Er schob den Kasten an seinen Platz zurück und zog einen neuen heraus. Die Ringe in diesem waren erheblich kleiner. Mma Ramotswe deutete auf einen in der Mitte.

»Der gefällt mir«, sagte sie. »Zeigen Sie uns diesen!«

»Er ist nicht besonders groß«, sagte der Juwelier. »So ein Brillant wird leicht übersehen. Er wird den Leuten gar nicht auffallen.«

»Das ist mir egal«, sagte Mma Ramotswe. »Dieser Brillant ist für mich. Er hat nichts mit anderen Leuten zu tun.«

Bei ihren Worten spürte Mr. J. L. B. Matekoni, wie stolz er auf sie war. Dies war die Frau, die er bewunderte, die Frau, die an die alten Werte Botswanas glaubte und für Angeberei nichts übrig hatte.

»Mir gefällt der Ring auch«, sagte er. »Bitte geben Sie ihn Mma Ramotswe zum Anprobieren.«

Der Ring wurde Mma Ramotswe gereicht, die ihn über den Finger streifte und die Hand ausstreckte, damit Mr. J. L. B. Matekoni ihn begutachten konnte.

»Er passt dir perfekt«, sagte er.

Sie lächelte. »Wenn das der Ring ist, den du mir kaufen möchtest, würde ich mich sehr freuen.«

Der Juwelier nahm das Preisschild und reichte es Mr. J. L. B. Matekoni. »Darauf kann ich aber keinen Rabatt geben«, sagte er. »Er ist bereits sehr billig.«

Mr. J. L. B. Matekoni war von dem Preis angenehm überrascht. Er hatte gerade den Kühler im Lieferwagen eines Kunden ausgewechselt, und was er dafür bekommen hatte, entsprach genau dieser Summe. Der Ring war nicht teuer. Er langte in seine Tasche, nahm das Bündel

Scheine heraus, das er am Morgen von der Bank geholt hatte, und gab dem Juwelier das Geld.

»Eine Sache muss ich Sie noch fragen«, sagte Mr. J. L. B. Matekoni. »Ist dieser Brillant ein Diamant aus Botswana?«

Der Juwelier sah ihn neugierig an.

»Wieso interessiert Sie das?«, fragte er. »Ein Brillant ist ein Brillant, wo immer er herkommt.«

»Das weiß ich«, sagte Mr. J. L. B. Matekoni. »Aber ich würde mir gerne vorstellen, dass meine Frau einen unserer eigenen Steine trägt.«

Der Juwelier lächelte. »In dem Fall kann ich Sie beruhigen. All diese Steine stammen aus unseren eigenen Minen.«

»Danke«, sagte Mr. J. L. B. Matekoni. »Ich freue mich, das zu hören.«

Sie fuhren vom Schmuckladen zurück, an der anglikanischen Kathedrale und dem Princess Marina Hospital vorbei. Als sie an der Kirche vorbeifuhren, sagte Mma Ramotswe: »Ich finde, wir sollten dort heiraten. Vielleicht kann uns sogar Bischof Makhulu trauen.«

»Das ist eine gute Idee«, sagte Mr. J. L. B. Matekoni. »Er ist ein guter Mann, der Bischof.«

»Dann wird ein guter Mann einen guten Mann trauen«, sagte Mma Ramotswe. »Du bist ein herzensguter Mann, Mr. J. L. B. Matekoni.«

Mr. J. L. B. Matekoni sagte nichts. Es war nicht leicht, auf ein Kompliment zu reagieren, vor allem wenn man meinte, es nicht verdient zu haben. Er hielt sich für keinen besonders guten Mann – er hatte viele Charakterfehler, und wenn jemand gut war, dann höchstens Mma Ramotswe. Sie war ihm weit überlegen. Er war nur ein Mechaniker, der sein Bestes tat. Sie war viel mehr als das.

Sie bogen in den Zebra Drive ein und fuhren die kurze Auffahrt zu Mma Ramotswes Haus hoch, wo sie das Auto unter dem Schatten spendenden Netz neben der Veranda zum Stehen brachten. Rose, Mma Ramotswes Haushaltshilfe, blickte aus dem Küchenfenster und winkte ihnen zu. Sie hatte Wäsche gewaschen, die an der Leine hing – weiß gegen rotbraune Erde und blauen Himmel.

Mr. J. L. B. Matekoni nahm Mma Ramotswes Hand und berührte den glitzernden Ring. Er schaute sie an und sah, dass sie Tränen in den Augen hatte.

»Es tut mir Leid«, sagte sie. »Ich sollte nicht weinen, aber ich kann nicht anders.«

»Warum bist du traurig?«, fragte er. »Du musst nicht traurig sein.«

Sie wischte sich eine Träne ab und schüttelte den Kopf.

»Ich bin nicht traurig«, sagte sie. »Es ist nur – niemand hat mir bisher etwas so Schönes wie diesen Ring geschenkt. Als ich Note heiratete, bekam ich nichts. Ich hatte gehofft, dass er mir einen Ring schenken würde, aber ich bekam keinen. Jetzt habe ich einen Ring.«

»Ich werde versuchen, alles, was Note dir angetan hat, wieder gutzumachen«, sagte Mr. J. L. B. Matekoni. »Ich werde versuchen, dir ein guter Ehemann zu sein.«

Mma Ramotswe nickte. »Das wirst du bestimmt«, sagte sie. »Und ich werde versuchen, dir eine gute Ehefrau zu sein.«

Sie saßen da und sagten nichts, jeder in die Gedanken versunken, die der Augenblick forderte. Dann stieg Mr. J. L. B. Matekoni aus, ging um das Auto herum und machte ihr die Tür auf. Sie würden hineingehen, um Buschtee zu trinken, und Mma Ramotswe würde Rose ihren Ring mit dem Brillanten zeigen, der sie so glücklich und gleichzeitig so traurig gemacht hatte.

Kapitel 6

Im Büro der *No. 1 Ladies' Detective Agency* sitzend, sann Mma Ramotswe darüber nach, wie leicht es war, sich zu einer bestimmten Handlung verpflichtet zu fühlen, nur weil einem der Mut fehlte, Nein zu sagen. Sie wollte die Suche nach einer Lösung des Rätsels um Mrs. Curtins Sohn nicht wirklich in Angriff nehmen. Clovis Andersen, der Verfasser der Bibel ihres Berufsstandes, *Die Prinzipien privater Nachforschung*, hätte die Untersuchung als verjährt bezeichnet. »Eine verjährte Untersuchung«, schrieb er, »ist für alle Beteiligten ein undankbares Geschäft. Dem Kunden werden falsche Hoffnungen gemacht, weil sich ein Detektiv der Sache annimmt, und der Detektiv fühlt sich aufgrund der Erwartungen des Kunden verpflichtet, etwas ausfindig zu machen, was bedeutet, dass der Detektiv wahrscheinlich mehr Zeit mit dem Fall verbringt, als es die Umstände rechtfertigen. Am Ende wird vielleicht gar nichts erreicht und man fragt sich, ob es nicht besser gewesen wäre, Vergangenes mit Anstand zu begraben. *Lassen Sie die Vergangenheit ruhen!* ist manchmal der beste Ratschlag, den man geben kann.«

Mma Ramotswe hatte diesen Absatz mehrmals durchgelesen und festgestellt, dass sie diese Ansicht teilte. Die Leute interessierten sich viel zu sehr für die Vergangenheit, dachte sie. Ständig gruben sie irgendwelche Sachen aus, die lange zurücklagen. Und was hatte es für einen Sinn, wenn man damit nur die Gegenwart vergiftete? Viel Unrecht war in der Vergangenheit geschehen, aber half es denn, all das Schlimme zutage zu bringen und immer wieder aufzuwärmen? Sie dachte an das Volk der Shona und ihre ständigen Klagen über das, was die Ndebele ihnen unter Mzilikazi und Lobengula angetan hatten. Es stimmte ja, dass Schreckliches passiert war – schließlich waren die Ndebele Zulus und hatten immer ihre Nachbarn unterdrückt –, aber das war doch keine Rechtfertigung dafür, ständig darüber zu reden. Es wäre besser, das Ganze ein für alle Mal zu vergessen.

Sie dachte an Seretse Khama, Oberhäuptling der Bangwato, erster Präsident von Botswana, Staatsmann. Wie hatten die Briten ihn nur behandelt, als sie nicht akzeptieren wollten, wen er sich als Ehefrau ausgesucht hatte, und ihn ins Exil zwangen, nur weil er eine Engländerin geheiratet hatte. Wie konnten sie einem solchen Mann so etwas Gefühlloses und Grausames antun? Einen Mann aus seinem Land zu weisen, weg von seinem Volk, war wohl eine der grausamsten Strafen, die man sich ausdenken konnte. Und es ließ die Leute führerlos zurück. Es traf sie tief in ihrer Seele: *Wo ist unser Khama? Wo ist der Sohn von Kgosi Sekgoma II. und Mohumagadi Tebogo?* Aber Seretse selbst machte später nicht viel Aufhebens darum. Er sprach nicht darüber und trat gegenüber der britischen Regierung und ihrer Königin immer nur höflich auf. Ein Geringerer hätte gesagt: Schaut, was ihr mir angetan habt, und jetzt wollt ihr, dass ich euer Freund bin!

Und Mr. Mandela. Jeder kannte die Geschichte von Mr. Mandela und wie er den Leuten, die ihn eingesperrt hatten, verzieh. Sie hatten ihm viele, viele Jahre seines Lebens genommen, nur weil er Gerechtigkeit wollte. Er musste in einem Steinbruch arbeiten, und der Staub hatte seine Augen für immer geschädigt. Aber als er an jenem atemberaubenden, strahlenden Tag aus dem Gefängnis trat, hatte er weder von Rache noch von Vergeltung gesprochen. Er hatte gesagt, dass es wichtigere Dinge zu tun gäbe, als auf die Vergangenheit zu schimpfen, und im Laufe der Zeit hatte er denen, die ihn so schlecht behandelt hatten, mit Hunderten von guten Taten gezeigt, dass er es ernst damit meinte. Das war die wahre afrikanische Art, die Tradition, die dem Herzen Afrikas am nächsten war. Wir sind alle Kinder Afrikas, und keiner von uns ist besser oder wichtiger als der andere. Das ist es, was Afrika der Welt sagen kann – Afrika kann die Welt daran erinnern, was es bedeutet, menschlich zu sein.

Das erkannte sie, und sie begriff die Größe, die Khama und Mandela gezeigt hatten, als sie der Vergangenheit verziehen. Aber Mrs. Curtins Fall lag anders. Mma Ramotswe hatte nicht das Gefühl, dass es die Amerikanerin darauf abgesehen hatte, einen Schuldigen zu finden, der für das Verschwinden ihres Sohnes verantwortlich war. Es gab allerdings viele Leute, die unter ähnlichen Umständen von der Idee besessen waren, jemanden zu finden, den man strafen konnte. Und da war natürlich das Problem der Strafe überhaupt. Mma Ramotswe seufzte. Vermutlich war eine Strafe manchmal nötig, um klarzustellen, dass das, was jemand getan hatte, falsch war. Aber weshalb wir Leute, die ihre Missetaten bereuen, unbedingt strafen müssen, hatte sie nie verstanden.

Aber das waren alles schwer wiegende Fragen. Das unmittelbare Problem dagegen war, wo sie mit der Suche nach dem toten amerikanischen Jungen anfangen sollte. Sie stellte sich vor, Clovis Andersen stünde ihr kopfschüttelnd gegenüber und sagte: »Mma Ramotswe, da haben Sie sich also tatsächlich einen verjährten Fall andrehen lassen. Da es aber nun mal geschehen ist, rate ich wie üblich dazu, an den Anfang zurückzukehren. Da fangen Sie an.« Der Anfang, dachte sie, war die Farm, wo Burkhardt und seine Freunde das Projekt begonnen hatten. Es wäre nicht schwierig, den Ort zu finden, sie bezweifelte aber, dort etwas zu entdecken. Aber sie könnte ein Gefühl für die Sache bekommen, und das war, wie sie wusste, der Anfang. Orte hatten eine bestimmte Ausstrahlung – und wenn man sensibel war, konnte man vielleicht etwas erspüren, ein Gefühl für das bekommen, was passiert war.

Wenigstens wusste sie, wie das Dorf zu finden wäre. Ihre Sekretärin, Mma Makutsi, hatte eine Cousine, die aus dem Dorf in der Nähe der Farm stammte und ihr erklärt hatte, welche Straße sie nehmen müsste. Das Dorf lag im Westen, nicht weit von Molepolole entfernt. Es war trockenes Land voll niedriger Büsche und Dornenbäume, das an die Kalahari grenzte. Es war dünn besiedelt, aber in Gebieten, wo es mehr Wasser gab, gab es auch kleine Dörfer, und um die Sorghum- und Melonenfelder herum hatten Menschen Grüppchen von kleinen Häusern errichtet. Es gab nicht viel zu tun, und die Leute zogen, wenn sie konnten, nach Lobatse oder Gaborone, um nach Arbeit zu suchen. Gaborone war voll von Leuten aus solchen Orten. Sie kamen in die Stadt, behielten aber ihr Land und ihr Vieh. Das war ihre Heimat, egal wie lange sie wegblieben. Irgendwann würden die Leute dort sterben wollen, unter dem großen weiten Himmel, der wie ein endloses Meer war.

An einem Samstagmorgen machte sich Mma Ramotswe mit ihrem kleinen weißen Lieferwagen auf den Weg – frühzeitig, wie immer, wenn sie so etwas vorhatte. Als sie aus der Stadt herausfuhr, kamen ihr Ströme von Menschen entgegen, die ihre Samstagseinkäufe erledigen wollten. Es war Monatsende, also Zahltag, und die Läden würden laut und voll sein, wenn die Leute ihre großen Gläser mit Sirup und Bohnen kauften oder sich das ersehnte neue Kleid oder neue Schuhe leisteten. Mma Ramotswe ging gerne einkaufen, aber nie am Zahltag. Da schossen die Preise in die Höhe – davon war sie überzeugt –, und in der Mitte des Monats, wenn niemand mehr Geld hatte, sanken sie wieder.

Die meisten Fahrzeuge auf der Straße waren Busse und Lieferwagen, die Leute in die Stadt brachten. Ein paar fuhren auch in die Gegenrichtung – Arbeiter aus der Stadt, die das Wochenende in ihren Dörfern verbringen wollten, Männer, die zu ihren Frauen und Kindern fuhren, Frauen, die als Hausangestellte in Gaborone arbeiteten und ihre kostbare Freizeit mit ihren Eltern und Großeltern verbringen wollten. Mma Ramotswe bremste. Am Straßenrand stand eine Frau und winkte, um mitgenommen zu werden. Sie war ungefähr in Mma Ramotswes Alter und sah in ihrem schwarzen Rock und knallroten Pullover recht schick aus. Mma Ramotswe zögerte. Dann hielt sie an. Sie konnte die Frau doch nicht einfach stehen lassen! Irgendwo wartete sicher eine Familie auf sie, die damit rechnete, dass irgendein Autofahrer die Mutter nach Hause brachte.

Mma Ramotswe fuhr an die Seite und rief aus dem Fenster des Wagens: »Wo wollen Sie hin, Mma?«

»Hier lang«, sagte die Frau und deutete die Straße hinunter. »Gleich hinter Molepolole. Ich muss nach Silokwolela.«

Mma Ramotswe lächelte. »Da fahr ich auch hin«, sagte sie. »Ich kann sie die ganze Strecke mitnehmen.«

Die Frau stieß einen Freudenschrei aus. »Hab ich ein Glück! Das ist wirklich nett von Ihnen.«

Sie langte nach ihrer Plastiktüte, in der sie ihre Habe aufbewahrte, und öffnete die Tür auf der Beifahrerseite. Nachdem die Frau ihre Sachen zu ihren Füßen verstaut hatte, lenkte Mma Ramotswe das Auto zurück auf die Fahrbahn, und schon waren sie wieder unterwegs. Aus alter Gewohnheit streifte Mma Ramotswe ihre Reisebegleiterin mit einem Blick und begann sie zu taxieren. Sie war gut gekleidet. Der Pullover war neu und aus reiner Wolle, nicht aus der billigen Kunstfaser, die heutzutage von vielen gekauft wurde. Der Rock war allerdings billig, die Schuhe etwas abgestoßen. Die Frau arbeitet in einem Laden, dachte Mma Ramotswe. Sie hat einen Hauptschulabschluss und vielleicht sogar einige Jahre Realschule. Sie hat keinen Ehemann, und ihre Kinder leben bei der Großmutter draußen in Silokwolela. Mma Ramotswe hatte die Bibel bemerkt, die oben aus der Plastiktüte herausschaute. Damit hatte sie noch mehr Informationen. Die Frau war Mitglied einer Kirche und besuchte möglicherweise Bibelstunden. Am Abend würde sie ihren Kindern aus der Bibel vorlesen.

»Ihre Kinder leben dort unten, Mma?«, fragte Mma Ramotswe höflich.

»Ja«, kam die Antwort. »Sie sind bei der Großmutter. Ich arbeite in einem Geschäft in Gaborone, *New Deal Furnishers*. Kennen Sie es vielleicht?«

Mma Ramotswe nickte, womit sie ihre Einschätzung bestätigte und gleichzeitig die Frage beantwortete.

»Ich habe keinen Mann mehr«, fuhr die Frau fort. »Er ging nach Francistown und starb an seinen Rülpsern.«

Mma Ramotswe zuckte zusammen. »Rülpser? Man kann beim Rülpsen sterben?«

»Ja. Er musste fürchterlich rülpsen in Francistown, und dann hat man ihn ins Krankenhaus gebracht. Sie haben ihn operiert und dabei festgestellt, dass etwas sehr Schlechtes in ihm drin war. Wegen dieser Sache musste er rülpsen. Dann starb er.«

Es wurde still. Dann sagte Mma Ramotswe: »Das tut mir Leid.«

»Danke. Ich war sehr traurig, als es passierte. Er war nämlich ein sehr guter Mann und meinen Kindern ein guter Vater gewesen. Aber meine Mutter war noch kräftig und sagte, dass sie sich um die Kinder kümmern würde. Ich könnte in Gaborone Arbeit finden, weil ich die mittlere Reife habe. Ich bin zum Möbelgeschäft gegangen, und sie sind mit meiner Arbeit sehr zufrieden. Ich gehöre jetzt zu den Spitzenverkäuferinnen, und man hat mich sogar zu einer Verkaufsschulung in Mafikeng angemeldet.«

Mma Ramotswe lächelte. »Sie sind sehr tüchtig. Die Männer erwarten von uns, dass wir die ganze Arbeit machen, und dann schnappen sie uns die besten Jobs weg. Es ist nicht leicht, eine erfolgreiche Frau zu sein.«

»Aber ich kann sehen, dass *Sie* erfolgreich sind«, sagte die Frau. »Ich kann sehen, dass Sie eine Geschäftsfrau sind. Und ich sage Ihnen, dass Sie tüchtig sind.«

Mma Ramotswe dachte einen Augenblick nach. Sie war stolz auf ihre Fähigkeit, die Leute richtig einzuschätzen. Aber vielleicht hatten auch viele andere Frauen dieses Talent, vielleicht war es einfach weibliche Intuition?

»Sagen Sie mir, was ich mache«, verlangte sie. »Können Sie erraten, welchen Beruf ich habe?«

Die Frau drehte sich auf ihrem Sitz herum und musterte Mma Ramotswe von oben bis unten.

»Sie sind Detektivin, glaube ich«, sagte sie. »Sie beschäftigen sich mit den Angelegenheiten anderer Leute.«

Der kleine weiße Lieferwagen machte einen leichten

Schlenker. Mma Ramotswe war tief betroffen, dass die Frau den Nagel genau auf den Kopf getroffen hatte. Ihre intuitiven Fähigkeiten müssen noch ausgeprägter als meine sein, dachte sie.

»Woran haben Sie das erkannt? Was habe ich getan, dass Sie darauf gekommen sind?«

Die andere lächelte. »Es war einfach«, sagte sie. »Ich habe Sie vor Ihrem Büro sitzen und mit Ihrer Sekretärin Tee trinken sehen. Das ist die Dame mit der riesigen Brille. Sie sitzen manchmal zusammen im Schatten, wenn ich auf der anderen Straßenseite vorbeigehe. Daher weiß ich es.«

In freundlichem Einvernehmen fuhren sie weiter und redeten über ihr tägliches Leben. Die Frau hieß Mma Tsbago und erzählte von ihrer Arbeit im Möbelgeschäft. Der Chef sei ein freundlicher Mann, sagte sie, der seine Angestellten nicht schikaniere und seinen Kunden gegenüber immer ehrlich sei. Eine andere Firma habe ihr einen Job mit einem höheren Gehalt angeboten, sie habe das Angebot aber ausgeschlagen. Ihr Chef hatte davon erfahren und ihre Treue mit einer Beförderung belohnt.

Und dann waren da noch ihre Kinder. Ein Mädchen von zehn und ein Junge von acht Jahren. Sie waren gut in der Schule, und sie hoffte, sie nach Gaborone holen zu können, damit sie eine höhere Schule besuchten. Sie hatte gehört, dass die *Gaborone Government Secondary School* sehr gut sei, und sie hoffte, dort einen Platz für ihre Kinder zu bekommen. Sie hatte auch gehört, dass es Stipendien für noch bessere Schulen gab, und vielleicht hätten sie sogar die Chance, auf so eine zu kommen.

Mma Ramotswe erzählte, dass sie verlobt sei und zeigte auf den Brillanten an ihrem Finger. Mma Tsbago bewunderte ihn und fragte, wer der Verlobte war. Es sei eine gute Sache, einen Mechaniker zu heiraten, sagte sie, sie habe gehört, das wären die besten Ehemänner. Man solle versuchen, einen Polizisten, einen Mechaniker oder einen Pfarrer zu heiraten, sagte sie, aber niemals einen Politiker, einen Barkeeper oder einen Taxifahrer. Solche Männer machten ihren Frauen eine Menge Ärger.

»Und man sollte auch keinen Trompeter heiraten«, setzte Mma Ramotswe hinzu. »Den Fehler habe ich gemacht. Ich hatte einen schlechten Mann namens Note Mokoti. Er spielte Trompete.«

»Das sind bestimmt keine guten Männer zum Heiraten«, sagte Mma Tsbago. »Ich werde sie in meine Liste aufnehmen.«

Gegen Ende der Fahrt kamen sie nur langsam voran. Die ungeteerte Straße war voller großer und gefährlicher Schlaglöcher, und an mehreren Stellen mussten sie auf den sandigen Randstreifen fahren, um einem besonders tiefen Loch auszuweichen. Das war gefährlich, weil der kleine weiße Lieferwagen leicht im Sand stecken bleiben konnte und sie dann stundenlang auf Rettung warten müssten. Aber endlich kamen sie im Dorf von Mma Tsbago an, das der von Mma Ramotswe gesuchten Farm am nächsten lag.

Sie hatte sich bei Mma Tsbago nach der Ansiedlung erkundigt und einige Auskünfte erhalten. Mma Tsbago erinnerte sich an das Projekt, obwohl sie die Leute, die damit zu tun hatten, nicht kannte. Sie konnte sich eines Weißen entsinnen, einer Frau aus Südafrika und ein paar anderer Ausländer. Es hatten auch einige Leute aus dem Dorf dort gearbeitet, und man hatte geglaubt, dass großartige Dinge entstehen würden, aber irgendwann war alles im Sande verlaufen. Das hatte sie nicht weiter überrascht. Dinge verliefen hier oft im Sand. Man konnte sich nicht erhoffen, Afrika zu verändern. Die Leute verloren das Interesse oder sie kehrten zu ihrer traditionellen Arbeitsweise zurück. Oder sie gaben auf, weil alles viel zu anstrengend war. Und dann schaffte es die afrikanische Wildnis immer wieder, sich alles zurückzuerobern.

»Gibt es jemanden im Dorf, der mich dort hinbringen kann?«, fragte Mma Ramotswe.

Mma Tsbago dachte einen Augenblick nach.

»Es gibt noch ein paar Leute, die dort gearbeitet haben«, sagte sie. »Eine Freundin meines Onkels. Sie hatte eine Zeit lang einen Job da draußen. Wir können zu ihr gehen und Sie können sie fragen.«

Sie gingen zuerst zu Mma Tsbagos Haus. Es war ein traditionelles Botswana-Haus aus ockerfarbenen Lehmziegeln, umgeben von einer niedrigen Mauer, einer *lomotana*, die einen winzigen Hof vor und neben dem Haus begrenzte. Außerhalb dieser Mauer standen zwei strohgedeckte Getreidebehälter auf Stelzen und ein Hühnerstall. Hinter dem Haus war, aus Blech gebaut und in gefährlicher Schräglage, das Klo mit einer alten Brettertür und einem Seil, mit dem die Tür zugemacht werden konnte. Die Kinder kamen sofort aus dem Haus gerannt und umarmten ihre Mutter, bevor sie schüchtern darauf warteten, der Fremden vorgestellt zu werden. Aus dem dunklen Hausinneren tauchte danach die Großmutter auf, die ein fadenscheiniges weißes Kleid trug und sie zahnlos angrinste.

Mma Tsbago erklärte, dass sie in spätestens einer Stunde zurück sein würde. Mma Ramotswe schenkte den Kindern Bonbons, die sich mit ernster Miene in der korrekten Setswana-Art dafür bedankten. Das waren Kinder, die die alten Bräuche noch verstanden, dachte Mma Ramotswe anerkennend – im Gegensatz zu manchen anderen in Gaborone.

Sie verließen den Hof und fuhren mit dem weißen Lieferwagen durch das Dorf. Es war ein für Botswana typisches Dorf, eine weit verstreute Ansammlung von Häusern mit ein oder zwei Räumen, jedes in seinem eigenen Hof und mit einem Gewirr von Dornenbäumen drum herum. Die Häuser waren durch Wege miteinander verbunden, die hierhin und dorthin führten und Äcker und Getreidefelder säumten. Vieh trottete lustlos umher und zupfte an dem braunen, verdorrten Gras, während ein dickbäuchiger, staubiger Hirtenjunge, angetan mit einem Lendenschurz, unter einem Baum stand und sie bewachte. Die Rinder waren nicht gekennzeichnet, aber alle Leute kannten ihren Besitzer und ihre Herkunft. Sie waren ein Zeichen von Reichtum, der verkörperte Lohn für die Plackerei eines Menschen in der Diamantmine von Jwaneng oder der Rindfleischkonservenfabrik in Lobatse.

Mma Tsbago wies ihr den Weg zu einem Haus am Dorfrand. Es war ein gut gepflegtes Haus, etwas größer als die in der unmittelbaren Nachbarschaft, und im Stil des traditionellen Botswana-Hauses rot und braun gestrichen und mit einem kräftigen weißen Diamantmuster verziert worden. Der Hof war sauber gekehrt, was erkennen ließ, dass die Frau des Hauses, die es auch gestrichen haben musste, den Riedgrasbesen gewissenhaft einsetzte. Für die Häuser und ihre Dekoration waren Frauen verantwortlich, und an diese Hausfrau waren offensichtlich die alten Fertigkeiten weitergegeben worden.

Sie warteten am Tor, während Mma Tsbago um Einlass bat. Es war unhöflich, einen Hof, und noch unhöflicher, ein Haus unaufgefordert zu betreten.

»Ko, Ko!«, rief Mma Tsbago. »Mma Potsane, ich bin gekommen, um dich zu sehen!«

Es kam keine Antwort, und Mma Tsbago rief noch einmal. Wieder reagierte keiner, doch dann öffnete sich plötzlich die Tür und eine kleine rundliche Frau in langem Rock und weißer Bluse mit hohem Kragen kam heraus und spähte in ihre Richtung.

»Wer ist da?«, rief sie und hob eine Hand an die Augen. »Wer sind Sie? Ich kann Sie nicht erkennen!«

»Mma Tsbago! Du kennst mich doch. Ich bin mit einer Fremden hier.«

Die Frau lachte. »Ich dachte, es wäre vielleicht jemand anderes, und hab mich schnell umgezogen. Aber die Mühe hätte ich mir sparen können!« Sie winkte sie mit einer Handbewegung herein.

»Ich kann neuerdings nicht mehr so gut sehen«, erklärte Mma Potsane. »Meine Augen werden immer schlechter. Deshalb habe ich nicht gemerkt, dass du es bist.«

Sie schüttelten sich die Hände und begrüßten sich höflich. Dann deutete Mma Potsane auf eine Bank, die im Schatten eines großen Baumes neben dem Haus stand. Dort könnten sie sitzen, meinte sie, im Haus sei es zu dunkel.

Mma Tsbago erklärte, warum sie gekommen waren, und Mma Potsane hörte aufmerksam zu. Ihre Augen schienen sie zu plagen, und ab und zu wischte sie sie mit ihrem Blusenärmel ab. Während Mma Tsbago sprach, nickte sie ihr aufmunternd zu.

»Ja«, sagte sie. »Wir haben da draußen gelebt. Mein Mann hat dort gearbeitet. Wir haben beide dort gearbeitet. Wir hofften, dass wir mit unseren Erzeugnissen etwas Geld verdienen könnten, und für eine Weile funktionierte es ja auch. Dann …« Sie verstummte und zuckte verzagt mit den Schultern.

»Ging irgendwas schief?«, fragte Mma Ramotswe. »War es die Dürre?«

Mma Potsane seufzte. »Es kam eine Dürre, ja. Aber die gibt es ja immer, nicht wahr? Nein, es war nur so, dass die Leute das Vertrauen verloren. Es waren gute Leute, die dort lebten, aber sie gingen alle weg.«

»Der Weiße aus Namibia? Der Deutsche?«, fragte Mma Ramotswe.

»Ja, der. Das war ein guter Mann, aber er ging fort. Es waren auch noch andere Leute da, Batswana, die meinten, sie hätten genug. Auch sie gingen weg.«

»Und ein Amerikaner?«, fragte Mma Ramotswe gespannt. »Gab es einen jungen Amerikaner?«

Mma Potsane rieb sich die Augen. »Der Junge verschwand. Eines Nachts ist er verschwunden. Die Polizei kam hier raus und suchte alles ab. Auch seine Mutter kam oft vorbei. Sie brachte einen Mosarwa mit, einen Fährtensucher – ein kleiner Mann, der wie ein Hund mit der Nase am Boden schnüffelte. Er hatte ein sehr dickes Hinterteil, wie alle Basarwa.«

»Er hat nichts gefunden?« Mma Ramotswe wusste die Antwort, aber sie wollte, dass die Frau weitersprach. Bisher kannte sie die Geschichte nur aus Mrs. Curtins Sicht. Es war sehr gut möglich, dass andere Leute etwas gesehen hatten, wovon sie nichts wusste.

»Wie ein Hund lief er immer im Kreis«, sagte Mma Potsane lachend. »Er guckte unter Steine, schnupperte in der Luft herum und murmelte in seiner komischen Sprache vor sich hin. Sie kennen ja diese Laute –

wie Wind in den Bäumen und knackende Zweige. Aber er fand keine Spur von wilden Tieren, die den Jungen verschleppt haben könnten.«

Mma Ramotswe reichte ihr ein Taschentuch, um sich die Augen abzutupfen. »Was glauben Sie, Mma, was mit ihm passiert ist? Wie kann jemand einfach so verschwinden?«

Mma Potsane schniefte und schnäuzte sich in Mma Ramotswes Taschentuch.

»Ich glaube, dass er aufgesaugt wurde«, sagte sie. »In der heißesten Zeit gibt es hier manchmal Wirbelstürme. Sie kommen aus der Kalahari und saugen Dinge auf. Ich glaube, dass der Junge von einem Wirbelsturm geschluckt und ganz weit weg irgendwo abgesetzt wurde. Vielleicht drüben in Ghanzi oder mitten in der Kalahari oder sonst wo. Kein Wunder, dass sie ihn nicht gefunden haben.«

Mma Tsbago sah Mma Ramotswe von der Seite an und versuchte, ihren Blick zu erhaschen, aber Mma Ramotswe schaute unbeirrt geradeaus in Mma Potsanes Gesicht.

»So etwas ist möglich, Mma«, sagte sie. »Ein interessanter Gedanke.« Sie schwieg. Dann fragte sie: »Könnten Sie mich hinbringen und mich herumführen? Ich habe einen Wagen.«

Mma Potsane dachte einen Augenblick nach. »Ich geh' da nicht gerne hin«, sagte sie. »Es ist ein trauriger Ort für mich.«

»Ich habe hier 20 Pula für Ihre Unkosten«, sagte Mma Ramotswe und langte in ihre Tasche. »Ich hatte gehofft, Sie könnten das von mir annehmen.«

»Natürlich«, sagte Mma Potsane schnell. »Natürlich können wir hinfahren. Ich gehe nachts nicht gerne hin, aber am Tag ist es was anderes.«

»Jetzt?«, fragte Mma Ramotswe. »Können Sie jetzt mitkommen?«

»Ich habe nichts weiter zu tun«, sagte Mma Potsane. »Im Moment ist hier nichts los.«

Mma Ramotswe gab Mma Potsane das Geld, die als Zeichen ihrer Dankbarkeit in die Hände klatschte. Dann gingen sie über ihren sauber gefegten Hof, verabschiedeten sich von Mma Tsbago, kletterten in den Lieferwagen und fuhren los.

Kapitel 7

Am Tag, als Mma Ramotswe nach Silokwolela fuhr, war es Mr. J. L. B. Matekoni etwas unbehaglich zumute. Er hatte sich daran gewöhnt, sich mit Mma Ramotswe am Samstagvormittag zu treffen und ihr beim Einkaufen oder irgendeiner Sache im Haus zu helfen. Ohne sie wusste er jetzt nichts mit sich anzufangen. Gaborone kam ihm seltsam leer vor, die Werkstatt war geschlossen, und er hatte keine Lust, sich mit dem Papierkram zu befassen, der sich auf seinem Schreibtisch häufte. Er könnte natürlich einen Freund besuchen und sich vielleicht ein Fußballspiel ansehen, aber auch dazu war er nicht aufgelegt. Dann dachte er an Mma Silvia Potokwane, die Leiterin der Waisenfarm. Dort war bestimmt was los, und sie freute sich immer, wenn sie sich mit ihm bei einer Tasse Tee unterhalten konnte. Er würde hinfahren und nachschauen, wie alles lief. Der Rest des Tages würde sich dann schon irgendwie ergeben.

Mma Potokwane entdeckte ihn, wie immer, als er sein Auto unter einem der Fliederbäume parkte.

»Ich sehe Sie!«, brüllte sie aus dem Fenster. »Ich sehe Sie, Mr. J. L. B. Matekoni!«

Er winkte in ihre Richtung und schloss das Auto ab. Dann schritt er auf das Büro zu, aus dessen Fenster fröhliche Musik drang. Mma Potokwane saß an ihrem Schreibtisch, den Telefonhörer am Ohr. Sie bedeutete ihm, Platz zu nehmen, und setzte ihr Gespräch fort.

»Wenn Sie mir von dem Speiseöl geben können«, sagte sie, »werden sich die Waisen sehr freuen. Sie essen ihre Kartoffeln gern in Öl gebraten, und es ist gut für sie.«

Die Stimme am anderen Ende sagte etwas, und Mma Potokwane runzelte die Stirn und blickte zu Mr. J. L. B. Matekoni hoch, als ob sie ihn an ihrer Verärgerung teilhaben lassen wollte.

»Aber Sie können das Öl doch nicht verkaufen, wenn das Verfallsdatum überschritten ist! Weshalb sollte ich Ihnen etwas dafür bezahlen? Es wäre doch besser, es den Waisen zu schenken, als es in den Abfluss zu kippen. Ich kann Ihnen kein Geld dafür geben, und ich verstehe nicht, warum Sie es uns nicht schenken können.«

Wieder wurde am anderen Ende etwas gesagt, und sie nickte geduldig.

»Ich kann dafür sorgen, dass die *Daily News* vorbeikommt und fotografiert, wie Sie das Öl übergeben. Alle werden erfahren, dass Sie ein großzügiger Mann sind. Es wird in der Zeitung stehen.«

Ein weiterer kurzer Wortwechsel folgte, und dann legte sie auf.

»Manche Leute können nur schwer was verschenken«, sagte sie. »Es hat mit der Erziehung ihrer Mütter zu tun. Ich habe in einem Buch darüber gelesen. Es gibt einen Arzt, Dr. Freud, der sehr berühmt ist und viele Bücher über solche Leute geschrieben hat.«

»Lebt er in Johannesburg?«, fragte Mr. J. L. B. Matekoni.

»Ich glaube nicht«, sagte Mma Potokwane. »Es ist ein Buch aus London. Aber es ist sehr interessant. Dr. Freud sagt, dass alle Jungen in ihre Mütter verliebt sind.«

»Das ist normal«, sagte Mr. J. L. B. Matekoni. »Natürlich lieben Jungen ihre Mütter. Warum denn auch nicht?«

Mma Potokwane hob die Schultern. »Ich stimme Ihnen bei. Ich sehe auch nicht ein, was falsch daran sein soll, wenn ein Junge seine Mutter liebt.«

»Warum macht sich dieser Dr. Freud dann Sorgen?«, fuhr Mr. J. L. B. Matekoni fort. »Er sollte eher Bedenken haben, wenn sie ihre Mütter *nicht* lieben.«

Mma Potokwane sah nachdenklich aus. »Ja, aber er hat sich trotzdem viele Sorgen um diese Jungen gemacht und ich glaube, er wollte, dass sie damit aufhören.«

»Das ist ja lächerlich«, sagte Mr. J. L. B. Matekoni. »Hatte er nichts Besseres zu tun?«

»Das sollte man annehmen«, meinte Mma Potokwane. »Aber trotz Dr. Freud lieben Jungen ihre Mütter weiter, und so muss es auch sein.«

Sie schwieg. Aber nachdem sie das schwierige Thema fallen gelassen hatten, hellte sich ihre Miene wieder auf und Mma Potokwane strahlte ihn an. »Ich bin sehr froh, dass Sie heute zu uns gekommen sind. Ich wollte Sie schon anrufen.«

Mr. J. L. B. Matekoni seufzte. »Bremsen? Die Pumpe?«

»Die Pumpe«, sagte Mma Potokwane. »Sie macht ein eigenartiges Geräusch. Das Wasser kommt zwar raus, aber die Pumpe quietscht, als ob ihr was weh täte.«

»Motoren haben tatsächlich Schmerzen«, sagte Mr. J. L. B. Matekoni. »Sie sagen es uns, indem sie Geräusche machen.«

»Dann braucht diese Pumpe wirklich Hilfe«, sagte Mma Potokwane. »Könnten Sie einen kurzen Blick darauf werfen?«

»Natürlich«, sagte Mr. J. L. B. Matekoni.

Es dauerte länger, als er erwartet hatte, aber am Ende fand er die Ursache und konnte sie beseitigen. Die Pumpe, wieder zusammengebaut, wurde getestet und lief reibungslos.

Wieder zurück in Mma Potokwanes Büro, entspannte Mr. J. L. B. Matekoni sich bei seiner Tasse Tee und einem großen Stück Korinthenkuchen, den die Köche am Morgen gebacken hatten. Die Waisen wurden gut ernährt. Die Regierung sorgte für sie und gewährte den Waisenhäusern jedes Jahr einen großzügigen Zuschuss. Aber es gab auch private Spender – ein Netzwerk von Leuten, die der Waisenfarm Geld oder Sachspenden zukommen ließen. Dies bedeutete, dass es keinem der Waisenkinder an irgendetwas mangelte und keines unterernährt war wie in so vielen anderen afrikanischen Ländern. Botswana war ein gesegnetes Land. Niemand hungerte und niemand schmachtete wegen seiner politischen Einstellung im Gefängnis. Wie Mma Ramotswe ihm gesagt hatte: die Batswana konnten überall hoch erhobenen Hauptes gehen – überall.

»Der Kuchen schmeckt gut«, sagte Mr. J. L. B. Matekoni. »Die Kinder mögen ihn sicher gern.«

Mma Potokwane lächelte. »Unsere Kinder lieben Kuchen. Wenn sie nur Kuchen bekämen, wären sie glücklich. Aber das machen wir natürlich nicht. Die Waisen brauchen Zwiebeln und auch Bohnen.«

Mr. J. L. B. Matekoni nickte. »Eine ausgewogene Ernährung ist der Schlüssel zur Gesundheit, so heißt es doch immer.«

Es trat eine kurze Stille ein, in der sie über diese Beobachtung nachdachten. Dann ergriff Mma Potokwane wieder das Wort.

»Sie werden also bald ein verheirateter Mann sein«, sagte sie. »Das wird ihr Leben verändern. Sie werden sich anständig benehmen müssen, Mr. J. L. B. Matekoni!«

Er lachte und kratzte die letzten Kuchenkrümel vom Teller. »Mma Ramotswe wird auf mich aufpassen. Sie wird schon dafür sorgen, dass ich mich anständig benehme.«

»Mmm«, machte Mma Potokwane. »Werden Sie in Mma Ramotswes Haus oder in Ihrem wohnen?«

»Ich glaube in ihrem«, sagte Mr. J. L. B. Matekoni. »Es ist hübscher als meins. Ihr Haus liegt am Zebra Drive, wissen Sie.«

»Ja«, sagte die Heimleiterin. »Ich habe ihr Haus gesehen. Ich bin neulich daran vorbeigefahren, es sieht sehr gut aus.«

Mr. J. L. B. Matekoni sah überrascht aus. »Sie sind vorbeigefahren, nur um es sich anzuschauen?«

»Na ja«, sagte Mma Potokwane lächelnd. »Ich wollte nur mal sehen, was für ein Haus es ist. Es ist ziemlich groß, nicht wahr?«

»Es ist ein gemütliches Haus«, sagte Mr. J. L. B. Matekoni. »Ich glaube, wir werden genug Platz haben.«

»Zu viel Platz«, sagte Mma Potokwane. »Da ist noch Platz für Kinder da.«

Mr. J. L. B. Matekoni runzelte die Stirn. »Daran haben wir nicht gedacht. Dafür sind wir vielleicht schon ein bisschen zu alt. Ich bin 45. Und dann … Also, ich spreche nicht gern darüber, aber Mma Ramotswe hat mir gesagt, dass sie keine Kinder mehr bekommen kann. Sie hatte mal ein Baby, wissen Sie, aber es starb, und die Ärzte haben ihr gesagt, dass …«

Mma Potokwane schüttelte den Kopf. »Wie traurig. Es tut mir sehr Leid für sie.«

»Aber wir sind sehr glücklich«, sagte Mr. J. L. B. Matekoni. »Auch wenn wir keine Kinder haben.«

Mma Potokwane langte nach der Teekanne und schenkte ihrem Gast neu ein. Dann schnitt sie noch ein

Stück Kuchen ab – eine großzügige Portion – und ließ es auf seinen Teller gleiten.

»Natürlich kann man immer welche adoptieren«, sagte sie und beobachtete ihn, während sie sprach. »Oder Sie können sich um ein Kind kümmern, wenn Sie keins adoptieren wollen. Sie könnten …«, sie unterbrach sich, als sie die Teetasse an die Lippen hob, »sie könnten ein Waisenkind zu sich nehmen.« Und setzte schnell hinzu: »Oder vielleicht sogar zwei.«

Mr. J. L. B. Matekoni starrte auf seine Schuhe. »Ich weiß nicht. Ich glaube, ich würde kein Kind adoptieren wollen. Aber …«

»Aber ein Kind könnte bei Ihnen leben. Es ist nicht nötig, sich mit all den Adoptionspapieren und Gerichten herumzuschlagen«, sagte Mma Potokwane. »Stellen Sie sich vor, wie schön das wäre!«

»Vielleicht … ich weiß nicht. Kinder sind eine große Verantwortung.«

Mma Potokwane lachte. »Aber Sie sind ein Mann, dem es leicht fällt, Verantwortung zu übernehmen. Ihre Werkstatt zum Beispiel, das ist eine Verantwortung. Und Ihre Lehrlinge. Sie sind auch eine Verantwortung, oder etwa nicht? Sie sind doch an Verantwortung gewöhnt.«

Mr. J. L. B. Matekoni dachte an seine Lehrlinge. Sie waren einfach aufgetaucht, kurz nachdem er die Berufsschule angerufen und zwei Ausbildungsplätze angeboten hatte. Er hatte große Hoffnungen auf sie gesetzt, war aber von Anfang an enttäuscht worden. In ihrem Alter war er voller Ehrgeiz gewesen, aber sie schienen alles für selbstverständlich anzusehen. Zuerst konnte er nicht verstehen, warum sie so lustlos wirkten, aber dann hatte ihm ein Freund alles erklärt: »Junge Leute können heute keinen Enthusiasmus zeigen. Es gilt nicht als cool, enthusiastisch zu sein.« Das war es also, was mit den Lehrlingen los war. Man sollte sie für cool halten.

Einmal, als Mr. J. L. B. Matekoni sich ganz besonders darüber ärgerte, dass die beiden jungen Männer lustlos auf leeren Ölfässern saßen und Löcher in die Luft starrten, hatte er seine Stimme erhoben.

»Ihr haltet euch also für cool«, hatte er gebrüllt. »Hab ich Recht?«

Die Lehrlinge hatten sich angeguckt.

»Nein«, sagte einer von den beiden nach wenigen Augenblicken. »Nein, tun wir nicht.«

Er hatte sich entmutigt gefühlt und die Bürotür zugeschlagen. Wie es schien, fehlte ihnen sogar der Antrieb, auf seine Provokation zu reagieren, was nur bewies, dass er mit seiner Annahme Recht hatte.

Jetzt fragte er sich, ob er überhaupt genug Energie hätte, sich mit Kindern abzugeben. Er näherte sich einem Punkt im Leben, wo er es ruhig und ordentlich haben wollte. Tagsüber wollte er in seiner Werkstatt Motoren reparieren und seine Abende mit Mma Ramotswe verbringen. Das wäre die reinste Wonne! Würden Kinder nicht Unruhe in ihr häusliches Leben bringen? Kinder mussten in die Schule gebracht, in die Badewanne gesteckt und zum Impfen zur Krankenschwester gebracht werden. Eltern schienen wegen ihrer Kinder immer so fertig zu sein. Wollten er und Mma Ramotswe sich das wirklich antun?

»Ich sehe, dass Sie es sich durch den Kopf gehen lassen«, sagte Mma Potokwane. »Ich glaube, Sie haben sich schon fast entschieden.«

»Ich weiß nicht ...«

»Springen Sie doch einfach ins kalte Wasser«, fuhr sie fort. »Sie könnten Mma Ramotswe zur Hochzeit die

Kinder schenken! Frauen lieben Kinder. Sie wird sich bestimmt freuen. Sie bekommt einen Mann und ein paar Kinder dazu – alles am selben Tag! Jede Frau wäre begeistert. Glauben Sie mir!«

»Aber ...«

Mma Potokwane schnitt ihm das Wort ab. »Es gibt zwei Kinder, die sehr glücklich wären, wenn sie zu Ihnen ziehen dürften«, sagte sie. »Nehmen Sie sie auf Probe. Nach einem Monat oder so können Sie entscheiden, ob sie bleiben dürfen.«

»Zwei Kinder? Es sind zwei?«, stotterte er. »Ich dachte ...«

»Bruder und Schwester«, antwortete Mma Potokwane eilig. »Wir reißen Geschwister nicht gern auseinander. Das Mädchen ist zwölf und der Junge erst fünf. Es sind sehr nette Kinder.«

»Ich weiß nicht ... ich müsste ...«

»Ich glaube sogar«, sagte Mma Potokwane und erhob sich, »dass sie eines der Kinder bereits kennen gelernt haben. Das Mädchen, das Ihnen Wasser gebracht hat. Das Kind, das nicht gehen kann.«

Mr. J. L. B. Matekoni sagte nichts. Er dachte an das Mädchen, das sehr höflich und dankbar gewesen war. Aber wäre es nicht ziemlich anstrengend, sich um ein behindertes Kind zu kümmern? Mma Potokwane hatte nichts davon gesagt, als sie das Thema angesprochen hatte. Plötzlich gab es noch ein zweites Kind – den Bruder – und jetzt erwähnte sie so ganz nebenbei den Rollstuhl, als ob das keine Rolle spielte. Er hielt in seinen Gedanken inne. Er könnte ja selbst im Rollstuhl sitzen.

Mma Potokwane blickte aus dem Fenster. Dann wandte sie sich ihm wieder zu und fragte: »Soll ich das Kind jetzt rufen? Ich will Sie nicht zu irgendwas zwingen,

Mr. J. L. B. Matekoni, aber würden Sie das Mädchen nicht gerne wiedersehen – und den kleinen Jungen?«

Im Zimmer war es still, bis auf ein plötzliches Knarren des Blechdachs, das sich in der Hitze ausdehnte. Mr. J. L. B. Matekoni betrachtete seine Schuhe und dachte für einen Moment daran, wie es war, ein Kind zu sein, im Dorf, vor so vielen Jahren. Und er erinnerte sich an die Freundlichkeit des Mechanikers am Ort, der ihm erlaubt hatte, die Lastwagen zu polieren und ihm beim Flicken der Autoreifen zu helfen, und dessen Güte seine Berufung zum Vorschein brachte und förderte. Es war leicht, im Leben anderer Menschen etwas zu verändern, so leicht, den kleinen Raum, in dem die Menschen lebten, umzugestalten.

»Rufen Sie die Kinder«, sagte er. »Ich möchte sie sehen.«

Mma Potokwane lächelte. »Sie sind ein guter Mann, Mr. J. L. B. Matekoni«, sagte sie. »Ich lasse sie kommen, sie müssen vom Feld geholt werden. Aber während wir warten, erzähle ich Ihnen ihre Geschichte. Hören Sie zu!«

Kapitel 8

»Sie müssen wissen«, sagte Mma Potokwane, »dass es ein Leichtes für uns ist, die Gewohnheiten der Basarwa zu kritisieren, doch wir sollten erst einmal nachdenken. Man sollte sich das Leben anschauen, das sie draußen in der Kalahari führen – kein eigenes Vieh und keine Häuser, um darin zu wohnen. Wenn wir darüber nachdenken und uns fragen, wie lange Sie und ich und andere Batswana fähig wären, so zu leben, dann wird einem bewusst, dass die Buschmänner ganz erstaunliche Menschen sind.

Da war also einmal eine Gruppe von Basarwa, die aus der Kalahari gekommen waren, um Strauße zu jagen. Sie müssen Wasser in den Verdunstungsbecken der *Makadikadi Salt Pans* gefunden haben und dann weiter auf der Straße nach Maun einem der Dörfer entgegengegangen sein. Die Leute dort oben trauen den Basarwa häufig nicht. Sie sagen, dass sie ihnen die Ziegen stehlen und nachts ihre Kühe melken, wenn man nicht gut genug aufpasst.

Diese Gruppe schlug zwei oder drei Meilen außerhalb des Dorfes ihr Lager auf. Sie hatten nichts aufgebaut, sondern schliefen nur unter den Büschen, wie sie es häufig tun. Sie hatten genug Fleisch, weil sie gerade mehrere Strauße getötet hatten, und waren es zufrieden, für eine Weile dort zu bleiben.

Es waren auch Kinder dabei, und eine der Frauen hatte gerade ein Baby geboren, einen Jungen. Sie schlief mit ihm an ihrer Seite, ein wenig abseits von den anderen. Sie hatte auch eine Tochter, die auf der anderen Seite der

Mutter schlief. Wir vermuten, dass die Mutter aufwachte und die Beine bewegte, um eine bequemere Lage zu finden. Unglücklicherweise lag eine Schlange zu ihren Füßen, und die Frau muss eine Ferse auf ihren Kopf gelegt haben. Die Schlange biss zu. So passiert es meistens. Die Menschen schlafen auf ihren Matten, und Schlangen suchen die Wärme. Dann drehen sich die Menschen um und legen sich auf die Schlange, die sich verteidigt.

Sie gaben der Frau von ihren Kräutern. Die Basarwa graben Wurzeln aus und schälen Rinde von Bäumen, aber nichts davon hilft bei einem *Lebolobolo*-Biss, was es gewesen sein muss. Die Tochter berichtete, dass ihre Mutter starb, bevor das Baby erwachte. Natürlich verloren sie keine Zeit und wollten die Mutter noch am selben Morgen beerdigen. Aber, wie Sie vielleicht wissen, Mr. J. L. B. Matekoni, wenn eine Basarwa-Frau stirbt und noch ein Baby stillt, begraben sie auch das Baby. Es gibt einfach nicht genug, um ein Baby ohne Mutter ernähren zu können. So ist es eben.

Das Mädchen versteckte sich im Busch und sah zu, wie sie die Mutter und den kleinen Bruder wegtrugen. Es war sandig dort, und sie schafften nur ein flaches Grab, in das sie die Mutter legten, während die anderen Frauen und die Männer sangen. Das Mädchen beobachtete, wie sie das winzige Brüderchen, in ein Tierfell gewickelt, mit ins Grab legten. Dann schoben sie den Sand über beide und gingen zum Lager zurück.

Kaum waren sie fort, kroch das Kind aus seinem Versteck und scharrte so schnell es ging den Sand weg. Es dauerte nicht lange und das Mädchen hatte den kleinen Bruder im Arm. Er hatte Sand in den Nasenlöchern, aber er atmete noch. Sie drehte sich um und lief durch den Busch auf die Straße zu, die, wie sie wusste, nicht weit weg war. Kurze Zeit später fuhr ein Lastwagen vorbei, ein Fahrzeug vom Straßenbauamt. Der Fahrer bremste und hielt an. Er muss gestaunt haben, ein kleines Basarwa-Mädchen mit einem Baby im Arm dort stehen zu sehen. Natürlich konnte er die Kinder nicht einfach dort lassen, auch wenn er nicht verstand, was das Mädchen ihm zu sagen versuchte. Er fuhr nach Francistown zurück und setzte sie im Nyangabwe Hospital ab, wo er sie einem Krankenpfleger übergab.

Sie untersuchten das Baby, das mager war und an einer schweren Pilzinfektion litt. Das Mädchen hatte Tuberkulose, was nicht ungewöhnlich ist, und so brachte man die Kleine für zwei Monate in der TBC-Station unter, wo sie Medikamente bekam. Das Baby blieb auf der Neugeborenen-Station, bis es dem Mädchen besser ging. Dann entließ man sie. Auf der TBC-Station wurden die Betten für andere Kranke gebraucht, und es war nicht die Aufgabe des Krankenhauses, sich um ein Basarwa-Mädchen mit einem Baby zu kümmern. Wahrscheinlich haben sie auch gedacht, dass sie zu ihren Leuten zurückginge.

Aber eine der Schwestern im Krankenhaus machte sich Sorgen. Sie sah das Mädchen am Eingang sitzen und dachte sich, dass es wahrscheinlich niemanden hatte, zu dem es gehen könnte. Also nahm sie das Mädchen mit nach Hause und ließ es in einem kleinen Schuppen im Hof schlafen, den sie als Vorratskammer benutzt hatte, der aber geräumt als eine Art Wohnraum dienen konnte. Diese Krankenschwester und ihr Mann ernährten die Kinder, konnten sie aber nicht richtig in die Familie aufnehmen, da sie selber zwei Kinder und nicht viel Geld hatten.

Die Kleine lernte ziemlich schnell Setswana. Sie verstand es, sich mit dem Einsammeln leerer Flaschen am

Straßenrand, für die sie im Getränkeladen das Pfand kassierte, ein paar Pula zu verdienen. Das Baby trug sie in einem Tuch auf dem Rücken. Sie ließ es nie aus den Augen. Ich sprach mit der Krankenschwester über sie, und sie war dem Jungen, obwohl selbst noch ein Kind, anscheinend eine gute Mutter. Sie nähte ihm aus Stoffresten etwas zum Anziehen, und sie hielt ihn sauber, indem sie ihn unter dem Wasserhahn im Hof der Krankenschwester wusch. Manchmal ging sie vor dem Bahnhof betteln, und ich denke, die Leute hatten doch öfters Mitleid mit ihnen und gaben ihnen Geld. Aber sie verdiente es sich lieber selber, wenn sie konnte.

Dies ging vier Jahre lang so. Dann wurde das Mädchen plötzlich ohne Vorwarnung krank. Man brachte sie wieder ins Krankenhaus und stellte fest, dass die Tuberkulose ihre Knochen geschädigt hatte. Einige waren zerfallen und dadurch hatte sie Schwierigkeiten beim Gehen. Man tat, was man konnte, aber es ließ sich leider nicht verhindern, dass sie schließlich nicht mehr richtig gehen konnte. Die Krankenschwester versuchte, einen Rollstuhl zu organisieren, den sie von einem katholischen Priester geschenkt bekam. Danach kümmerte sich das Mädchen vom Rollstuhl aus um den kleinen Bruder, und er wiederum half seiner Schwester bei leichten Hausarbeiten.

Dann mussten die Krankenschwester und ihr Mann umziehen. Der Mann arbeitete für eine Fleischverpackungsfirma und sollte nach Lobatse versetzt werden. Die Krankenschwester hatte von der Waisenfarm gehört und schrieb mir deshalb. Ich sagte, dass wir die Kinder aufnehmen könnten, und fuhr vor ein paar Monaten nach Francistown, um sie abzuholen. Wie Sie gesehen haben, sind sie jetzt bei uns.

Das ist ihre Geschichte, Mr. J. L. B. Matekoni. So ist es gekommen, dass sie hier sind.«

Mr. J. L. B. Matekoni sagte nichts. Er blickte zu Mma Potokwane hin, die seinen Blick auffing. Sie hatte seit fast 20 Jahren auf der Waisenfarm gearbeitet – sie war von Anfang an dabei gewesen – und war an Tragödien gewöhnt oder glaubte es zumindest. Aber diese Geschichte hatte sie tief ergriffen, als die Krankenschwester in Francistown sie ihr erzählt hatte. Jetzt hatte die Geschichte den gleichen Effekt auf Mr. J. L. B. Matekoni. Das war deutlich zu sehen.

»Sie sind gleich da«, sagte sie. »Soll ich sagen, dass Sie vielleicht bereit sind, sie bei sich aufzunehmen?«

Mr. J. L. B. Matekoni schloss die Augen. Er hatte noch nicht mit Mma Ramotswe darüber gesprochen, und es war einfach nicht in Ordnung, sie plötzlich mit so einer Sache zu überfallen. Fing man so eine Ehe an? Eine Entscheidung von solch einer Tragweite zu treffen, ohne den Partner vorher zu fragen? Ganz sicher nicht.

Aber da waren die Kinder. Das Mädchen im Rollstuhl, das ihn anlächelte, und der Junge, der mit ernster Miene dastand und respektvoll den Blick zu Boden gesenkt hielt.

Er holte tief Luft. Es gab Zeiten im Leben, in denen man handeln musste, und so ein Moment war gekommen.

»Würdet ihr gern bei mir leben, Kinder?«, fragte er. »Nur für eine Weile? Dann können wir sehen, wie alles läuft.«

Das Mädchen sah Mma Potokwane fragend an.

»Rra Matekoni wird sich gut um euch kümmern«, sagte sie. »Ihr werdet dort glücklich sein.«

Das Mädchen wandte sich an den Bruder und sagte etwas, das die Erwachsenen nicht verstanden. Der Junge dachte einen Augenblick nach. Dann nickte er.

»Sie sind sehr freundlich, Rra«, sagte das Mädchen. »Wir kommen gerne mit.«

Mma Potokwane klatschte in die Hände.

»Geht und packt, Kinder«, sagte sie. »Sagt eurer Hausmutter, sie soll euch saubere Sachen geben.«

Das Mädchen wendete seinen Rollstuhl und fuhr aus dem Zimmer, neben sich den kleinen Bruder.

»Was hab ich bloß getan?«, murmelte Mr. J. L. B. Matekoni in sich hinein.

Mma Potokwane gab ihm die Antwort.

»Ein sehr gutes Werk«, meinte sie.

Kapitel 9

Sie fuhren in Mma Ramotswes kleinem weißen Lieferwagen aus dem Dorf heraus. Die Erdstraße war holprig und verschwand manchmal in tiefen Schlaglöchern oder wurde zu einem Meer sich kräuselnder Wellen, wogegen das Fahrzeug mit Knirschen und Rattern protestierte. Die Farm war kaum acht Meilen vom Dorf entfernt, aber sie kamen nur langsam voran, und Mma Ramotswe war froh, Mma Potsane dabei zu haben. Im Einerlei des Busches war es ein Kinderspiel, sich zu verfahren. Aber für Mma Potsane waren mit dieser Landschaft, auch wenn sie sie nur verschwommen wahrnahm, viele Erinnerungen verbunden. Mit zusammengekniffenen Augen spähte sie aus dem Wagen und deutete auf die Stelle, an der sie vor Jahren einen weggelaufenen Esel gefunden hatten, und dort, neben dem Felsbrocken, war eine Kuh ohne ersichtlichen Grund gestorben. Es waren diese lieb gewonnenen Erinnerungen, die das Land lebendig machten – die die Menschen an ein gebackenes Stück Erde fesselten, das ihnen genauso wertvoll war, wie wenn es mit süßem Gras bedeckt wäre.

Mma Potsane rutschte auf ihrem Sitz nach vorn. »Da«, sagte sie. »Sehen Sie das da drüben? Ich kann besser sehen, wenn es weit weg ist. Jetzt kann ich es sehen.«

Mma Ramotswe folgte ihrem Blick. Der Busch war dichter geworden, voller Dornenbäume, hinter denen sich Gebäude versteckten, deren Form sie aber nicht völlig verbargen. Einige waren die typischen Ruinen, die sich im südlichen Afrika fanden – weiß getünchte Mauern, bis auf eine Höhe von vielleicht einem Meter zerfallen, als ob sie von oben zusammengedrückt worden wären; andere hatten noch ihre Dächer oder Überreste davon mit eingebrochenem Strohdach, das die Ameisen zerfressen oder die Vögel für den Bau ihrer Nester zerpflückt hatten.

»Das ist die Farm?«

»Ja. Und da drüben – sehen Sie dort? –, da haben wir gewohnt.«

Es war eine traurige Heimkehr für Mma Potsane. Genau so, wie sie es Mma Ramotswe prophezeit hatte. Hier hatte sie eine ruhige Zeit mit ihrem Mann verbracht, nachdem er viele Jahre in den Bergwerken Südafrikas gearbeitet hatte. Ihre Kinder waren herangewachsen, und so waren sie wieder zu zweit und konnten den Luxus eines ereignislosen Lebens genießen.

»Wir hatten nicht viel zu tun«, meinte sie. »Mein Mann ging jeden Tag zur Arbeit auf die Felder. Ich saß mit den anderen Frauen zusammen und nähte Kleider. Der Deutsche wollte, dass wir Kleider nähten, die er dann in Gaborone verkaufte.«

Die Straße endete, und Mma Ramotswe brachte den Lieferwagen unter einem Baum zum Stehen. Sie schaute durch die Bäume auf das Gebäude, das das Haupthaus gewesen sein musste. Nach den Ruinen zu urteilen, die verstreut herumstanden, mussten es einmal elf oder zwölf Häuser gewesen sein. Es war traurig, dachte sie – all diese Häuser mitten im Busch, all die Hoffnung, und nichts weiter übrig als Lehmfundamente und zerbröckelnde Mauern.

Sie gingen zum Haupthaus hinüber. Das Dach war größtenteils erhalten geblieben, da es im Gegensatz zu den anderen aus Wellblech war. Es waren auch noch Türen vorhanden, alte Türen mit Fliegengitter davor, die an ihren Pfosten hingen, und es war sogar Glas in einigen Fenstern.

»Hier hat der Deutsche gewohnt«, sagte Mma Potsane. »Und der junge Amerikaner, die südafrikanische Frau und ein paar andere Leute von weither. Wir Batswana wohnten dort drüben.«

Mma Ramotswe nickte. »Ich würde gern ins Haus hineingehen.«

Mma Potsane schüttelte den Kopf. »Da ist nichts drin«, sagte sie. »Das Haus ist leer. Alle sind weg.«

»Ich weiß. Aber da wir jetzt schon hergekommen sind, möchte ich gern wissen, wie es drinnen aussieht. Sie brauchen nicht mitzukommen, wenn Sie nicht wollen.«

Mma Potsane wand sich. »Ich kann Sie nicht allein reingehen lassen«, murmelte sie. »Ich komme mit.«

Sie stießen leicht gegen die Tür, die den Eingang blockierte. Das Holz war von Termiten zerfressen und gab sofort nach.

»Die Ameisen fressen in diesem Land alles auf«, sagte Mma Potsane. »Irgendwann werden nur noch Ameisen übrig sein.«

Sie betraten das Haus und spürten sofort die Kühle im Innern. Es lag ein Staubgeruch in der Luft, eine ätzende Mischung aus kaputten Deckenplatten und Holz, das als Schutz vor den Termiten mit Kreosot behandelt worden war.

Mma Potsane fuchtelte in dem Raum herum, in dem sie standen. »Sehen Sie! Hier ist nichts, es ist nur ein leeres Haus. Wir können jetzt wieder gehen.«

Mma Ramotswe ignorierte den Vorschlag. Sie betrachtete ein Stück vergilbtes Papier, das an eine Wand geheftet war. Es war ein Zeitungsfoto – das Bild eines Mannes, der vor einem Gebäude stand. Die Aufnahme hatte eine gedruckte Bildunterschrift, aber das Papier war verrottet und die Schrift unleserlich. Sie winkte Mma Potsane zu sich heran.

»Wer ist dieser Mann?«

Mma Potsane betrachtete sich das Foto aus nächster Nähe. »Ich kenne ihn«, sagte sie. »Er hat auch hier gearbeitet. Das ist ein Motswana. Er war mit dem Amerikaner gut befreundet. Sie redeten und redeten ständig zusammen – wie zwei alte Männer auf dem *kgotla*, dem Versammlungsplatz.«

»Stammte er aus dem Dorf?«, fragte Mma Ramotswe.

Mma Potsane lachte. »Nein, er war keiner von uns. Er stammte aus Francistown. Sein Vater war Rektor an einer Schule und ein sehr kluger Mann. Er war auch sehr klug. Er wusste viel. Deshalb redete der Amerikaner immer mit ihm. Aber der Deutsche mochte ihn nicht. Die beiden waren keine Freunde.«

Mma Ramotswe studierte das Foto noch einmal genau. Dann nahm sie es sorgfältig von der Wand und steckte es in ihre Tasche. Mma Potsane war weitergegangen. Sie ging ihr nach und spähte in den nächsten Raum. Hier lag das Skelett eines großen Vogels auf dem Boden, der wohl nicht mehr aus dem Haus hatte herausfinden können. Die Knochen lagen da, wo der Vogel abgestürzt sein musste, von den Ameisen sauber abgenagt.

»Hier hatten sie ihr Büro«, erklärte Mma Potsane. »Hier bewahrten sie alle Quittungen auf und dort drüben in der Ecke stand ein kleiner Safe. Leute haben ihnen Geld geschickt, wissen Sie? In anderen Ländern gab es Leute, die diesen Platz für wichtig hielten. Sie glaubten, dass man hier zeigen könnte, wie man trockene Gebiete verändern kann. Sie wollten, dass wir zeigen, wie Leute an so einem Ort leben und alles miteinander teilen können.«

Mma Ramotswe nickte. Sie kannte Menschen, die alle möglichen Theorien über die Lebensweisen von Leuten ausprobieren wollten. Das Land hatte etwas an sich, das solche Menschen anzog, als gäbe es in diesem weiten, trockenen Land so viel *Luft*, dass sich immer neue Ideen einsaugen ließen. Sie hatten es für eine sehr gute Idee gehalten, dass junge Menschen für andere arbeiteten und beim Aufbau ihres Landes halfen. Es handelte sich meist um freundliche Menschen, die die Batswana respektvoll behandelten. Und doch war es manchmal einfach *irritierend*, Ratschläge zu bekommen. Es gab immer irgendeine übereifrige ausländische Organisation, die den afrikanischen Menschen sagte: Das müsst ihr machen, so müsst ihr es machen! Afrika brauchte jedoch eigene Lösungen.

Diese Farm war ein weiteres Beispiel für einen Plan, der nicht funktioniert hatte. In der Kalahari konnte man kein Gemüse anbauen. So war es eben. Es gab vieles, was man hier anbauen konnte, aber eben Dinge, die hierher gehörten. Keine Tomaten und Salatköpfe. Sie gehörten nicht nach Botswana, zumindest nicht in diesen Teil des Landes.

Die Frauen verließen das Büro und gingen durch den Rest des Hauses. In mehreren Räumen konnte man den Himmel sehen, und die Fußböden waren mit Blättern und Zweigen bedeckt. Eidechsen huschten in Deckung, raschelten in den Blättern, und winzige rosaweiße Geckos erstarrten, wo sie sich, aufgeschreckt von den Eindringlingen, an die Wände klammerten. Eidechsen, Geckos, der Staub in der Luft – das war alles. Ein leeres Haus.

Bis auf das Foto.

Mma Potsane war froh, als sie wieder draußen waren, und schlug vor, Mma Ramotswe die Stelle zu zeigen, wo das Gemüse angebaut worden war. Wieder hatte sich die Wildnis durchgesetzt, und alles, was von dem Projekt noch zu sehen war, war ein Muster sich schlängelnder Gräben. Hier und da konnte man sehen, wo Holzpfähle eingeschlagen worden waren, aber vom Holz selbst war keine Spur zu entdecken, da es wie alles andere von den Termiten vertilgt worden war.

Mma Ramotswe schützte die Augen mit der Hand gegen die Sonne.

»Die ganze Arbeit«, sagte sie nachdenklich. »Und jetzt das.«

Mma Potsane zuckte mit den Achseln. »Aber so ist es doch immer, Mma«, sagte sie. »Selbst Gaborone. Denken Sie an all die Gebäude. Woher wollen wir wissen, ob es in 50 Jahren Gaborone noch gibt? Haben die Ameisen nicht auch für Gaborone einen Plan?«

Mma Ramotswe lächelte. So konnte man es auch sehen. Alle unsere menschlichen Bemühungen sind so, überlegte sie, und nur weil wir zu dumm sind, um es zu bemerken, oder zu vergesslich, um uns daran zu erinnern, haben wir das Vertrauen, etwas zu bauen, das von Bestand sein soll. Würde sich in 20 Jahren noch jemand an die *No. 1 Ladies' Detective Agency* erinnern? Oder an *Tlokweng Road Speedy Motors*? Wahrscheinlich nicht. Aber spielte das überhaupt eine Rolle?

Der melancholische Gedanke brachte sie auf den Boden der Tatsachen zurück. Sie war nicht hier, um von Archäologie zu träumen, sondern um herauszufinden, was hier vor Jahren passiert war. Sie war gekommen, um einen Ort unter die Lupe zu nehmen, und hatte festgestellt, dass es nichts oder fast nichts herauszufinden gab. Es war, als sei der Wind gekommen und hätte alles ausradiert, die Blätter verstreut und die Stufen mit Staub bedeckt.

Sie wandte sich Mma Potsane zu, die schweigend neben ihr stand.

»Woher kommt der Wind, Mma Potsane?«

Die andere berührte ihre Wange, eine Geste, die Mma Ramotswe nicht verstand. Ihre Augen sehen leer aus, dachte Mma Ramotswe. Eines war trüb, leicht milchig geworden. Sie sollte in eine Klinik gehen.

»Von da drüben«, sagte Mma Potsane und deutete auf die Dornenbäume und die große Weite des Himmels, hinüber zur Kalahari. »Von dort.«

Mma Ramotswe sagte nichts. Sie war sehr nahe, spürte sie, sehr nahe dran zu verstehen, was passiert war, aber sie konnte es nicht ausdrücken, und sie konnte nicht sagen, woher sie es wusste.

Kapitel 10

Die schlecht gelaunte Hausangestellte von Mr. J. L. B. Matekoni hing schlapp in der Küchentür, den zerbeulten roten Hut schief auf dem Kopf. Ihre Laune hatte sich noch verschlechtert, seit ihr Arbeitgeber ihr seine beunruhigenden Neuigkeiten mitgeteilt hatte, und sie zermarterte sich unablässig den Kopf, wie sie die Katastrophe noch abwenden könnte. Das Arrangement zwischen ihr und Mr. J. L. B. Matekoni passte ihr nämlich ausgezeichnet. Es gab nicht allzu viel Arbeit, Männer kümmerten sich nicht ums Putzen und Polieren. Wenn sie nur gut ernährt wurden, waren sie sehr angenehme Chefs. Und sie ernährte Mr. J. L. B. Matekoni wirklich gut, egal was die Dicke behauptete. Sie hatte gesagt, er wäre zu dünn! Ihrer Auffassung nach vielleicht, aber normale Leute hielten ihn für wohlgenährt. Sie konnte sich schon vorstellen, was die Dicke für ihn auf Lager hatte – Löffel voll Schmalz zum Frühstück und dicke Scheiben Brot, die ihn aufblasen würden wie den fetten Häuptling aus dem Norden, der den Stuhl zerbrach bei dem Besuch von Leuten, bei denen ihre Cousine Dienstmädchen war.

Aber das Wohlergehen von Mr. J. L. B. Matekoni war es eigentlich weniger, um das sie sich sorgte, als um ihre eigene gefährdete Position. Wenn sie in einem Hotel arbeiten müsste, könnte sie ihre Freunde nicht mehr zu sich einladen. Bisher konnten sie Männer im Haus besuchen, während ihr Chef in der Werkstatt war. Ohne sein Wissen natürlich! Und sie konnten sich in Mr. J. L. B. Matekonis Zimmer zurückziehen, in dem das große

Doppelbett stand, das er bei *Central Furnishers* gekauft hatte. Es war sehr bequem – an einen Junggesellen geradezu vergeudet –, und den Männern gefiel es. Sie schenkten ihr Geld, und die Geschenke waren immer größer, wenn sie Mr. J. L. B. Matekonis Zimmer benutzen konnten.

Die Hausangestellte runzelte die Stirn. Die Lage erforderte energisches Handeln, aber es war schwierig, auf eine Lösung zu kommen. Es hatte keinen Sinn, ihm die Sache auszureden. Wenn eine Frau wie die Dicke erst mal ihre Krallen in einem Mann versenkt hatte, gab es kein Zurück. Männer wurden unter solchen Umständen recht unvernünftig, und er würde ihr gar nicht zuhören wollen, wenn sie zu erklären versuchte, welche Gefahren ihn erwarteten. Selbst wenn sie etwas über die Frau herausfände – etwas über ihre Vergangenheit –, würde er diese Enthüllung wahrscheinlich gar nicht beachten. Sie stellte sich vor, wie sie Mr. J. L. B. Matekoni die Nachricht überbrachte, seine zukünftige Frau sei eine Mörderin. Diese Frau hat bereits zwei Ehemänner getötet, könnte sie sagen. Sie hat ihnen was ins Essen getan, wegen ihr sind sie tot.

Aber er würde nichts darauf antworten, nur lächeln. Ich glaube Ihnen nicht, würde er sagen. Und er würde es auch noch sagen, wenn sie ihm die *Botswana Daily News* mit den Schlagzeilen *Mma Ramotswe vergiftet Ehemann. Polizei nimmt Frühstücksbrei mit und untersucht ihn. Ergebnis: Brei voll Gift* vors Gesicht hielt. Nein, er würde es einfach nicht glauben.

Sie spuckte in den Staub. Wenn sie nichts tun konnte, um seine Meinung zu ändern, sollte sie sich vielleicht lieber überlegen, wie sie mit Mma Ramotswe fertig werden könnte. Wenn es die Dicke nicht mehr gäbe, wäre das

Problem gelöst. Wenn sie ... nein, es war schrecklich, an so etwas zu denken. Außerdem könnte sie sich wahrscheinlich einen Medizinmann gar nicht leisten. Sie waren teuer, wenn es darum ging, einen Menschen verschwinden zu lassen. Zudem war es viel zu riskant. Die Leute redeten, und dann käme die Polizei dahinter, und sie konnte sich nichts Schlimmeres vorstellen, als ins Gefängnis zu müssen.

Gefängnis! Was, wenn Mma Ramotswe für ein paar Jahre ins Gefängnis müsste? Man kann niemanden heiraten, der im Gefängnis sitzt. Wenn man Mma Ramotswe also eine Straftat nachweisen könnte, wofür sie einige Jahre sitzen müsste, würde alles bleiben, wie es war. Und spielte es überhaupt eine Rolle, ob sie tatsächlich etwas verbrochen hatte, wenn die Polizei sie für die Täterin hielt und Beweise fand? Sie hatte einmal von einem Mann gehört, der ins Gefängnis gekommen war, weil seine Feinde Munition in seinem Haus versteckt hatten und dann zur Polizei gegangen waren und behauptet hatten, er lagere sie für Guerillakämpfer. Das war damals im Simbabwe-Krieg gewesen, als Mr. Nkomo seine Leute in der Nähe von Francistown hatte und Kugeln und Gewehre ins Land kamen, egal wie sehr sich die Polizei auch bemühte, die Einfuhr zu stoppen. Der Mann hatte seine Unschuld beteuert, aber die Polizei und der Richter hatten nur gelacht.

Es gab heutzutage kaum noch Kugeln und Gewehre, aber es wäre immer noch möglich, etwas zu finden, das sich im Haus der Dicken verstecken ließe. Wonach suchte jetzt die Polizei? Drogen machten ihr Kummer, vermutete sie, und die Zeitungen schrieben manchmal über die eine oder andere Person, die wegen Handelns mit *dagga* verhaftet worden war. Aber erst wenn man eine Menge davon hatte, war die Polizei interessiert, und wie würde sie an so viel herankommen? *Dagga* war teuer, und sie könnte sich höchstens ein paar Blätter davon leisten. Es müsste also was anderes sein.

Die Hausangestellte überlegte. Eine Fliege war auf ihrer Stirn gelandet und krabbelte auf ihrem Nasenrücken entlang. Normalerweise hätte sie das Biest verscheucht, aber ihr kam plötzlich ein Gedanke, den sie mit Genuss weiterspann. Die Fliege wurde ignoriert. Ein Hund bellte im Nachbargarten. Ein Lastwagen legte auf der Straße zur alten Landebahn geräuschvoll den nächsten Gang ein. Das Dienstmädchen lächelte und schob sich den Hut ins Genick. Einer von ihren Freunden könnte ihr helfen. Sie wusstc, was er trieb, und sie wusste, dass es gefährlich war. Er könnte mit Mma Ramotswe fertig werden, und als Gegenleistung würde sie ihm die Aufmerksamkeiten schenken, die er so offensichtlich genoss, die ihm aber zu Hause versagt wurden. Jeder wäre glücklich. Er bekäme, was er wollte, und sie würde ihren Job behalten. Mr. J. L. B. Matekoni würde vor einer räuberischen Frau bewahrt, und Mma Ramotswe bekäme, was sie verdiente. Alles war sonnenklar.

Die Hausangestellte ging wieder in die Küche und fing an Kartoffeln zu schälen. Jetzt, wo die Gefahr schwand, die Mma Ramotswe darstellte, fühlte sie sich ihrem abtrünnigen Chef gegenüber, der wie alle Männer nur schwach war, freundlicher gesinnt. Sie würde ihm heute ein feines Mittagessen zubereiten. Im Kühlschrank lag Fleisch, das sie eigentlich hatte mit heimnehmen wollen, ihm jetzt aber mit ein paar Zwiebeln braten und einer ordentlichen Portion Kartoffelbrei servieren würde.

Das Essen war noch nicht ganz fertig, als Mr. J. L. B. Matekoni nach Hause kam. Sie hörte seinen Wagen und das Tor zuschlagen und dann das Öffnen der Tür. Normalerweise rief er irgendwas, wenn er zurück war – ein einfaches »Ich bin da« –, um sie wissen zu lassen, dass sie das Essen auf den Tisch stellen konnte. Aber heute kam nichts. Stattdessen hörte sie noch eine andere Stimme. Sie hielt den Atem an. Vielleicht hatte er die Frau mitgebracht, sie zum Essen eingeladen? In dem Fall würde sie das Essen schnell verschwinden lassen und behaupten, dass nichts im Haus wäre. Sie konnte den Gedanken nicht ertragen, dass sie für Mma Ramotswe gekocht haben sollte. Lieber würde sie es an einen Hund verfüttern, als es der Frau vorsetzen, die ihren Lebensunterhalt gefährdete.

Sie ging an die Küchentür und spähte in den Korridor. Direkt am Eingang stand Mr. J. L. B. Matekoni und hielt die Tür für jemanden auf.

»Vorsichtig«, sagte er, »die Tür ist nicht sehr breit.«

Eine Stimme antwortete, aber die Hausangestellte hörte nicht, was sie sagte. Es war eine weibliche Stimme, aber nicht, wie sie mit Erleichterung feststellte, die Stimme dieser schrecklichen Frau. Wen brachte er mit? Eine andere? Das wäre gut, denn dann könnte sie diesem Ramotswe-Weib sagen, dass er ihr untreu sei, was die Ehe wahrscheinlich beendete, bevor sie begann.

Aber dann kam der Rollstuhl herein, und sie sah das Mädchen, das von einem kleinen Jungen ins Haus geschoben wurde. Was sollte sie nun wieder davon halten? Was hatte ihr Chef mit den Kindern vor? Es mussten Verwandte sein, die Kinder einer entfernten Cousine. Die alte Botswana-Sitte verlangte, dass man sich um solche Leute kümmerte, egal wie locker die Verbindung war.

»Ich bin hier, Rra«, rief sie laut. »Ihr Mittagessen ist fertig.«

Mr. J. L. B. Matekoni blickte hoch. »Ah«, sagte er. »Ich habe ein paar Kinder dabei. Sie müssen auch etwas essen.«

»Es ist genug da«, rief sie zurück. »Ich habe gutes Fleisch gekocht.«

Sie wartete ein paar Minuten, bevor sie ins Wohnzimmer ging, und zerstampfte die zerkochten Kartoffeln. Als sie schließlich eintrat und die Hände geschäftig an einem Küchentuch abtrocknete, fand sie Mr. J. L. B. Matekoni in seinem Sessel vor. Ihm gegenüber saß das Mädchen und schaute aus dem Fenster. Ein kleiner Junge, vermutlich der Bruder, stand daneben. Die Angestellte starrte die beiden an und erfasste sofort, was für Kinder es waren. Basarwa, dachte sie, unverkennbar. Das Mädchen hatte ihre Hautfarbe, das helle Braun von Rinderdung. Der Junge hatte deren Augen, die chinesisch wirkten, und sein Hinterteil ragte wie ein kleiner Sockel hervor.

»Diese Kinder werden von jetzt an hier wohnen«, sagte Mr. J. L. B. Matekoni und senkte den Blick. »Sie kommen von der Waisenfarm, aber ich werde mich jetzt um sie kümmern.«

Das Dienstmädchen machte große Augen. Das hatte sie nicht erwartet. Basarwa-Kinder ins Haus ordentlicher Leute zu bringen und ihnen zu erlauben, da zu wohnen – so etwas tat niemand, der auf sich hielt. Die Leute waren Diebe – daran hatte sie nie gezweifelt –, und man sollte sie nicht ermuntern, in anständigen Batswana-Häusern zu leben. Mr. J. L. B. Matekoni wollte vielleicht etwas Gutes tun, aber auch Nächstenliebe hatte Grenzen.

Sie starrte ihren Arbeitgeber an. »Sie bleiben hier? Wie lange?«

Er blickte nicht auf. Er schämt sich wohl, dachte sie.

»Sie werden sehr lange bleiben. Ich habe nicht vor, sie zurückzubringen.«

Sie schwieg. Sie fragte sich, ob es mit dieser Ramotswe zusammenhing. Vielleicht war es ihre Entscheidung gewesen, die Kinder herbeizuschaffen. Vielleicht gehörte es zu ihrem Programm, sein Leben unter Kontrolle zu bringen. Zuerst schleppt man ein paar Basarwa-Kinder an, dann zieht man selber ein. Die Kinder ins Haus zu holen, könnte natürlich auch Teil einer gegen sie gerichteten Intrige sein. Mma Ramotswe nahm wahrscheinlich an, dass sie etwas gegen die Kinder hätte, und wollte sie auf diese Weise rausekeln, bevor sie selbst einzog. Nun, wenn dies ihr Plan war, würde sie alles in ihrer Macht Stehende tun, um ihn zu vereiteln. Sie würde so tun, als ob sie die Kinder mochte und glücklich sei, sie im Haus zu haben. Das wäre nicht leicht, aber zu schaffen.

»Ihr werdet Hunger haben«, sagte sie zu dem Mädchen und lächelte es an. »Ich habe ein gutes Fleischgericht gemacht. Kinder mögen doch so was gern.«

Das Mädchen lächelte zurück. »Danke, Mma«, sagte sie respektvoll. »Sie sind sehr freundlich.«

Der Junge sagte nichts. Er guckte die Hausangestellte mit seinen verwirrenden Augen an. Ihr schauderte. Sie ging in die Küche und füllte die Teller. Dem Mädchen legte sie eine ordentliche Portion auf, und für Mr. J. L. B. Matekoni blieb reichlich übrig. Aber dem Jungen gab sie nur eine kleine Portion Fleisch und bedeckte es mit dem, was sie aus dem Kartoffeltopf kratzte. Sie wollte das Kind nicht ermuntern, und je weniger es zu essen bekam, desto besser.

Die Mahlzeit wurde schweigend eingenommen. Mr. J. L. B. Matekoni saß am Kopfende des Tisches, das Mädchen rechts neben ihm und der Junge am anderen

Ende. Das Mädchen musste sich beim Essen vorbeugen, da der Rollstuhl nicht unter den Tisch passte. Aber sie schaffte es und hatte ihre Portion schnell verputzt. Der Junge verschlang sein Essen und saß dann mit höflich gefalteten Händen da und beobachtete Mr. J. L. B. Matekoni.

Anschließend ging Mr. J. L. B. Matekoni zu seinem Pick-up und holte den Koffer, den sie von der Waisenfarm mitgebracht hatten. Die Hausmutter hatte ihnen Extrasachen zum Anziehen gegeben, und die waren in einen der billigen braunen Pappkoffer gepackt worden, die alle Waisen bekamen, wenn sie in die Welt hinauszogen. Auf dem Deckel klebte eine kleine, getippte Liste, die in zwei Spalten die Kleidungsstücke enthielt, die ihnen zugeteilt worden waren. *Junge: 2 Paar Jungenhosen, 2 Paar Khakishorts, 2 Khakihemden, 1 Pullover, 4 Paar Socken, 1 Paar Schuhe, 1 Setswana-Bibel. Mädchen: 3 Paar Mädchenhosen, 2 Hemden, 1 Unterhemd, 2 Röcke, 4 Paar Socken, 1 Paar Schuhe, 1 Setswana-Bibel.*

Er brachte den Koffer ins Haus und zeigte den Kindern ihr Zimmer, den kleinen Raum, den er für die Besucher reserviert hatte, die nie zu kommen schienen, der Raum mit den zwei Matratzen, einem kleinen Haufen verstaubter Decken und einem Stuhl. Er setzte den Koffer auf dem Stuhl ab und machte ihn auf. Das Mädchen rollte heran und sah sich die neuen Sachen an. Sie langte in den Koffer und berührte sie zögernd, liebevoll, wie jemand, der nie zuvor etwas Neues besessen hatte.

Mr. J. L. B. Matekoni ließ sie mit dem Auspacken allein. Er ging zum Garten hinaus und blieb einen Augenblick lang unter dem Schattennetz vor der Haustür stehen. Er wusste, dass er etwas Besonderes getan hatte, als er die Kinder ins Haus holte, aber die Ungeheuerlichkeit seiner Tat wurde ihm erst jetzt so richtig bewusst. Er hatte den Lebensweg zweier Menschen verändert, und alles, was von nun an mit ihnen geschah, lag in seiner Verantwortung. Sekundenlang schreckte ihn dieser Gedanke. Nicht allein waren zwei zusätzliche Mäuler zu stopfen, er musste auch an Schulen denken und an eine Frau, die für ihr tägliches Wohlergehen sorgte. Er müsste ein Kindermädchen finden – ein Mann konnte nicht alles machen, was Kinder so brauchten. Eine Art Hausmutter, so ähnlich wie die Frau, die sich auf der Waisenfarm um sie gekümmert hatte. Ihm stockte der Atem. Er hatte etwas vergessen; er war ja schon fast ein verheirateter Mann. Mma Ramotswe würde den Kindern eine Mutter sein.

Schwerfällig ließ er sich auf einem umgedrehten Benzinkanister nieder. Mma Ramotswe war jetzt für diese Kinder verantwortlich, und er hatte sie nicht einmal nach ihrer Meinung gefragt. Er hatte sich von Mma Potokwane überreden lassen, sie bei sich aufzunehmen, und die Konsequenzen dabei nicht bedacht. Ob er die Kinder zurückbringen könnte? Mma Potokwane konnte es kaum ablehnen, die Kinder zurückzunehmen, da sie dem Gesetz nach vermutlich immer noch für sie zuständig war. Er hatte nichts unterschrieben. Es gab keine Papiere, mit denen man ihm vor den Augen herumwedeln konnte. Aber die Kinder zurückzubringen war undenkbar. Er hatte ihnen versprochen, sich um sie zu kümmern, und das war wichtiger als die Unterschrift auf einem Dokument.

Mr. J. L. B. Matekoni hatte noch nie sein Wort gebrochen. Er hatte es sich in seinem Geschäftsleben zur Regel gemacht, einem Kunden nie etwas zu sagen, woran er sich nicht halten konnte. Manchmal musste er teuer dafür bezahlen. Wenn er einem Kunden erklärte, dass die Reparatur eines Autos 300 Pula kosten würde, stellte er nie mehr in Rechnung, auch wenn er merkte, dass die Arbeit viel länger dauerte. Und oft dauerte sie wegen der faulen Lehrlinge, die für die einfachsten Dinge Stunden brauchten, wirklich länger als erwartet. Er konnte nicht begreifen, wie man für einen einfachen Service am Auto drei Stunden benötigte. Das ließ sich in anderthalb Stunden erledigen, aber die Lehrlinge brauchten viel länger.

Nein, er konnte keinen Rückzieher machen. Es waren seine Kinder, komme was wolle. Er würde mit Mma Ramotswe reden und ihr erklären, dass Kinder gut für Botswana seien und dass er und sie ihr Bestes tun sollten, um diesen armen Kindern, die keine eigene Familie hatten, zu helfen. Sie war eine gute Frau – das wusste er –, und er war sicher, dass sie ihn verstehen und ihm beipflichten würde. Ja, er würde mit ihr reden, aber vielleicht nicht sofort.

Kapitel 11

Mma Makutsi, Sekretärin der *No. 1 Ladies' Detective Agency,* saß an ihrem Schreibtisch und blickte durch die geöffnete Tür nach draußen. Sie ließ die Tür am liebsten offen, wenn im Büro nichts los war (was meistens der Fall war), aber es hatte auch Nachteile, weil manchmal Hühner hereinspazierten und herumstolzierten, als befänden sie sich in einem Hühnerstall. Aus guten Gründen mochte sie die Tiere nicht. Erstens war es unprofessionell, in einem Detektivbüro Hühner zu haben, und zweitens ärgerte sie sich gründlich über das Federvieh. Es war immer dieselbe Gruppe von Hühnern: vier Hennen und ein mutloser und, wie sie annahm, impotenter Hahn, den die Hennen aus Barmherzigkeit bei sich behielten. Der Hahn war lahm und hatte an einem seiner Flügel viele Federn eingebüßt. Er sah aus, als ob ihm der Verlust seines Status nur allzu bewusst wäre, und ging wie ein Prinzgemahl, den das Protokoll permanent auf den zweiten Platz verwies, stets einige Schritte hinter den Hennen her.

Die Hennen schienen sich gleichermaßen über Mma Makutsis Anwesenheit zu ärgern. Als ob sie statt der Hühner der Eindringling wäre. Schließlich war dieser winzige Bau mit seinen beiden kleinen Fenstern und der knarrenden Tür von Rechts wegen eher ein Hühnerstall und kein Detektivbüro. Wenn die Hennen sie lange genug anstarrten, würde sie vielleicht gehen, und sie könnten sich auf die Stühle hocken und Nester in den Ablageschränken bauen. Das war es, was die Hühner wollten.

»Raus«, schimpfte Mma Makutsi und scheuchte sie mit einer zusammengefalteten Zeitung auf. »Keine Hühner hier drin! Raus mit euch!«

Die größte Henne drehte sich um und guckte sie an, während der Hahn nur verschlagen aussah.

»Jawohl, ihr seid gemeint!«, brüllte Mma Makutsi. »Das hier ist keine Hühnerfarm. Raus!«

Die Hennen gackerten entrüstet und schienen einen Moment lang zu zögern. Aber als Mma Makutsi den Stuhl zurückschob und so tat, als würde sie sich erheben, wandten sie sich ab und staksten auf die Tür zu, der Hahn, ungeschickt humpelnd, diesmal voran.

Mit den Hühnern fertig, guckte Mma Makutsi wieder aus der Tür. Sie ärgerte sich über die Demütigung, Hühner aus dem Büro scheuchen zu müssen. Wie viele der erstklassigen Abgänger der Handelsschule von Botswana so etwas wohl tun mussten, fragte sie sich. Es gab Büros in der Stadt – große Gebäude mit breiten Fenstern und Klimaanlage, wo die Sekretärinnen an polierten Schreibtischen mit verchromten Griffen saßen. Sie hatte solche Büros gesehen, als sie von der Schule im praxisnahen Unterricht dort herumgeführt wurde. Sie hatte die Sekretärinnen dort sitzen sehen, lächelnd, teure Ohrringe tragend und darauf wartend, dass ein gut verdienender Ehemann vortrat und sie fragte, ob sie ihn heiraten wollten. Sie hatte damals gedacht, dass sie so einen Job gerne haben würde, obwohl sie selbst mehr an der Arbeit als an einem Ehemann interessiert war. Sie hatte tatsächlich angenommen, dass sie so einen Job bekäme, aber als der Kurs zu Ende war und sie sich alle zu Einstellungsgesprächen aufmachten, hatte sie kein Angebot erhalten. Sie hatte nicht verstanden, weshalb. Einige der anderen jungen Frauen, die viel schlechter als sie abgeschnitten hatten, erhielten gute Angebote, während sie kein einziges bekam. Wie konnte das sein?

Eines der anderen erfolglosen Mädchen hatte es ihr dann erklärt. Auch sie hatte sich vorgestellt und kein Glück gehabt.

»Es sind immer Männer, die die Jobs vergeben, stimmt's?«, sagte sie.

»Kann schon sein«, sagte Mma Makutsi. »Männer sind die Geschäftsführer. Sie wählen die Sekretärinnen aus.«

»Und wie, glaubst du, entscheiden Männer, wer den Job kriegt und wer nicht? Glaubst du, sie gehen nach den Noten, die wir bekommen haben? Glaubst du das wirklich?«

Mma Makutsi schwieg. Es war ihr nie in den Sinn gekommen, dass solche Entscheidungen auf einer anderen Grundlage getroffen wurden. Alles, was ihr in der Schule beigebracht worden war, lief darauf hinaus, dass einem harte Arbeit zu einer guten Arbeitsstelle verhalf.

»Also«, sagte ihre Freundin mit gequältem Lächeln, »ich kann sehen, dass du es glaubst. Du irrst dich. Männer wählen Frauen nach ihrem Aussehen aus. Sie wählen die Schönen aus und geben ihnen Jobs. Zu den anderen sagen sie: ›Es tut uns sehr Leid. Alle Stellen sind besetzt. Auf der ganzen Welt herrscht Rezession, und bei einer weltweiten Rezession sind nur für schöne Mädchen Jobs vorhanden. So ist es in der Wirtschaft.‹«

Mma Makutsi hatte staunend zugehört. Aber sie ahnte, dass diese bitteren Worte der Wahrheit entsprachen. Vielleicht hatte sie es schon immer – unterschwellig – geahnt und den Tatsachen einfach nicht ins Auge geblickt. Gut aussehende Frauen bekamen, was sie wollten, und für Frauen wie sie, vielleicht nicht so elegant wie die anderen, blieb nichts übrig.

Am Abend sah sie in den Spiegel. Sie hatte versucht, etwas mit ihren Haaren anzufangen, was misslang. Sie hatte ein Glättungsmittel benutzt und an den Haaren gezogen und gezerrt, aber sie waren völlig unbeherrschbar geblieben. Und auch ihre Haut hatte den Cremes widerstanden, die sie aufgetragen hatte, und das Ergebnis war eine viel dunklere Hautfarbe als die der meisten Mädchen an der Schule. Sie spürte plötzlichen Groll gegen ihr Schicksal. Es war hoffnungslos. Selbst die neue Brille mit den großen runden Gläsern, wegen der sie sich in horrende Unkosten gestürzt hatte, konnte die Tatsache nicht verbergen, dass sie ein dunkles Mädchen in einer Welt war, in der hellhäutigen Mädchen mit dick bemalten roten Lippen alles zu Füßen lag. Spaß am Leben, die guten Jobs, die reichen Ehemänner hatten nichts mit Verdienst und harter Arbeit zu tun, sondern mit roher, unabänderlicher Biologie.

Mma Makutsi stand vor dem Spiegel und weinte. Sie hatte für ihre 97 Prozent geschuftet und geschuftet, aber sie hätte in dieser Zeit genauso gut ihren Spaß haben und mit Jungen ausgehen können. Und was hatte ihr die ganze Lernerei gebracht? Würde sie überhaupt eine Arbeit bekommen oder zu Hause bleiben und ihrer Mutter beim Waschen und Bügeln der Khakihosen ihrer jüngeren Brüder helfen müssen?

Die Frage wurde schon am folgenden Tag beantwortet, als sie sich um die Stelle als Mma Ramotswes Sekretärin bewarb und den Job erhielt. Wenn Männer sich weigerten, ihre Angestellten nicht nach ihrem Können auszuwählen, ging man eben zu einer Frau. Es war vielleicht kein schickes Büro, aber aufregend war es allemal. Sekretärin einer Privatdetektivin zu sein, war mehr wert als Sekretärin in einer Bank oder bei einem Rechtsanwalt zu sein. Vielleicht gab es doch eine Art von Gerechtigkeit. Vielleicht hatte sich die Schufterei doch noch gelohnt.

Aber da war immer noch das Problem mit den Hühnern.

»Also, Mma Makutsi«, sagte Mma Ramotswe, als sie sich auf ihrem Stuhl niederließ und sich auf die Kanne Buschtee freute, die ihre Sekretärin ihr braute. »Ich bin nach Molepolole gefahren und habe den Ort gefunden, wo die Leute lebten. Ich sah die Farm und die Stelle, an der sie Gemüse anbauen wollten. Ich sprach mit einer Frau, die damals dort lebte. Ich sah alles, was es zu sehen gab.«

»Und haben Sie etwas gefunden?«, fragte Mma Makutsi, während sie das heiße Wasser in die alte Emaillekanne goss und die Teeblätter herumschwenkte.

»Ich fand ein Gefühl«, sagte Mma Ramotswe. »Ich hatte das Gefühl, etwas zu wissen.«

Mma Makutsi hörte ihrer Chefin zu. Was meinte sie damit, das Gefühl zu haben, etwas zu wissen? Entweder man weiß etwas oder man weiß nichts. Man kann sich nicht einbilden, eventuell etwas zu wissen, wenn man nicht wirklich weiß, was es ist, das man wissen sollte.

»Ich bin nicht sicher ...«, begann sie.

Mma Ramotswe lachte. »Man nennt es Intuition. Sie können es in Mr. Andersens Buch nachlesen. Er spricht von Intuitionen. Sie verraten uns Dinge, die wir tief in unserem Innern wissen, für die wir aber keine Worte finden.«

»Und diese Intuition haben Sie dort gespürt«, brachte Mma Makutsi zögernd heraus. »Was hat sie Ihnen gesagt? Wo der arme amerikanische Junge ist?«

»Ja«, sagte Mma Ramotswe leise. »Der junge Mann ist dort.«

Einen Augenblick lang schwiegen beide. Mma Makutsi stellte die Teekanne auf die Tischplatte aus Formica und setzte den Deckel wieder drauf.

»Er lebt da draußen? Immer noch?«

»Nein«, sagte Mma Ramotswe. »Er ist tot. Aber er ist da. Wissen Sie, wovon ich rede?«

Mma Makutsi nickte. Sie wusste es. Jeder sensible Mensch in Afrika würde Mma Ramotswe verstehen. Wenn wir sterben, verlassen wir nicht den Ort, an dem wir lebendig waren. In gewissem Sinne sind wir immer noch da. Unser Geist ist da, er geht nie weg. Weiße verstehen das nicht. Sie nennen es Aberglaube und behaupten, es sei ein Zeichen von Ignoranz, an solche Dinge zu glauben. Stattdessen sind sie die Ignoranten. Wenn sie nicht verstehen, wie wir zur Natur um uns herum gehören, dann sind sie es doch, deren Augen blind sind, und nicht wir.

Mma Makutsi goss Tee ein und reichte Mma Ramotswe ihren Becher.

»Werden Sie es der Amerikanerin sagen?«, fragte sie. »Sicher wird sie sagen: ›Wo ist die Leiche? Zeigen Sie mir die Stelle, wo mein Sohn ist.‹ Sie wissen ja, wie diese Leute denken. Sie wird Sie nicht verstehen, wenn Sie sagen, dass er dort irgendwo ist, Sie ihr aber den genauen Fleck nicht zeigen können.«

Mma Ramotswe hob den Becher an die Lippen und beobachtete ihre Sekretärin beim Sprechen. Eine scharfsinnige Frau, dachte sie. Sie verstand genau, wie die Amerikanerin denken würde, und sie begriff, wie schwierig es sein könnte, einem Menschen diese feinen Wahrheiten zu vermitteln, der die Welt als etwas betrachtete, das sich vollständig von der Wissenschaft erklären ließ. Die Amerikaner waren sehr klug. Sie schickten Raketen ins All und erfanden Maschinen, die schneller denken konnten als jeder lebendige Mensch, aber all die Klugheit konnte sie blind machen. Sie verstanden andere Völker nicht. Sie meinten, jeder betrachte die Dinge wie sie, aber da täuschten sie sich. Die Wissenschaft war nur ein Teil der Wahrheit. Es gab noch viele andere Dinge, die die Welt zu dem machten, was sie war, und die Amerikaner bemerkten diese Dinge oft nicht, obwohl sie sie ständig vor der Nase hatten.

Mma Ramotswe setzte den Teebecher ab und langte in die Tasche ihres Kleides.

»Das habe ich auch gefunden«, sagte sie, zog das gefaltete Zeitungsfoto heraus und reichte es ihrer Sekretärin. Mma Makutsi faltete das Stück Papier auseinander und strich es auf ihrem Schreibtisch glatt. Sie schaute es ein paar Sekunden lang an und blickte dann zu Mma Ramotswe auf.

»Es ist sehr alt«, sagte sie. »Lag es dort herum?«

»Nein. Es war an die Wand geheftet. Es klebten noch ein paar Zettel an der Wand. Die Ameisen hatten sie übersehen.«

Mma Makutsi betrachtete das Foto genauer.

»Hier stehen Namen«, sagte sie. »Cephas Kalumani. Oswald Ranta. Mma Soloi. Wer sind die Leute?«

»Sie haben dort gelebt«, sagte Mma Ramotswe. »Sie müssen damals dabei gewesen sein.«

Mma Makutsi zuckte mit den Achseln. »Aber selbst wenn wir diese Leute finden und mit ihnen reden könnten«, sagte sie, »würde das etwas ändern? Die Polizei muss doch damals mit ihnen gesprochen haben. Vielleicht hat Mma Curtin sogar selbst mit ihnen geredet, als sie das erste Mal hinfuhr.«

Mma Ramotswe nickte beifällig. »Sie haben Recht«, sagte sie. »Aber das Foto sagt mir etwas. Schauen Sie sich die Gesichter an.«

Mma Makutsi studierte die vergilbte Aufnahme. Vorn standen zwei Männer neben einer Frau. Dahinter war noch ein Mann mit verschwommenem Gesicht zu erkennen und eine Frau mit halb der Kamera zugekehrtem Rücken. Die Namen in der Bildunterschrift bezogen sich auf die drei, die vorne standen. Cephas Kalumani war ein hoch aufgeschossener Mann mit dürren Armen und Beinen, ein Mann, der auf jedem Foto linkisch und unbeholfen aussehen würde. Mma Soloi, die neben ihm stand, strahlte vor Freude. Sie war eine gemütliche Frau – eine typische, schwer arbeitende Motswana-Frau von der Sorte, die eine große Familie ernährte und deren Leben end- und klaglosem Sauberhalten gewidmet schien: Hof sauber halten, Haus sauber halten, Kinder sauber halten. Das Bild stellte eine Heldin dar – eine zwar unbeachtete, aber dennoch eine Heldin.

Die dritte Person, Oswald Ranta, war von einer ganz anderen Sorte. Er war eine gut gekleidete, flotte Gestalt. Er trug ein weißes Hemd und Krawatte und lächelte wie Mma Soloi in die Kamera. Sein Lächeln wirkte jedoch völlig anders.

»Sehen Sie sich den Mann an«, sagte Mma Ramotswe. »Sehen Sie sich Ranta an.«

»Ich mag ihn nicht«, sagte Mma Makutsi. »Er gefällt mir überhaupt nicht.«

»Genau«, sagte Mma Ramotswe. »Dieser Mann ist bösartig.«

Mma Makutsi sagte nichts, und für ein paar Minuten saßen sie schweigend da, Mma Makutsi auf das Foto und

Mma Ramotswe in ihren Teebecher starrend. Dann ergriff Mma Ramotswe das Wort.

»Ich denke, wenn irgendwas Schlimmes passiert ist, hat es mit diesem Mann zu tun. Meinen Sie, dass ich Recht habe?«

»Ja«, sagte Mma Makutsi. »Sie haben Recht.« Sie machte eine Pause. »Werden Sie ihn suchen?«

»Das ist meine nächste Aufgabe«, sagte Mma Ramotswe. »Ich werde mich nach dem Mann erkundigen. In der Zwischenzeit haben wir aber ein paar Briefe zu schreiben, Mma. Wir haben noch andere Fälle, um die wir uns kümmern müssen. Der Mann in der Brauerei, der sich um seinen Bruder sorgt. Ich habe jetzt was rausgefunden. Wir können ihm antworten. Aber zunächst müssen wir über den Buchhalter schreiben.«

Mma Makutsi steckte einen Bogen in die Schreibmaschine und wartete darauf, dass Mma Ramotswe mit dem Diktieren begann. Es war kein interessanter Brief – es ging um die Suche nach dem Buchhalter einer Firma, der den größten Teil des Betriebsvermögens veräußert hatte und dann verschwunden war. Die Polizei hatte aufgehört ihn zu suchen, aber die Firma wollte ihr Eigentum zurück.

Mma Makutsi schrieb automatisch. Ihre Gedanken waren nicht bei der Sache, aber sie konnte fehlerlos tippen, auch wenn sie an etwas anderes dachte. Sie dachte an Oswald Ranta und wie man ihn finden könnte. Der Name war ungewöhnlich, und das Einfachste wäre, im Telefonbuch nachzuschauen. Oswald Ranta war ein smart aussehender Mann, von dem zu erwarten war, dass er ein Telefon besaß. Sie brauchte nur ins Telefonbuch zu schauen und sich die Adresse zu notieren. Dann könnte sie eigene Erkundungen einholen, wenn sie wollte, und Mma Ramotswe das Ergebnis präsentieren.

Den fertigen Brief reichte sie Mma Ramotswe zur Unterschrift und machte sich an das Adressieren des Umschlags. Dann – während Mma Ramotswe eine Aktennotiz schrieb – zog sie die Schublade auf und nahm das Telefonbuch heraus. Wie sie vermutet hatte, gab es nur einen Oswald Ranta.

»Ich muss schnell mal telefonieren«, sagte sie. »Es dauert nur einen Moment.«

Mma Ramotswe brummte zustimmend. Sie wusste, dass sie Mma Makutsi das Telefon anvertrauen konnte – im Gegensatz zu den meisten Sekretärinnen, die die Apparate ihrer Arbeitgeber benutzten, um alle möglichen Ferngespräche mit Freunden in so weit entfernten Orten wie Maun oder Orapa zu führen.

Mma Makutsi redete leise, und Mma Ramotswe konnte nichts verstehen.

»Könnte ich bitte mit Rra Ranta sprechen?«

»Er ist in der Arbeit, Mma. Ich bin die Hausangestellte.«

»Es tut mir Leid, wenn ich Sie störe, Mma. Ich muss ihn an seinem Arbeitsplatz anrufen. Können Sie mir sagen, wo das ist?«

»Er ist an der Universität. Da geht er jeden Tag hin.«

»Ich verstehe. Welche Nummer hat er dort?«

Sie notierte sich die Telefonnummer auf einem Zettel, dankte dem Dienstmädchen und legte auf. Dann wählte sie erneut und wieder kratzte ihr Stift auf dem Papier.

»Mma Ramotswe«, sagte sie leise. »Ich habe alle Auskünfte, die Sie brauchen.«

Mma Ramotswe blickte abrupt auf.

»Was für Auskünfte?«

»Über Oswald Ranta. Er lebt in Gaborone. Er ist Dozent für Landwirtschaft an der Universität. Die Sekretärin sagt, dass er immer um acht ins Büro kommt und dass jeder mit ihm dort einen Termin vereinbaren kann. Sie brauchen nicht weiter zu suchen.«

Mma Ramotswe lächelte.

»Sie sind eine ganz schlaue Person«, sagte sie. »Wie haben Sie das alles herausgefunden?«

»Ich habe ins Telefonbuch geschaut«, antwortete Mma Makutsi. »Und dann angerufen, um den Rest herauszufinden.«

»Ich verstehe«, sagte Mma Ramotswe immer noch lächelnd. »Das war sehr gute Detektivinnenarbeit.«

Mma Makutsi nahm das Lob strahlend entgegen. Detektivinnenarbeit. Sie hatte den Job einer Detektivin erledigt, obwohl sie nur eine Sekretärin war.

»Ich freue mich, dass Sie mit meiner Arbeit zufrieden sind«, sagte sie einen Augenblick später. »Ich habe mir schon lange gewünscht, Detektivin zu sein. Ich bin auch gern Sekretärin, aber es ist nicht das Gleiche wie eine Detektivin.«

Mma Ramotswe runzelte die Stirn. »Sie möchten Detektivin sein?«

»Jeden Tag«, sagte Mma Makutsi, »jeden Tag habe ich es mir gewünscht.«

Mma Ramotswe dachte über ihre Sekretärin nach. Sie arbeitete gut und war intelligent, und warum sollte sie nicht befördert werden, wenn es ihr so viel bedeutete? Sie könnte ihr bei den Nachforschungen helfen, womit sie ihre Zeit viel besser nutzen würde anstatt nur am Schreibtisch zu sitzen und darauf zu warten, dass das Telefon klingelte. Sie könnten sich einen Anrufbeantworter anschaffen, den sie einschalten würden, wenn sie nicht im Büro waren und irgendwo ermittelten. Warum gab sie ihr nicht die Chance und machte sie glücklich?

»Sie sollen bekommen, was Sie sich wünschen«, sagte Mma Ramotswe. »Sie werden zur stellvertretenden Detektivin befördert. Ab morgen.«

Mma Makutsi sprang auf die Füße. Sie öffnete den Mund, um zu sprechen, aber ihre Gefühle überwältigten sie. Sie setzte sich wieder.

»Ich bin froh, dass Sie sich freuen«, sagte Mma Ramotswe. »Sie haben die Glasdecke gesprengt, die Sekretärinnen daran hindert, ihr volles Potenzial zu erreichen.«

Mma Makutsi blickte nach oben, als ob sie Ausschau nach der Decke hielt, die sie gesprengt hatte. Aber nur die gewohnten Deckenplatten, mit Fliegendreck gesprenkelt und von der Hitze verbogen, waren zu sehen. Doch selbst die Decke der Sixtinischen Kapelle wäre ihr in diesem Moment nicht glanzvoller erschienen.

Kapitel 12

In ihrem Haus am Zebra Drive erwachte Mma Ramotswe, wie so oft, in den frühen Morgenstunden, zu einer Zeit, in der die Stadt vollkommen still war, in der sich Ratten und anderes Kleingetier in höchster Gefahr befanden, wenn Kobras und Mambas lautlos auf Jagd gingen. Sie schlief nie durch, hatte aber irgendwann aufgehört, sich darüber Sorgen zu machen. Sie lag nie länger als eine Stunde wach, und da sie früh zu Bett ging, brachte sie es doch immer auf mindestens sieben Stunden Schlaf. Sie hatte gelesen, dass die Menschen acht Stunden Schlaf brauchten und dass sich der Körper irgendwann holte, was ihm zustand. Wenn das stimmte, dann holte sie sowieso alles nach, weil sie samstags tagsüber oft mehrere Stunden schlief und sonntags spät aufstand. Ein oder zwei Stunden um zwei oder drei in der Frühe verloren, waren also ohne Bedeutung.

Vor kurzem, als sie im *Make Me Beautiful*-Salon darauf wartete, ihre Haare geflochten zu bekommen, war ihr in einer Zeitschrift ein Artikel über den Schlaf aufgefallen. Es gab einen berühmten Arzt, las sie, der alles über das Schlafen wusste und Leuten, die an Schlafstörungen litten, gute Ratschläge gab. Dieser Dr. Shapiro hatte eine Spezialklinik nur für Menschen, die nicht schlafen konnten, und er befestigte Drähte an ihren Köpfen, um zu sehen, woran es haperte. Mma Ramotswe war fasziniert: Da war ein Bild von Dr. Shapiro und einem verschlafen aussehenden Mann und einer Frau in zerknitterten Schlafanzügen mit einem Gewirr von

Drähten an den Köpfen. Die Leute taten ihr Leid, vor allem die Frau, die ganz unglücklich aussah – wie jemand, der gezwungen worden war, eine ungeheuer langweilige Prozedur über sich ergehen zu lassen. Oder war sie unglücklich, weil sie in einem Krankenhauspyjama fotografiert wurde? Vielleicht hatte sie sich schon immer gewünscht, ein Foto von sich in einer Zeitschrift zu sehen, und jetzt ging ihr Wunsch endlich in Erfüllung – aber in einem Krankenhauspyjama.

Und dann las sie weiter und ärgerte sich. »Dicke Menschen schlafen oft schlecht«, wurde in dem Artikel behauptet. »Sie leiden an einem Zustand, den man Schlafapnoe nennt, was bedeutet, dass ihr Atem im Schlaf aussetzt. Diesen Leuten wird geraten, abzunehmen.«

Wird geraten, abzunehmen! Was hat das Gewicht mit dem Schlafen zu tun? Es gab viele dicke Leute, die ausgesprochen gut schliefen. So saß oft eine dicke Frau unter einem Baum vor Mma Ramotswes Haus und schien fast immer zu schlafen. Sollte man dieser Person denn raten, abzunehmen? Eine solche Empfehlung kam Mma Ramotswe völlig überflüssig vor. Wahrscheinlich würde sie diese Person nur unglücklich machen. Aus einer dicken Person, die sich bequem im Schatten eines Baumes niederließ, würde eine arme dünne Person mit wenig Hintern zum Draufsitzen werden, die dann wahrscheinlich nicht mehr schlafen konnte.

Und sie selbst? Sie war eine dicke Frau – *traditionell gebaut* – und hatte trotzdem keine Schwierigkeiten, die erforderliche Schlafmenge zu bekommen. Dieser Artikel war nur wieder einmal eine von diesen schrecklichen Attacken von Menschen, die nichts Besseres zu tun hatten als Ratschläge zu allen möglichen Themen zu erteilen. Die Leute, die für Zeitungen schrieben und im Rundfunk sprachen, waren voller guter Ideen, wie man die Gesundheit der Menschheit verbessern könnte. Sie steckten ihre Nasen in die Angelegenheiten anderer Leute und empfahlen ihnen, dieses und jenes zu tun. Sie schauten sich an, was man aß, und erklärten dann, dass es schlecht für einen sei. Dann schauten sie sich an, wie man seine Kinder erzog, und erklärten auch dies für schlecht. Und um alles noch schlimmer zu machen, behaupteten sie, dass man sterben würde, wenn man nicht auf sie hörte. Sie verängstigten die Leute damit so sehr, dass sie sich genötigt fühlten, die Ratschläge anzunehmen.

Es gab zwei wichtige Zielgruppen, dachte Mma Ramotswe. Zum einen gab es die Dicken, die sich inzwischen an die gegen sie gerichtete gnadenlose Kampagne gewöhnt hatten, und zum anderen gab es die Männer. Mma Ramotswe wusste, dass Männer weit davon entfernt waren, perfekt zu sein, dass viele Männer äußerst böse und selbstsüchtig und faul waren und dass sie beim Lenken der Geschicke Afrikas mehr oder weniger versagt hatten. Das war aber noch lange kein Grund, sie schlecht zu behandeln. Es gab auch viele gute Männer – Leute wie Mr. J. L. B. Matekoni, Sir Sereste Khama, der erste Präsident von Botswana, und der verstorbene Obed Ramotswe, ihr sehr geliebter Daddy.

Sie vermisste ihren Vater, und es verging kein Tag, kein einziger, an dem sie nicht an ihn dachte. Oft, wenn sie um diese Nachtzeit erwachte und allein in der Dunkelheit lag, grub sie in ihrem Gedächtnis nach Erinnerungen, die ihr entfallen waren – einen Gesprächsfetzen, eine Geste, ein gemeinsames Erlebnis. Jede Erinnerung war eine Kostbarkeit. Obed Ramotswe, der seine Tochter geliebt hatte und jeden Rand, jeden Cent, den er in den grausamen Minen Südafrikas verdiente, gespart und für sie in einer schönen Viehherde angelegt hatte, hatte nichts für sich verlangt. Er trank nicht, er rauchte nicht. Er dachte nur an sie und ihre Zukunft.

Wenn sie die beiden furchtbaren Jahre doch nur auslöschen könnte, die sie mit Note Mokoti verbracht hatte! Sie wusste ja, wie sehr ihr Vater gelitten hatte, weil er ahnte, dass Note sie unglücklich machte. Als sie nach Notes Verschwinden zu ihrem Vater zurückgekehrt war und er bei der Umarmung die Narbe der letzten Schläge sah, machte er ihr keine Vorwürfe und verlangte auch nicht, dass sie ihm alles erzählte.

»Du brauchst mir nichts zu erklären«, sagte er. »Wir müssen nicht darüber reden. Es ist vorbei.«

Sie hatte ihm sagen wollen, dass es ihr Leid tat – dass sie hätte fragen sollen, was er von Note hielt, bevor sie ihn heiratete, und dass sie auf ihn hätte hören sollen, aber es war noch alles zu wund in ihr und er hätte es auch nicht gewollt.

Und sie dachte daran, wie er litt, als er wegen der Krankheit, die so viele Bergleute tötete, immer weniger Luft bekam, und wie sie an seinem Bett saß und seine Hand hielt und wie sie nach seinem Tod benommen hinausgegangen war und weinen wollte, wie es richtig gewesen wäre, aber vor Kummer stumm blieb. Und wie sie sah, dass ein *Go-Away*-Vogel sie vom Ast eines Zweiges herab anstarrte und wie er auf einen höheren Ast flog und sich umdrehte, um sie noch einmal mit seinem Blick zu fixieren, und dann wegflog. Und wie der Himmel ausgesehen hatte – regenschwer, mit hoch aufgetürmten lila Wolken und Blitzen in der Ferne, über der Kalahari, die Himmel und Erde miteinander verbanden. Und sie dachte an eine Frau, die nicht wusste, dass für sie die Welt gerade untergegangen war, und ihr von der Veranda des

Krankenhauses aus zurief: *Gehen Sie rein, Mma! Es kommt ein Gewitter. Gehen Sie schnell rein!*

In einem der Häuser, die im Busch verstreut neben der Landebahn standen, saß ein Mädchen am Fenster und schaute hinaus. Das Kind war seit ungefähr einer Stunde wach, weil es aus dem Schlaf hochgeschreckt war, und es hatte beschlossen, aus dem Bett zu steigen und aus dem Fenster zu sehen. Der Rollstuhl stand neben dem Bett, und das Mädchen konnte sich ohne Hilfe hineinmanövrieren. Dann fuhr es ans offene Fenster und schaute in die Nacht hinaus.

Sie hörte ein Flugzeug kommen, bevor sie seine Lichter sah. Sie hatte sich gefragt, weshalb ein Flugzeug um drei Uhr morgens landete. Wie konnten Piloten nachts fliegen? Woher wussten sie, wo sie in diesem grenzenlosen Dunkel hinflogen? Was, wenn sie eine falsche Wende machten und über die Kalahari flogen, wo ihnen keine Lichter halfen und es wie in einer dunklen Höhle wäre?

Sie beobachtete, wie das Flugzeug fast über das Haus flog und sah die Form der Flügel und den hellen Lichtkegel des Landescheinwerfers. Das Motorengeräusch war jetzt laut, kein fernes, leises Brummen mehr, sondern ein schweres Rumpeln. Sicher würde es das ganze Haus aufwecken, dachte sie, aber als das Flugzeug auf der Landebahn aufsetzte und der Motorenlärm verstummte, blieb es still um sie herum.

Das Mädchen sah hinaus. Weit draußen, vielleicht an der Landebahn, blinkte ein Licht, aber sonst herrschte völlige Dunkelheit. Die Fenster des Hauses blickten nicht auf die Stadt, und hinter dem Garten gab es nur Gestrüpp, Bäume und Grasbüschel und hier und da einen Termitenhügel.

Sie fühlte sich einsam, obwohl noch zwei andere Menschen im Haus schliefen: ihr jüngerer Bruder, der nachts nie aufwachte, und der freundliche Mann, der ihren Rollstuhl repariert und sie und ihren Bruder dann mitgenommen hatte. Sie hatte keine Angst, bei ihm zu sein. Sie vertraute dem Mann, der sich um sie kümmern wollte – er war wie Mr. Jameson, der Direktor der Wohlfahrtseinrichtung, die für die Waisenfarm zuständig war. Das war ein guter Mann, der nur an die Waisen und ihre Bedürfnisse dachte. Zuerst konnte sie gar nicht begreifen, dass es solche Menschen gab. Warum sorgten Leute für andere, die nicht einmal zur Familie gehörten? Sie kümmerte sich um ihren Bruder, das war aber ihre Pflicht.

Die Hausmutter hatte es ihr einmal zu erklären versucht.

»Wir müssen uns um andere kümmern«, hatte sie gesagt. »Andere Leute sind unsere Brüder und Schwestern. Wenn sie unglücklich sind, sind wir auch unglücklich. Wenn sie Hunger haben, haben wir auch Hunger. Verstehst du?«

Das Mädchen hatte es akzeptiert. Es würde auch ihre Pflicht sein, sich um andere Leute zu kümmern. Selbst wenn sie nie ein eigenes Kind bekäme, würde sie sich um andere Kinder kümmern. Und sie könnte versuchen, sich um diesen freundlichen Mann, Mr. J. L. B. Matekoni, zu kümmern, und darauf achten, dass immer alles sauber und ordentlich wäre. Das könnte sie zu ihrer Aufgabe machen.

Manche hatten Mütter, die sich um sie kümmerten, aber sie gehörte nicht zu ihnen. Aber warum war ihre Mutter eigentlich gestorben? Sie erinnerte sich nur noch schwach an sie. Sie erinnerte sich an ihren Tod und das Wehgeschrei der Frauen. Sie erinnerte sich auch, wie ihr das Baby aus den Armen genommen und in die Erde gelegt wurde. Sie hatte es ausgegraben, glaubte sie, war sich aber nicht ganz sicher. Vielleicht hatte es aber auch jemand anderes getan und ihr den Jungen erst später gegeben. Und dann erinnerte sie sich, dass sie weggelaufen war und sich in einer fremden Umgebung wiedergefunden hatte.

Vielleicht würde sie eines Tages einen Ort finden, an dem sie bleiben könnte. Das wäre gut. Zu wissen, dass man sich an dem Ort befand, an dem man sein sollte.

Kapitel 13

Es gab Kunden, die Mma Ramotswes Mitgefühl erregten, sobald sie mit ihrer Geschichte begannen. Bei anderen konnte man kein Mitgefühl aufbringen, weil sie von Selbstsucht, Gier oder manchmal auch offensichtlichem Verfolgungswahn getrieben wurden. Aber die echten Fälle – die Fälle, die den Beruf des Privatdetektivs zur wahren Berufung machten – konnten einem das Herz brechen. Mma Ramotswe wusste, dass Mr. Letsenyana Badules Fall dazugehörte.

Er kam einen Tag nach ihrer Rückkehr aus Molepolole unangemeldet in ihr Büro. Es war der erste Tag von Mma Makutsis Beförderung zur stellvertretenden Detektivin, und Mma Ramotswe hatte ihr gerade erklärt, dass sie, obwohl sie jetzt Privatdetektivin war, immer noch die Aufgaben einer Sekretärin zu erledigen hatte.

Mma Ramotswe wusste, dass sie dieses Thema frühzeitig ansprechen musste, um Missverständnisse zu vermeiden.

»Ich kann nicht gleichzeitig eine Sekretärin und eine Assistentin beschäftigen«, sagte sie. »Dies ist eine kleine Agentur. Ich mache keinen großen Gewinn, das wissen Sie. Sie schicken die Rechnungen raus.«

Mma Makutsi machte ein langes Gesicht. Sie trug ihr schickstes Kleid und hatte etwas mit ihren Haaren gemacht, sodass sie wie Dornenbüschel vom Kopf abstanden. Gut sah es nicht aus.

»Dann bin ich also immer noch Ihre Sekretärin?«, fragte sie. »Muss ich weiter immer nur tippen?«

Mma Ramotswe schüttelte den Kopf. »Ich habe meine Meinung nicht geändert«, sagte sie. »Sie sind stellvertretende Privatdetektivin. Aber irgendeiner muss die Schreibarbeiten erledigen, nicht wahr? Das ist die Aufgabe einer stellvertretenden Privatdetektivin. Dies und andere Dinge.«

Mma Makutsis Miene hellte sich auf. »Das ist in Ordnung. Ich kann alles machen, was ich bisher getan habe, und noch mehr. Ich werde Kunden betreuen.«

Mma Ramotswe atmete scharf ein. Sie hatte nicht vorgehabt, an Mma Makutsi Kunden abzugeben. Sie wollte ihr Aufgaben übertragen, die sie unter ihrer Aufsicht ausführen sollte. Das eigentliche Management der Fälle sollte in ihrer Verantwortung bleiben. Aber dann fiel ihr ein, wie sie als junges Mädchen im *Small Upright General Dealer Store* in Mochudi gearbeitet hatte und wie aufgeregt sie gewesen war, als sie zum ersten Mal allein Inventur machen durfte. Es war egoistisch, die Kunden alle für sich zu behalten. Wie konnte eine Person jemals Karriere machen, wenn diejenigen, die an der Spitze saßen, die interessanten Arbeiten für sich behielten?

»Ja«, sagte sie ruhig. »Sie können Ihre Kunden haben. Aber ich werde entscheiden, welche Sie bekommen. Die ganz großen Kunden bekommen Sie nicht … jedenfalls nicht am Anfang. Sie können mit kleineren Sachen beginnen und sich hocharbeiten.«

»Das finde ich in Ordnung«, sagte Mma Makutsi. »Danke, Mma. Ich möchte nicht rennen, bevor ich gehen kann. Das haben sie uns in der Handelsschule beigebracht. Erst die leichten Sachen lernen, dann die schwierigen. Nicht umgekehrt.«

»Eine gute Philosophie«, sagte Mma Ramotswe. »Viele junge Leute haben das nie gelernt, sie wollen sofort die

Spitzenjobs haben. Sie wollen oben anfangen – mit viel Geld und einem dicken Mercedes.

Ich glaube, diese Mercedes-Wagen sind sowieso nicht gut für Afrika. Es sind sicher sehr gute Autos, aber alle ehrgeizigen Leute in Afrika wollen einen, bevor sie ihn verdient haben. Dadurch sind große Probleme entstanden.«

»Je mehr Mercedesse es in einem Land gibt«, meinte Mma Makutsi, »desto schlimmer sind die Zustände. Wenn es ein Land ohne Mercedesse gibt, dann ist das ein guter Ort. Darauf können Sie Gift nehmen.«

Mma Ramotswe blickte ihre Assistentin an. Das war eine interessante Theorie, über die man später noch ausführlich diskutieren könnte. In der Zwischenzeit gab es aber noch ein oder zwei Dinge, die zu erledigen waren.

»Sie machen weiter meinen Tee«, sagte sie mit fester Stimme. »Das haben Sie immer sehr gut gemacht.«

»Das tu ich gern«, erwiderte Mma Makutsi lächelnd. »Es gibt keinen Grund, warum eine stellvertretende Privatdetektivin keinen Tee brauen sollte, wenn es niemand anderen dafür gibt.«

Das war ein nicht ganz einfaches Gespräch gewesen, und Mma Ramotswe war froh, dass sie es hinter sich hatte. Es wäre wohl am besten, wenn sie ihrer neuen Assistentin so bald wie möglich einen Fall übertrug, damit sich gar nicht erst Spannungen aufbauten, und als am späteren Vormittag Mr. Letsenyane Badule auftauchte, beschloss sie, dass Mma Makutsi diesen Fall übernehmen sollte.

Er fuhr in einem Mercedes vor, der jedoch alt und deshalb moralisch unbedenklich war – mit Rostflecken um die Hintertüren herum und einer tiefen Delle auf der Fahrerseite.

»Ich bin keiner, der normalerweise Privatdetektive aufsucht«, sagte er, nervös auf der Vorderkante des für Kunden vorbehaltenen Sessels sitzend. Die beiden Frauen lächelten ihn aufmunternd an. Die Dicke – sie war die Chefin, wie er wusste, weil er ihr Foto in der Zeitung gesehen hatte – und die andere mit den komischen Haaren, ihre Assistentin vielleicht.

»Es braucht Ihnen nicht peinlich zu sein«, sagte Mma Ramotswe, »alle möglichen Leute kommen durch diese Tür. Es ist keine Schande, um Hilfe zu bitten.«

»Tatsächlich«, warf Mma Makutsi ein, »sind es die Starken, die um Hilfe bitten. Die Schwachen schämen sich zu sehr, um herzukommen.«

Mma Ramotswe nickte. Den Kunden schien das, was Mma Makutsi gesagt hatte, zu beruhigen. Ein gutes Zeichen. Nicht jeder weiß, wie man einem Menschen die Befangenheit nimmt, und es verhieß Gutes, dass Mma Makutsi ihre Worte so klug zu wählen verstand.

Mr. Badule lockerte seinen Griff um die Krempe seines Hutes und setzte sich richtig hin.

»Ich mache mir große Sorgen«, sagte er. »Jede Nacht wache ich auf und kann nicht wieder einschlafen. Ich liege in meinem Bett und drehe mich hin und her und kann den einen Gedanken nicht loswerden. Die ganze Zeit ist er da und geht mir durch den Kopf. Nur eine Frage, die ich mir immer und immer wieder stelle.«

»Und Sie finden nie eine Antwort?«, fragte Mma Makutsi. »Die Nacht ist eine sehr schlechte Zeit für Fragen, auf die es keine Antwort gibt.«

Mr. Badule sah sie an. »Da haben Sie Recht, meine Schwester. Es gibt nichts Schlimmeres als Fragen in der Nacht.«

Er schwieg, und ein oder zwei Augenblicke lang redete keiner. Dann unterbrach Mma Ramotswe die Stille.

»Warum erzählen Sie uns nicht von sich, Rra? Ein bisschen später können wir dann auf die Frage zu sprechen kommen, die Ihnen so viel Kummer bereitet. Aber zuerst macht uns meine Assistentin einen Tee, den wir zusammen trinken können.«

Mr. Badule nickte eifrig. Er schien den Tränen nahe zu sein, und Mma Ramotswe wusste, dass das Teeritual mit den Bechern heiß an den Händen die Geschichte irgendwie zum Fließen und diesem bekümmerten Mann Entspannung bringen würde.

»Ich bin kein großer, wichtiger Mann«, fing Mr. Badule an. »Ich komme ursprünglich aus Lobatse. Mein Vater war dort jahrelang Gerichtsdiener beim Hohen Gerichtshof. Er arbeitete für die Briten, und sie gaben ihm zwei Orden mit dem Kopf der Königin drauf. Er trug sie jeden Tag, auch als er in den Ruhestand ging. Als er aus dem Dienst ausschied, gab ihm einer der Richter eine Hacke für die Arbeit auf seinem Grundstück. Der Richter hatte die Hacke in der Gefängniswerkstatt in Auftrag gegeben, und die Insassen hatten auf Anweisung des Richters mit einem heißen Nagel eine Inschrift in den Holzgriff gebrannt. Sie lautete so: *Gerichtsdiener Erster Klasse Badule diente 50 Jahre treu Ihrer Majestät und dann der Republik Botswana. Gut gemacht, bewährter und vertrauenswürdiger Diener. Von Richter MacLean, Beisitzer am Hohen Gerichtshof von Botswana.*

Dieser Richter war ein guter Mann, und er war auch zu mir sehr freundlich. Er sprach mit einem Pater der katholischen Schule und ich wurde dort in die vierte Klasse aufgenommen. Ich arbeitete hart an dieser Schule, und als ich einmal meldete, dass einer der Jungen Fleisch aus der Küche gestohlen hatte, machten sie mich zum stellvertretenden Klassensprecher.

Ich bekam mein *Cambridge School Certificate* und danach eine gute Stelle bei der Fleischkommission. Dort arbeitete ich ebenfalls hart und zeigte Kollegen wegen Fleischdiebstahls an. Das tat ich nicht, um befördert zu werden, sondern weil ich Unehrlichkeit jeder Art nicht leiden kann. Das habe ich von meinem Vater gelernt. Als Gerichtsdiener beim Hohen Gerichtshof sah er alle möglichen schlechten Menschen, auch Mörder. Er sah sie vor dem Richter stehen und Lügen erzählen, weil sie wussten, dass ihre bösen Taten sie eingeholt hatten. Er beobachtete sie, wenn der Richter sie zum Tode verurteilte, und sah, wie große starke Männer, die andere Leute geschlagen und erstochen hatten, zu kleinen Jungen wurden, die vor Angst schluchzten und behaupteten, dass ihnen alle ihre schlimmen Taten Leid täten, die sie am Anfang doch abgestritten hatten.

Mit einem solchen Hintergrund ist es nicht überraschend, dass mein Vater seinen Söhnen beibrachte, ehrlich zu sein und immer die Wahrheit zu sagen. Also zögerte ich nicht, diese unehrlichen Angestellten vors Gericht zu bringen, was meine Arbeitgeber freute.

›Sie haben diese bösen Menschen daran gehindert, dass sie das Fleisch von Botswana stehlen‹, sagten sie. ›Unsere Augen können nicht sehen, was unsere Angestellten tun. Ihre Augen haben uns geholfen.‹

Ich erwartete keine Belohnung, aber ich wurde befördert. Und bei meinem neuen Job in der Zentrale stellte ich fest, dass noch mehr Leute Fleisch stahlen, aber jetzt auf indirektere und schlauere Weise, was jedoch immer noch Fleischdiebstahl war. Ich schrieb deshalb einen

Brief an den Direktor und sagte: ›So geht Ihnen Fleisch verloren, direkt vor Ihrer Nase, in der Zentrale.‹ Und am Ende führte ich die Namen auf, alle in alphabetischer Reihenfolge, und unterschrieb den Brief und schickte ihn weg.

Sie waren hocherfreut, und ich wurde weiter befördert. Inzwischen hatte jeder Unehrliche vor Angst die Firma verlassen, und so gab es für mich in dieser Hinsicht nichts mehr zu tun. Aber es ging mir immer noch gut, und schließlich hatte ich so viel Geld gespart, dass ich mir eine eigene Fleischerei kaufen konnte. Ich bekam einen großen Scheck von der Firma, der es Leid tat, mich zu verlieren, und eröffnete meine Fleischerei kurz vor Gaborone. Sie haben sie vielleicht an der Straße nach Lobatse gesehen. Sie heißt *Honest Deal Butchery*.

Mein Geschäft geht recht gut, aber ich habe nicht viel Geld übrig. Der Grund ist meine Frau. Sie ist eine moderne Frau, die schöne Kleider liebt und selbst nicht gern arbeitet. Es macht mir nichts aus, dass sie nicht mitarbeitet, aber es regt mich auf, dass sie so viel Geld fürs Zöpfeflechten ausgibt und sich ständig neue Kleider vom indischen Schneider nähen lässt. Ich bin kein eleganter Mann, aber sie ist eine sehr elegante Dame.

Nachdem wir geheiratet hatten, bekamen wir viele Jahre lang keine Kinder. Aber dann wurde sie schwanger und wir bekamen einen Sohn. Ich war sehr stolz, und das einzig Traurige war, dass mein Vater nicht mehr lebte und deshalb seinen schönen Enkel nicht sehen konnte.

Mein Sohn war nicht besonders schlau. Wir schickten ihn zur Grundschule in der Nähe unseres Hauses und bekamen andauernd Briefe, in denen stand, dass er sich mehr bemühen müsse und seine Schrift sehr unordentlich und voller Fehler sei. Meine Frau sagte, wir müssten ihn auf eine Privatschule schicken, wo es bessere Lehrer gäbe und wo man ihn zwingen würde, sauberer zu schreiben, aber ich fürchtete, wir könnten es uns nicht leisten.

Als ich das sagte, wurde sie sehr böse. ›Wenn du nicht dafür bezahlen kannst‹, sagte sie, ›gehe ich zu einer Wohlfahrtseinrichtung, die ich kenne, und lasse sie für das Schulgeld aufkommen.‹

›Solche Einrichtungen gibt es nicht‹, sagte ich. ›Wenn es so etwas gäbe, würden sie von Antragstellern überschwemmt werden. Jeder will sein Kind auf eine Privatschule schicken. Alle Eltern von Botswana würden sich anstellen, um Beihilfe zu bekommen. Das ist unmöglich.‹

›Ach, ja?‹, sagte sie. ›Ich werde gleich morgen mit der Stelle reden. Dann wirst du schon sehen. Wart's nur ab!‹

Am nächsten Tag ging sie in die Stadt, und als sie zurückkam, sagte sie, dass alles geregelt sei. ›Die Wohlfahrt zahlt das ganze Schulgeld. Er kann im nächsten Schuljahr nach Thornhill gehen.‹

Ich staunte. Thornhill ist, wie Sie wissen, eine sehr gute Schule, und der Gedanke, dass mein Sohn da hingehen würde, war aufregend. Aber ich konnte mir nicht vorstellen, wie meine Frau es geschafft hatte, eine Wohlfahrtseinrichtung zu überreden, dafür zu bezahlen, und als ich sie nach den Einzelheiten fragte, damit ich ihnen schreiben und mich bedanken könnte, behauptete sie, dass es eine geheime Einrichtung sei.

›Es gibt Stellen, die nicht ausposaunen wollen, was sie alles Gutes tun‹, sagte sie. ›Sie haben mich gebeten, niemandem davon zu erzählen. Aber wenn du ihnen danken willst, dann schreib einen Brief, den ich in deinem Namen übergeben werde.‹

Ich schrieb also diesen Brief, bekam aber keine Antwort.

›Sie sind viel zu beschäftigt, um allen zu schreiben, denen sie helfen‹, sagte meine Frau. ›Ich weiß nicht, worüber du dich beschwerst. Sie zahlen das Schulgeld, oder nicht? Hör auf, sie mit deinen Briefen zu belästigen!‹

Es war nur ein Brief gewesen, aber meine Frau muss immer übertreiben, jedenfalls wenn es mich betrifft. Sie wirft mir vor, ›ständig Hunderte von Kürbissen zu essen‹, dabei esse ich weniger Kürbisse als sie. Sie sagt, ich mache mehr Krach als ein Flugzeug, wenn ich schnarche, was nicht stimmt. Sie sagt, dass ich dauernd einen Haufen Geld für meinen faulen Neffen ausgebe und ihm jedes Jahr Tausende von Pula schicke. Tatsächlich gebe ich ihm nur 100 Pula zum Geburtstag und 100 Pula zu Weihnachten. Woher sie die Summe von Tausenden von Pula hat, weiß ich nicht. Und ich weiß auch nicht, wo sie das Geld für ihren eleganten Lebensstil hernimmt. Sie behauptet, dass sie es sich zusammenspart, weil sie sorgfältig mit dem Haushaltsgeld umgeht, aber ich verstehe nicht, wie sie das schaffen kann. Ich werde später noch ein bisschen mehr darüber reden.

Aber Sie dürfen mich nicht missverstehen, meine Damen. Ich gehöre nicht zu den Ehemännern, die ihre Frauen nicht mögen. Ich bin sehr zufrieden mit meiner Frau. Jeden Tag denke ich, was für ein Glück ich habe, mit einer so eleganten Frau verheiratet zu sein – einer Frau, der die Leute auf der Straße nachschauen. Viele Fleischer sind mit Frauen verheiratet, die nicht so toll aussehen, aber zu denen gehöre ich nicht. Ich bin der Fleischer mit der toll aussehenden Frau, und das macht mich stolz.

Ich bin auch stolz auf meinen Sohn. Als er nach Thornhill kam, war er in allen Fächern schwach, und ich befürchtete, dass sie ihn um ein Jahr zurückstufen würden.

Aber als ich mit der Lehrerin sprach, sagte sie, ich solle mir keine Sorgen machen, der Junge sei intelligent und würde bald aufholen.

Meinem Sohn gefiel die Schule. Er bekam bald die besten Noten in Mathematik, und seine Handschrift verbesserte sich so sehr, dass man meinen konnte, ein anderer Junge hätte geschrieben. Er schrieb einen Aufsatz, den ich aufgehoben habe – ›Die Ursachen für die Bodenerosion in Botswana‹ – und irgendwann werde ich Ihnen den Aufsatz zeigen, wenn Sie wollen. Es ist eine sehr schöne Arbeit, und ich glaube, wenn er so weitermacht, wird er eines Tages Bergbauminister oder vielleicht Minister für Wasserressourcen werden. Und wenn man sich vorstellt, dass er es als Enkel eines Gerichtsdieners und als Sohn eines gewöhnlichen Fleischers so weit bringen wird!

Sie denken sicher: Worüber beschwert sich dieser Mann überhaupt? Er hat eine modebewusste Frau und einen klugen Sohn. Er besitzt eine eigene Fleischerei. Weshalb klagt er? Und ich kann verstehen, wenn Sie so denken, aber deswegen bin ich nicht weniger unglücklich. Jede Nacht wache ich auf und habe den gleichen Gedanken. Jeden Tag, wenn ich von der Arbeit komme und meine Frau noch nicht zu Hause ist und ich bis zehn oder elf Uhr warte, bis sie heimkommt, nagt die Angst in meinem Bauch wie ein hungriges Tier. Die Wahrheit ist nämlich die, dass ich glaube, dass meine Frau sich mit einem anderen Mann trifft. Ich weiß, dass viele Ehemänner sich so etwas einbilden, und ich hoffe, dass das bei mir auch der Fall ist – dass ich mir nur etwas einbilde –, aber ich kann erst Frieden finden, wenn ich weiß, ob das, was ich befürchte, wahr ist.«

Als Mr. Letsenyane Badule schließlich mit seinem arg lädierten Mercedes davongefahren war, blickte Mma Ramotswe ihre Assistentin an und lächelte.

»Ganz einfach«, sagte sie. »Ich finde, das ist ein ganz einfacher Fall, Mma Makutsi. Sie sollten ihn problemlos allein bearbeiten können.«

Mma Makutsi ging an ihren Schreibtisch und strich den Stoff ihres schicken blauen Kleides glatt. »Danke, Mma. Ich werde mein Bestes tun.«

Mma Ramotswe nickte. »Ja«, fuhr sie fort. »Der einfache Fall eines Mannes mit einer gelangweilten Frau. Eine uralte Geschichte. Ich las in einer Zeitschrift, dass die Franzosen so etwas gerne lesen. Es gibt da eine Geschichte von einer französischen Dame namens Mma Bovary, der es genauso ging, eine sehr berühmte Geschichte. Das war eine Dame, die auf dem Lande lebte und der es nicht gefiel, immer mit demselben langweiligen Mann verheiratet zu sein.«

»Es ist besser, mit einem langweiligen Mann verheiratet zu sein«, sagte Mma Makutsi. »Diese Mma Bovary war dumm. Langweilige Männer sind sehr gute Ehemänner. Sie sind immer treu und laufen nie mit anderen Frauen weg. Sie haben großes Glück, dass Sie mit einem ...«

Sie brach ab. Das hatte sie gar nicht sagen wollen, aber jetzt war es zu spät. Sie hielt Mr. J. L. B. Matekoni nicht für langweilig. Er war zuverlässig und ein Mechaniker und würde ein äußerst zufrieden stellender Ehemann sein. Das hatte sie gemeint. Sie hatte nicht sagen wollen, dass er langweilig war.

Mma Ramotswe starrte sie an. »Mit einem was?«, fragte sie. »Ich habe großes Glück, dass ich mit was verlobt bin?«

Mma Makutsi blickte auf ihre Schuhe. Ihr war heiß geworden, und sie war ganz durcheinander. Die Schuhe, ihr bestes Paar, das Paar mit den drei glitzernden Knöpfen oben drauf, starrten zurück, wie es Schuhe nun einmal tun.

Dann lachte Mma Ramotswe. »Machen Sie sich keine Sorgen«, sagte sie. »Ich weiß, was Sie meinen, Mma Makutsi. Mr. J. L. B. Matekoni ist vielleicht nicht der eleganteste Mann in Gaborone, aber er gehört zu den besten. Sie können ihm alles anvertrauen, nie würde er Sie im Stich lassen. Und ich weiß, dass er nie Geheimnisse vor mir haben würde. Das ist sehr wichtig. Er ist ein Gentleman.«

Dankbar für das Verständnis ihrer Chefin, stimmte Mma Makutsi ihr eifrig zu.

»Das ist bei weitem die beste Sorte Mann«, sagte sie. »Wenn ich jemals das Glück habe, so einen Mann zu finden, hoffe ich, dass er mich fragt, ob ich ihn heiraten will.«

Sie guckte wieder auf ihre Schuhe hinunter, die ihren Blick erwiderten. Schuhe sind Realisten, dachte sie, und sie schienen zu sagen: *Keine Chance. Sorry, aber keine Chance.*

»Gut«, sagte Mma Ramotswe. »Lassen wir das Thema Männer im Allgemeinen erstmal ruhen und kehren wir zu Mr. Badule zurück. Was glauben Sie? Im Buch von Mr. Andersen steht, man müsse eine Vermutung haben. Man muss versuchen, etwas zu beweisen oder zu widerlegen. Wir sind uns einig, dass Mma Badule sich zu langweilen scheint, aber meinen Sie, dass vielleicht mehr dahinter steckt?«

Mma Makutsi runzelte die Stirn. »Ich glaube, da geht irgendwas vor sich. Sie bekommt Geld von irgendwoher, das heißt, dass sie es von einem Mann kriegt. Sie zahlt das Schulgeld mit dem, was sie davon gespart hat.«

Mma Ramotswe stimmte dem zu. »Sie brauchen ihr also nur zu folgen und zu sehen, wohin sie geht. Sie wird Sie wahrscheinlich direkt zu dem anderen Mann führen. Dann sehen Sie, wie lange sie dort bleibt, und reden mit der Hausangestellten. Geben Sie ihr 100 Pula. Dann erzählt sie Ihnen die ganze Geschichte. Dienstmädchen reden gern über Dinge, die in den Häusern ihrer Herrschaften vor sich gehen. Die Leute denken immer, dass ihre Hausangestellten nichts hören und nichts sehen können, sie ignorieren sie einfach. Und dann, eines Tages, merken sie, dass ihr Dienstmädchen alle ihre Geheimnisse mitgehört und gesehen hat und es gar nicht erwarten kann, sie der ersten Person, die sie danach fragt, zu verraten. Das Dienstmädchen wird Ihnen alles erzählen. Sie werden sehen! Dann sagen Sie es Mr. Badule.«

»Das ist der Teil, der mir nicht gefallen wird«, sagte Mma Makutsi. »Der Rest macht mir nichts aus, aber diesem armen Mann von seiner schlechten Frau zu berichten …!«

Mma Ramotswe machte ihr Mut. »Keine Bange. Fast jedes Mal, wenn wir Detektive einem Kunden so etwas erzählen müssen, weiß er bereits Bescheid. Wir liefern nur den Beweis, den er sucht. Sie wissen alles, wir erzählen ihnen nie etwas Neues.«

»Trotzdem«, sagte Mma Makutsi. »Der arme, arme Mann.«

»Kann schon sein«, meinte Mma Ramotswe. »Aber vergessen Sie nicht: auf jede untreue Frau in Botswana kommen 550 untreue Ehemänner.«

Mma Makutsi pfiff. »Das ist ja eine erstaunliche Zahl«, sagte sie. »Wo haben Sie die her?«

»Von nirgendwo«, lachte Mma Ramotswe. »Ich hab sie erfunden. Sie stimmt aber trotzdem.«

Es war ein wundervoller Moment für Mma Makutsi, als sie ihren ersten Fall übernahm. Sie hatte keinen Führerschein und musste deshalb ihren Onkel, der jetzt Rentner war, bitten, sie in seinem alten Austin zu ihrem ersten Auftragsort zu fahren. Der Onkel war begeistert, an einer solchen Mission beteiligt zu sein, und setzte zu diesem Zweck eine dunkle Brille auf.

Sie fuhren früh zu dem Haus neben der Fleischerei, in dem Mr. Badule und seine Frau wohnten. Es war ein etwas vernachlässigter Bungalow, umgeben von Pawpaw-Bäumen, mit einem silbrig gestrichenen Blechdach, an dem einiges zu tun wäre. Der Garten war, abgesehen von den Pawpaws und einer welkenden Reihe Cannas entlang des Hauses so gut wie leer. Auf der Rückseite des Hauses, an einem Drahtzaun, der das Ende des Grundstücks markierte, befanden sich das Dienstbotenquartier und eine angebaute Garage.

Es war schwer, einen geeigneten Platz zum Warten zu finden, aber schließlich beschloss Mma Makutsi, gleich um die Ecke herum zu parken, halb verdeckt durch einen kleinen Verkaufsstand, der geröstete Maiskolben, Streifen getrockneten Fleisches, das Fliegen umschwirrten, und für diejenigen, die sich eine echte Delikatesse wünschten, Säckchen mit köstlichen Mopani-Würmern anbot. Es gab keinen Grund, weshalb ein Auto dort nicht parken sollte. Es wäre ein guter Treffpunkt für Liebende oder um einen Verwandten aus dem Dorf von einem der klapprigen Busse abzuholen, die auf der Francistown Road entlangrasten.

Der Onkel war aufgeregt und zündete sich eine Zigarette an.

»Ich habe schon viele Filme gesehen, die so waren«, sagte er. »Aber ich habe mir nie träumen lassen, dass ich mal so etwas machen würde, hier in Gaborone.«

»Die Arbeit einer Privatdetektivin ist nicht so aufregend«, sagte seine Nichte. »Wir müssen geduldig sein. Ein Großteil unserer Arbeit besteht aus Sitzen und Warten.«

»Ich weiß«, sagte der Onkel. »Das habe ich auch im Kino gesehen. Ich habe gesehen, wie die Detektive in ihren Autos saßen und Sandwiches aßen, während sie warteten. Dann fängt irgendeiner an zu schießen.«

Mma Makutsi zog eine Augenbraue hoch. »In Botswana wird nicht geschossen«, sagte sie. »Wir sind ein zivilisiertes Land.«

Sie verfielen in kameradschaftliches Schweigen und beobachteten die Leute, die ihren morgendlichen Geschäften nachgingen. Um sieben öffnete sich die Tür des Hauses Badule und ein Junge kam heraus, der die Schuluniform von Thornhill trug. Er stand einen Augenblick lang vorm Haus und verstellte den Riemen seiner Schultasche. Danach ging er den Weg entlang, der zum Gartentor führte, drehte sich flink nach links und marschierte die Straße hinunter.

»Das ist der Sohn«, sagte Mma Makutsi mit gesenkter Stimme, obwohl sie unmöglich jemand hören konnte. »Er hat ein Stipendium für Thornhill bekommen. Ein kluger Junge mit sehr schöner Schrift.«

Der Onkel sah interessiert aus.

»Soll ich es aufschreiben?«, fragte er. »Ich kann über alles, was passiert, Protokoll führen.«

Mma Makutsi wollte erklären, dass das nicht nötig sei, aber sie änderte ihre Meinung. Es würde ihn beschäftigen und konnte außerdem nicht schaden. Also schrieb der Onkel auf ein Stück Papier, das er aus der Hosentasche gezogen hatte: »Badule-Junge verlässt Haus um 7 Uhr und geht zu Fuß zur Schule.«

Er zeigte ihr seine Notiz, und Mma Makutsi nickte.

»Du würdest einen sehr guten Detektiv abgeben, Onkel«, sagte sie und setzte hinzu: »Schade, dass du dafür zu alt bist.«

Zwanzig Minuten später trat Mr. Badule aus dem Haus und ging zur Fleischerei hinüber. Er schloss die Tür auf und ließ zwei Mitarbeiter ein, die unter einem Baum auf ihn gewartet hatten. Ein paar Minuten danach kam einer der Angestellten mit einem großen Edelstahltablett heraus, das er unter einem Rohr an der Seite des Gebäudes wusch. Er trug jetzt eine stark mit Blut verschmutzte Schürze. Dann tauchten zwei Kundinnen auf, wobei die eine die Straße heraufgekommen und die andere aus einem Kleinbus gestiegen war, der gleich neben dem Verkaufsstand hielt.

»Kunden betreten Laden«, schrieb der Onkel. »Dann gehen sie wieder, tragen Päckchen. Wahrscheinlich Fleisch.«

Wieder zeigte er seiner Nichte die Notiz. Sie nickte beifällig.

»Sehr gut. Sehr nützlich. Aber wir sind vor allem an der Dame des Hauses interessiert«, sagte sie. »Sie wird bald etwas unternehmen.«

Sie warteten noch vier Stunden. Dann – kurz vor zwölf –, als das Auto in der Sonne schon unerträglich heiß geworden war, und gerade in dem Augenblick, als Mma Makutsi sich über die ständigen Notizen ihres Onkels zu ärgern begann, sahen sie Mma Badule hinter dem Haus zur Garage gehen. Dort stieg sie in den zerbeulten

Mercedes und fuhr rückwärts die Einfahrt hinunter. Das war das Signal für den Onkel, den Motor anzulassen und dem Mercedes, der in die Stadt fuhr, in respektvollem Abstand zu folgen.

Mma Badule fuhr schnell, und der Onkel hatte Schwierigkeiten, mit seinem alten Austin nicht abgehängt zu werden, aber als sie in die Einfahrt eines großen Hauses am Nyerere Drive bog, hatten sie sie noch nicht aus den Augen verloren. Sie fuhren langsam vorbei und konnten gerade noch sehen, wie Mma Badule aus dem Auto stieg und auf die schattige Veranda zuschritt. Dann verbargen die üppig wachsenden Gartenpflanzen – so viel saftiger als die elenden Pawpaw-Bäume am Haus des Fleischers – sie ihren Blicken.

Aber es reichte aus. Sie fuhren langsam um die Ecke und parkten unter einem Jacaranda-Baum neben der Straße.

»Und jetzt?«, fragte der Onkel. »Warten wir hier, bis sie wieder geht?«

Mma Makutsi war unsicher. »Es hat nicht viel Sinn, hier herumzusitzen«, sagte sie. »Wir sind vor allem daran interessiert, was im Hause vor sich geht.«

Sie dachte an Mma Ramotswes Rat. Die besten Informationsquellen waren die Hausangestellten, wenn man sie zum Sprechen überreden konnte. Es war Mittagszeit, und sie hätten jetzt in der Küche zu tun. Aber in ungefähr einer Stunde würden sie selber Mittagspause machen und sich in die Dienstbotenunterkünfte zurückziehen. Und die waren leicht zu erreichen – die schmale Gasse entlang, die hinter den Grundstücken verlief. Das wäre der Zeitpunkt, sie anzusprechen und ihnen die raschelnden 50-Pula-Scheine, die Mma Ramotswe ihr am Abend zuvor überreicht hatte, anzubieten.

Der Onkel wollte sie begleiten, und Mma Makutsi konnte ihm nicht so schnell klar machen, dass sie allein gehen könne.

»Es kann gefährlich sein«, sagte er. »Du brauchst vielleicht Schutz.«

Sie wischte seine Einwände beiseite. »Gefährlich, Onkel? Seit wann ist es gefährlich, mitten in Gaborone am helllichten Tag mit ein paar Dienstmädchen zu reden?«

Darauf wusste er keine Antwort, sah aber trotzdem nervös aus, als sie ihn im Auto zurückließ und allein die Gasse entlang zum hinteren Gartentor ging. Er sah, dass sie hinter dem kleinen weiß gestrichenen Gebäude, in dem die Dienstboten untergebracht waren, zögernd stehen blieb, bevor sie ums Haus herum zum Eingang schritt und er sie aus den Augen verlor. Er holte seinen Stift heraus, schaute auf seine Uhr und machte eine Notiz: »Mma Makutsi betritt Dienstbotenunterkunft um 2 Uhr 10.«

Es gab zwei Hausmädchen, genau wie Mma Makutsi es sich gedacht hatte. Eine war älter als die andere und hatte Krähenfüße in den Augenwinkeln. Sie war eine gemütliche Frau mit einem ausladenden Brustkorb und trug eine grüne Dienstmädchenuniform und abgestoßene weiße Schuhe von der Sorte, wie sie Krankenschwestern tragen. Die Jüngere, die aussah, als ob sie Mitte 20 wäre – so alt wie Mma Makutsi –, trug einen roten Morgenmantel und hatte ein sinnliches, verwöhntes Gesicht. In anderer Kleidung und geschminkt hätte sie als Barmädchen durchgehen können. Vielleicht ist sie eins, dachte Mma Makutsi.

Die beiden Frauen starrten sie an, die jüngere ziemlich frech.

»*Ko ko*«, sagte Mma Makutsi höflich, die Begrüßung benutzend, die ein Klopfen ersetzte, wenn es keine Tür zum Anklopfen gab. Es war angebracht, weil die Frauen zwar nicht im Haus, aber auch nicht ganz draußen waren, sondern auf zwei Hockern in der engen offenen Veranda vor dem Gebäude saßen.

Die ältere Frau musterte ihre Besucherin, die Augen mit der Hand gegen das grelle Licht des frühen Nachmittags abschirmend.

»*Dumela*, Mma. Geht es Ihnen gut?«

Die förmlichen Begrüßungen wurden ausgetauscht. Dann war es still. Die jüngere Frau stieß mit einem Stock gegen ihren kleinen schwarzen Kessel.

»Ich wollte mit Ihnen reden, meine Schwestern«, sagte Mma Makutsi. »Ich möchte etwas über die Frau erfahren, die zu Besuch gekommen ist, die, die den Mercedes fährt. Sie wissen, welche ich meine?«

Die Jüngere ließ den Stock fallen. Die Ältere nickte. »Ja, wir kennen die Frau.«

»Wer ist sie?«

Die Jüngere hob ihren Stock auf und sah Mma Makutsi an. »Eine ganz wichtige Dame! Sie kommt ins Haus, sitzt in den Sesseln herum und trinkt Tee. So eine ist das.«

Die andere lachte in sich hinein. »Aber sie ist auch eine sehr müde Dame«, sagte sie. »Die Arme, sie arbeitet so schwer, dass sie sich oft ins Schlafzimmer legen muss, um wieder zu Kräften zu kommen.«

Die Jüngere brach in schallendes Gelächter aus. »O ja«, sagte sie. »In dem Schlafzimmer wird sich viel ausgeruht. Er hilft ihr beim Hochlegen der müden Beine. Die arme Frau!«

Mma Makutsi lachte mit. Sie wusste sofort, dass alles viel einfacher sein würde, als sie es sich vorgestellt hatte.

Mma Ramotswe hatte wie immer Recht gehabt. Die Menschen redeten gern und ganz besonders gern über Leute, an denen sie irgendwas störte. Man brauchte nur herauszufinden, worüber sie sich ärgerten, und der Ärger erledigte dann die ganze Arbeit. Sie suchte in ihrer Tasche nach den beiden 50-Pula-Scheinen. Vielleicht brauchte sie sie gar nicht auszugeben. Wäre das der Fall, würde sie Mma Ramotswe bitten, ihren Onkel damit zu bezahlen.

»Wer ist der Mann, der in dem Haus lebt?«, fragte sie. »Hat er keine eigene Frau?«

Das war das Signal für beide loszukichern. »Er hat schon eine Frau«, sagte die Ältere. »Sie lebt draußen in ihrem Dorf, oben bei Mahalapye. Er fährt am Wochenende hin. Diese Dame hier ist seine Stadtfrau.«

»Und weiß die Landfrau von der Stadtfrau?«

»Nein«, sagte die Ältere. »Das würde ihr nicht gefallen. Sie ist Katholikin und sehr reich. Ihr Vater hatte vier Läden dort oben und hat eine große Farm gekauft. Dann kamen Leute und haben auf dem Farmgelände einen großen Schacht gegraben. Dafür mussten sie der Frau viel Geld bezahlen. So konnte sie ihrem Mann das große Haus kaufen. Aber Gaborone mag sie nicht.«

»Sie ist eine von denen, die ihr Dorf nie verlassen wollen«, warf die Jüngere ein. »Solche Leute gibt es. Sie lässt ihren Mann hier unten leben, damit er sich um irgendein Geschäft, das ihr gehört, kümmern kann. Aber jeden Freitag muss er wie ein Schuljunge zum Wochenende heimkommen.«

Mma Makutsi schaute zum Kessel hin. Es war ein sehr heißer Tag, und sie fragte sich, ob sie ihr wohl einen Tee anbieten würden. Zum Glück bemerkte die ältere Hausangestellte ihren Blick und machte das Angebot.

»Und ich sage Ihnen noch was«, zischte die Jüngere, während sie das Paraffinöfchen unter dem Kessel anzündete. »Ich würde der Frau einen Brief schreiben und ihr von der anderen erzählen, wenn ich nicht Angst hätte, meinen Job zu verlieren.«

»Er hat uns gedroht«, sagte die andere. »Er warnte uns, dass wir sofort unsere Arbeit verlieren würden, wenn wir ihn bei seiner Frau verraten. Er zahlt gut, dieser Mann. Er zahlt mehr als jeder andere Boss in dieser Straße. Wir dürfen diesen Job nicht verlieren. Wir halten einfach den Mund …«

Sie unterbrach sich und beide Frauen blickten sich entsetzt an.

»Aiee!«, jammerte die Jüngere. »Was haben wir getan? Warum haben wir Ihnen das alles erzählt? Sind Sie aus Mahalapye? Hat seine Frau Sie geschickt? Wir sind erledigt! Was sind wir für dumme Frauen! Aiee!«

»Nein«, sagte Mma Makutsi schnell. »Ich kenne die Frau nicht. Ich habe nicht mal von ihr gehört. Der Mann der anderen hat mich gebeten herauszufinden, was sie macht. Das ist alles.«

Die beiden Hausmädchen beruhigten sich, aber die Ältere machte immer noch ein besorgtes Gesicht. »Aber wenn Sie ihm sagen, was los ist, wird er herkommen und den Mann von seiner Frau wegjagen und er sagt vielleicht der Frau im Dorf, dass ihr Mann eine Geliebte hat. Dann sind wir auch erledigt. So oder so.«

»Nein«, sagte Mma Makutsi. »Ich muss ihm nicht erzählen, was wirklich los ist. Ich könnte ihm einfach sagen, dass sie sich mit einem anderen trifft, ich aber nicht weiß, wer es ist. Was spielt das für eine Rolle? Er braucht nur zu erfahren, dass sie sich mit einem Mann trifft. Es ist schließlich egal, mit wem.«

Das jüngere Hausmädchen flüsterte der Älteren etwas zu, die die Stirn runzelte.

»Was ist, Mma?«, wollte Mma Makutsi wissen.

Die ältere Frau blickte zu ihr auf. »Meine Schwester hat gerade an den Jungen gedacht. Sehen Sie, es gibt da einen Jungen, der dem feschen Weib gehört. Wir mögen die Frau nicht, aber den Jungen schon. Und dieser Junge, verstehen Sie, ist der Sohn dieses Mannes, nicht des anderen. Schauen Sie sich die beiden an, dann wissen Sie Bescheid: Beide haben sehr große Nasen. Der Mann hier ist der Vater des Jungen, auch wenn der bei dem anderen Mann lebt. Er kommt jeden Nachmittag nach der Schule her. Die Mutter hat dem Jungen eingetrichtert, dass er dem anderen Vater nie von seinen Besuchen erzählt, und so behält er die Sache für sich. Das ist schlecht. Jungen darf man nicht beibringen, so zu lügen. Was wird aus Botswana, Mma, wenn wir Jungen beibringen, sich so zu verhalten? Was wird aus Botswana, wenn wir so viele unehrliche Jungen haben? Gott wird uns strafen, da bin ich sicher. Sie nicht auch?«

Mma Makutsi ging nachdenklich zum Austin an seinem schattigen Parkplatz zurück. Der Onkel war eingenickt und sabberte ein bisschen aus einem Mundwinkel. Sie berührte ihn sanft am Ärmel, und er schreckte hoch.

»Ah! Du bist in Sicherheit! Ich bin froh, dass du zurück bist.«

»Wir können losfahren«, sagte Mma Makutsi. »Ich habe alles herausgefunden, was ich wissen wollte.«

Sie fuhren auf direktem Weg zur *No. 1 Ladies' Detective Agency* zurück. Mma Ramotswe war ausgegangen, und so gab Mma Makutsi ihrem Onkel einen 50-Pula-Schein und setzte sich an den Schreibtisch, um ihren Bericht zu tippen.

»Die Befürchtungen des Kunden haben sich bestätigt«, schrieb sie. »Seine Frau trifft sich seit vielen Jahren mit demselben Mann. Es ist der Ehemann einer reichen Frau, die außerdem Katholikin ist. Die reiche Frau weiß nichts davon. Der Junge ist der Sohn dieses Mannes und nicht der Sohn des Kunden. Ich weiß nicht genau, was zu tun ist, aber ich glaube, wir haben folgende Möglichkeiten:

(a) Wir erzählen dem Kunden alles, was wir herausgefunden haben. Darum hat er uns gebeten. Wenn wir es ihm nicht sagen, führen wir ihn vielleicht in die Irre. Haben wir nicht versprochen, ihm alles zu sagen, als wir den Fall übernahmen? Wenn ja, dann müssen wir es tun, denn wir müssen unser Versprechen halten. Wenn wir unser Versprechen nicht halten, dann gibt es keinen Unterschied mehr zwischen Botswana und einem gewissen anderen Land in Afrika, das ich hier nicht nennen will, das Sie aber kennen.

(b) Wir sagen dem Kunden, dass es einen anderen Mann gibt, wir aber nicht wissen, wer es ist. Das entspricht der Wahrheit, weil ich den Namen des Mannes nicht herausgefunden habe, obwohl ich weiß, in welchem Haus er wohnt. Ich lüge nicht gern, da ich an Gott glaube. Aber Gott erwartet manchmal von uns, dass wir an die Folgen denken, wenn wir jemandem etwas erzählen. Wenn wir dem Kunden sagen, dass der Junge nicht sein Sohn ist, wird er sehr traurig sein. Es wäre, als ob er einen Sohn verliert. Wird ihn das glücklicher machen? Würde Gott wollen, dass er unglücklich ist?

Und wenn wir es dem Kunden sagen und es großen Krach gibt, kann der Vater vielleicht das Schulgeld nicht mehr bezahlen. Die reiche Frau verbietet es vielleicht, und dann muss der Junge leiden. Er wird die Schule verlassen müssen.

Aus diesen Gründen weiß ich nicht, was zu tun ist.«

Sie unterschrieb den Bericht und legte ihn auf Mma Ramotswes Schreibtisch. Dann stand sie auf und sah aus dem Fenster, über die Akazien hinweg und zum weiten Himmel hinauf. Es war schön und gut, ein Produkt der Handelsschule von Botswana zu sein, und es war schön und gut, bei der Abschlussprüfung 97 Prozent erzielt zu haben. Aber sie lehrten einen dort keine Moralphilosophie, und sie hatte keine Ahnung, wie sie das Dilemma, in das ihre erfolgreiche Untersuchung sie gestürzt hatte, lösen sollte. Sie würde es Mma Ramotswe überlassen. Das war eine weise Frau mit viel mehr Lebenserfahrung. Sie würde wissen, was zu tun wäre.

Mma Makutsi braute sich eine Tasse Buschtee und streckte und dehnte sich auf ihrem Stuhl. Ihr Blick fiel auf ihre Schuhe mit den drei glitzernden Knöpfen. Wussten sie die Antwort? Vielleicht.

Kapitel 14

Am Morgen von Mma Makutsis bemerkenswert erfolgreichen und dennoch irritierenden Ermittlungen in Sachen Letsenyane Badule beschloss Mr. J. L. B. Matekoni, Besitzer von *Tlokweng Road Speedy Motors* und zweifelsfrei einer der besten Mechaniker in Botswana, mit seinen neu erworbenen Pflegekindern auf Einkaufsexpedition in die Stadt zu fahren. Die Ankunft der Kinder im Haus hatte seine schlecht gelaunte Hausangestellte verwirrt und ihn selbst in einen Zustand des Zweifelns und der Angst gestürzt, der zuweilen an Panik grenzte. Es geschah schließlich nicht jeden Tag, dass man irgendwohin ging, um eine Dieselpumpe zu reparieren, und mit zwei Kindern zurückkehrte, wobei einem stillschweigend die moralische Pflicht auferlegt worden war, sich um die beiden für den Rest ihrer Kindheit und im Fall des Mädchens im Rollstuhl sogar für den Rest seines Lebens zu kümmern. Wie es Mma Silvia Potokwane geschafft hatte, ihn zur Aufnahme der Kinder zu überreden, war ihm nach wie vor schleierhaft. Es war zwar irgendwie darüber gesprochen worden, das wusste er noch, und er hatte sich prinzipiell dazu bereit erklärt, aber wie war es passiert, dass er sich gleich an Ort und Stelle hatte verpflichten lassen? Mma Potokwane war wie ein cleverer Anwalt, der einen Zeugen vernahm: Man einigte sich auf eine harmlose Aussage und bevor der Zeuge wusste, wie ihm geschah, hatte er schon einem ganz anderen Vorschlag zugestimmt.

Aber die Kinder waren bei ihm, und jetzt war es zu spät, etwas dagegen zu unternehmen. Während er im

Büro von *Tlokweng Road Speedy Motors* saß und nachdenklich einen Berg Papierkram betrachtete, traf er zwei Entscheidungen. Die eine war, eine Sekretärin einzustellen – eine Entscheidung, die er, wie er wusste, nie in die Tat umsetzen würde –, und die andere, aufzuhören sich Gedanken darüber zu machen, wie die Kinder zu ihm gekommen waren, und sich stattdessen darauf zu konzentrieren, das Richtige für sie zu tun. Wenn man sich die Sache schließlich ruhig und gelassen überlegte, stellte man fest, dass es viele positive Faktoren gab. Es waren gute Kinder – man brauchte sich nur die Geschichte über den Mut des Mädchens anzuhören –, und ihr Leben hatte sich plötzlich und dramatisch zum Besseren gewandelt. Gestern waren sie noch zwei von 150 Kindern auf der Waisenfarm gewesen. Heute lebten sie in einem eigenen Zuhause, hatten eigene Zimmer und einen Vater – ja, er war jetzt ihr Vater! –, der eine eigene Werkstatt besaß. Geld war ausreichend vorhanden. Wenn Mr. J. L. B. Matekoni auch kein auffallend reicher Mann war, so ging es ihm doch recht gut. Für die Werkstatt schuldete er keinen einzigen Pfennig, das Haus war mit keiner Hypothek belastet, und die drei Konten bei der Barclays Bank von Botswana waren ordentlich mit Pula gefüllt. Mr. J. L. B. Matekoni konnte jedem Mitglied der Handelskammer von Gaborone in die Augen schauen und sagen: »Ich habe Ihnen nie einen Penny geschuldet. Nicht einen.« Wie viele Geschäftsleute konnten das heutzutage von sich behaupten? Die meisten lebten auf Pump und mussten sich unterwürfig vor dem blasierten Mr. Timon Mothokoli verbeugen, der über die Geschäftskredite der Bank entschied. Er hatte gehört, dass Mr. Mothokoli, wenn er von seinem Haus am Kaunda Way zur Arbeit fuhr, an den Häusern von mindestens fünf Männern vorbeifuhr, die vor ihm zitterten. Mr. J. L. B. Matekoni könnte Mr. Mothokoli ignorieren, wenn er ihm im Einkaufszentrum begegnete, was er natürlich nie täte.

Mit all diesem Geld, dachte Mr. J. L. B. Matekoni, konnte er doch ein bisschen was für die Kinder aufwenden, oder nicht? Er würde natürlich dafür sorgen, dass sie eine Schule besuchten, und es gab keinen Grund, weshalb es keine Privatschule sein durfte. Sie würden gute Lehrer bekommen, Lehrer, die über Shakespeare und Geometrie Bescheid wussten. Sie würden alles lernen, was sie brauchten, um gute Jobs zu bekommen. Der Junge vielleicht ... Nein, es war fast zu viel erhofft, aber so ein schöner Gedanke! Vielleicht würde der Junge Talent zum Automechaniker haben und *Tlokweng Road Speedy Motors* übernehmen. Ein paar Augenblicke lang gönnte sich Mr. J. L. B. Matekoni diese Vorstellung: sein Sohn, sein *Sohn*, vor der Werkstatt stehend, sich die Hände an einem öligen Lappen abwischend, nachdem er an einem komplizierten Getriebe gute Arbeit geleistet hatte. Und im Hintergrund, im Büro sitzend, er und Mma Ramotswe, viel älter und grauhaarig, Buschtee trinkend.

Das wäre in ferner Zukunft, und bevor dieses glückliche Ende erreicht wäre, gab es noch viel zu tun. Zu allererst würde er sie mit in die Stadt nehmen und ihnen etwas Neues zum Anziehen kaufen. Die Waisenfarm war wie immer großzügig gewesen und hatte ihnen zum Abschied fast neue Kleidungsstücke mitgegeben, aber es war nicht das Gleiche wie eigene Sachen zu besitzen, die in einem Laden gekauft worden waren. Er stellte sich vor, dass die Kinder einen solchen Luxus nie gekannt hatten. Sie hatten sicher nie Sachen aus der Originalverpackung genommen und angezogen, mit dem besonderen, wirklich unnachahmlichen Geruch neuen Stoffes in den Nasen. Er würde die Kinder sofort, noch an diesem Morgen, in die Stadt fahren und ihnen alles kaufen, was sie brauchten. Danach würde er mit ihnen in eine Drogerie gehen, und das Mädchen könnte sich Cremes und Shampoo und andere Dinge kaufen – was immer Mädchen so mochten. Er hatte nur Karbolseife zu Hause, und das Mädchen verdiente etwas Besseres.

Mr. J. L. B. Matekoni holte den alten grünen Pick-up aus der Garage, in dem hinten viel Platz für einen Rollstuhl war. Als er zu Hause vorfuhr, saßen die Kinder auf der Veranda. Der Junge hatte einen Stock gefunden, um den er aus irgendeinem Grund eine Schnur wickelte, und das Mädchen häkelte einen Deckel für einen Milchkrug. Sie hatte auf der Waisenfarm häkeln gelernt, und einige Kinder hatten für ihre Entwürfe einen Preis bekommen. Das ist ein begabtes Mädchen, dachte Mr. J. L. B. Matekoni. Sie wird alles tun können, wenn man ihr nur die Chance dazu gibt.

Sie begrüßten ihn höflich und nickten, als er sie fragte, ob das Hausmädchen ihnen ihr Frühstück gegeben hätte. Er hatte seine Hausangestellte gebeten, früher zu kommen, um sich um die Kinder zu kümmern, während er in seine Werkstatt ging, und er wunderte sich ein bisschen, dass sie seinen Wünschen nachgekommen war. Aber aus der Küche drangen Geräusche – lautstarkes Töpfeknallen und Gekratze –, die sie immer zu machen schien, wenn sie schlechte Laune hatte, und bestätigten ihre Anwesenheit.

Von der Hausangestellten beobachtet, die ihnen mit säuerlicher Miene nachblickte, bis sie außer Sichtweite gerieten, rumpelten Mr. J. L. B. Matekoni und die beiden Kinder in dem alten Lastwagen in die Stadt. Die Federn waren kaputt und würden sich nur unter Schwierigkeiten ersetzen lassen, da die Hersteller in die Geschichte der Mechanik eingegangen waren, aber der Motor funktionierte noch, und die holprige Fahrt machte dem Mädchen und dem Jungen viel Spaß. Zu Mr. J. L. B. Matekonis Überraschung war es das Mädchen, das sich für das Auto interessierte und fragte, wie alt es sei und ob es eine Menge Öl verbrauche.

»Ich habe gehört, dass alte Motoren mehr Öl verbrauchen«, sagte sie. »Stimmt das, Rra?«

Mr. J. L. B. Matekoni erklärte ihr, was es mit abgenutzten Motorteilen und deren Ölbedarf auf sich hatte, und sie hörte aufmerksam zu. Der Junge dagegen schien nicht interessiert zu sein. Aber das hatte Zeit. Er würde ihn mit in die Werkstatt nehmen, wo ihm die Lehrlinge zeigen müssten, wie man Radmuttern abschraubte. Das war eine Aufgabe, die ein Junge übernehmen konnte, sogar einer, der noch so klein war wie er. Als Mechaniker konnte man gar nicht früh genug anfangen. Es war eine Kunst, die man am besten vom Vater lernte. Hatte nicht der Herr selbst in der Werkstatt seines Vaters Zimmermann gelernt? Wenn der Herr heute zurückkäme, wäre er wahrscheinlich Automechaniker. Das wäre eine große Ehre für die Mechaniker auf der ganzen Welt. Und ganz ohne Zweifel würde er Afrika wählen – in Israel war es heutzutage viel zu gefährlich. Je länger man darüber nachdachte, desto einleuchtender wurde es, dass er sich Botswana und insbesondere Gaborone aussuchen würde. Das wäre wirklich eine besondere Ehre für die Menschen von Botswana. Aber das würde nicht geschehen, und es hatte keinen Sinn, länger darüber nachzudenken. Der Herr würde nicht zurückkommen. Wir hatten unsere Chance und haben sie leider nicht genutzt.

Er parkte den Wagen neben der britischen Hochkommission und stellte fest, dass der weiße Range Rover Seiner Exzellenz vor dem Eingang stand. Die meisten Diplomatenautos wurden in die großen Werkstätten mit ihren fortschrittlichen Diagnosegeräten und exotischen Rechnungen geschickt, aber Seine Exzellenz bestand auf Mr. J. L. B. Matekoni.

»Siehst du das Auto dort drüben?«, fragte er den Jungen. »Das ist ein ganz wichtiges Fahrzeug. Ich kenne den Wagen sehr gut.«

Der Junge blickte zu Boden und sagte nichts.

»Das ist ein schönes weißes Auto«, sagte das Mädchen. »Es ist wie eine Wolke auf Rädern.«

Mr. J. L. B. Matekoni drehte sich um und sah sie an.

»Da hast du das Auto aber sehr gut beschrieben«, sagte er. »Das werde ich mir merken.«

»Wie viele Zylinder hat so ein Auto?«, fragte das Mädchen. »Sechs?«

Mr. J. L. B. Matekoni lächelte und wandte sich dem Jungen zu. »Na«, meinte er, »wie viele Zylinder, glaubst du, hat der Wagen in seinem Motor?«

»Einen?«, wisperte der Junge und starrte immer noch auf den Boden.

»Einen!«, spottete seine Schwester. »Das ist doch kein Zweitakter!«

Mr. J. L. B. Matekoni machte große Augen. »Ein Zweitakter? Woher weißt du was von Zweitaktern?«

Das Mädchen zuckte mit den Schultern. »Ich wusste schon immer über Zweitakter Bescheid«, sagte sie. »Sie machen Lärm und man vermischt das Öl mit dem Benzin. Man hat sie meistens in kleinen Motorrädern. Niemand mag einen Zweitaktmotor.«

Mr. J. L. B. Matekoni nickte. »Nein, ein Zweitaktmotor macht oft Ärger.« Er schwieg für einen Moment. »Aber wir sollten nicht die Zeit vergeuden und über Motoren reden. Wir müssen in die Geschäfte gehen und euch was zum Anziehen kaufen und andere Sachen, die ihr braucht.«

Die Verkäuferinnen waren dem Mädchen gegenüber hilfsbereit und gingen mit ihr in die Umkleidekabine, um ihr beim Anprobieren der Kleider zu helfen, die sie sich an den Ständern ausgesucht hatte. Sie war sehr bescheiden und wählte immer die billigsten Sachen, die es gab, aber die waren es, sagte sie, die sie wirklich haben wollte. Der Junge schien sich für Kleidung viel mehr zu interessieren. Er wählte die buntesten Hemden, die er finden konnte, und verliebte sich in ein Paar weiße Schuhe, die ihm seine Schwester aber ausredete, weil sie unpraktisch wären.

»Die kann er nicht haben, Rra«, sagte sie zu Mr. J. L. B. Matekoni. »Sie würden im Handumdrehen schmutzig werden und dann würde er sie nur beiseite werfen. Er ist ein sehr eitler Junge.«

»Ich verstehe«, sagte Mr. J. L. B. Matekoni nachdenklich. Der Junge war höflich und sah nett aus, aber das anfängliche rosige Bild, das er sich von seinem Sohn, vor *Tlokweng Road Speedy Motors* stehend, gemacht hatte, verblasste. Ein anderes Bild tauchte auf – der Junge in einem schicken weißen Hemd und Anzug ... Aber das konnte nicht stimmen.

Sie beendeten ihre Einkäufe und überquerten den großen Platz vor der Post, als ein Fotograf sie heranwinkte.

»Ich kann ein Foto von Ihnen machen«, sagte er. »Gleich hier. Sie stellen sich unter diesen Baum und ich fotografiere Sie. Ein schönes Familienbild. Einfach so. «

»Würde euch so was gefallen?«, fragte Mr. J. L. B. Matekoni. »Ein Foto als Erinnerung an unsere Einkaufsfahrt?«

Die Kinder strahlten ihn an.

»Ja, bitte«, sagte das Mädchen und fügte hinzu: »Ich bin noch nie fotografiert worden.«

Mr. J. L. B. Matekoni stand still. Dieses Mädchen, jetzt fast ein Teenager, hatte noch nie ein Foto von sich besessen. Es gab keine Bilder aus ihrer Kindheit, nichts, was sie daran erinnerte, wie sie einmal war. Da war nichts, keine Aufnahme, von der sie sagen konnte: »Das bin ich.« Und das alles bedeutete, dass es keinen gab, der jemals ein Bild von ihr hatte haben wollen. Sie war für niemanden etwas Besonderes gewesen.

Er hielt den Atem an, und eine Woge überwältigenden Mitgefühls für diese beiden Kinder – Mitgefühl vermischt mit Liebe – schlug über ihm zusammen. Sie würden alles bekommen, was andere Kinder gehabt hatten, was andere Kinder für selbstverständlich hielten. All die Liebe, jedes Jahr verlorener Liebe, würde er ihnen ersetzen, Stück für Stück, bis die Waage ausgeglichen wäre.

Er schob zuerst den Rollstuhl unter den Baum, wo der Fotograf sein Freilichtstudio eingerichtet hatte. Dann – das wacklige Stativ im Staub – kroch der Fotograf hinter seine Kamera und schwenkte eine Hand, um die Aufmerksamkeit seines Objekts auf sich zu lenken. Es klickte, dann kam ein sirrendes Geräusch und mit der Gestik eines Zauberers, der einen Zaubertrick beendete, löste der Mann das schützende Papier ab und blies auf das Foto, um es zu trocknen.

Das Mädchen nahm es entgegen und lächelte. Dann stellte der Fotograf den Jungen in Position, der mit nach hinten verschränkten Händen und breitem Lächeln dastand. Wieder folgte die theatralische Vorstellung mit dem Bild und die Freude auf dem Gesicht des Kindes.

»So«, sagte Mr. J. L. B. Matekoni. »Jetzt könnt ihr die Bilder in euren Zimmern aufstellen. Und irgendwann lassen wir mehr Fotos machen.«

Er drehte sich um und wollte den Rollstuhl übernehmen, blieb aber wie angewurzelt stehen. Seine Arme hingen herab, nutzlos, wie gelähmt.

Mma Ramotswe stand vor ihm, einen Korb voll Briefe in der Rechten. Sie war auf dem Weg zur Post gewesen, als sie ihn sah, und war stehen geblieben. Was war hier los? Was machte Mr. J. L. B. Matekoni da, und wer waren die Kinder?

Kapitel 15

Florence Peko, die griesgrämige Haushaltshilfe von Mr. J. L. B. Matekoni, litt massiv an Kopfschmerzen, seit Mma Ramotswe ihr als zukünftige Ehefrau ihres Arbeitgebers vorgestellt worden war. Sie neigte zu stressbedingter Migräne, und jede Widrigkeit konnte sie auslösen. Der Prozess ihres Bruders zum Beispiel hatte ihr viele Kopfschmerzen beschert, und jeden Monat, wenn sie ihn im Gefängnis in der Nähe des indischen Supermarkts besuchte, bekam sie, noch bevor sie sich in die Schlange wartender Besucher einreihte, Migräne. Ihr Bruder war in Autodiebstähle verwickelt gewesen, und obwohl sie zu seinen Gunsten ausgesagt und behauptet hatte, sie sei bei einem Treffen mit einem Freund dabei gewesen, als er versprach, sich um dessen Auto zu kümmern – alles gesponnen –, wusste sie, dass er genauso schuldig war, wie die Anklage es darstellte. Die Verbrechen, für die er eine fünfjährige Haftstrafe aufgebrummt bekam, waren sicher nur ein Bruchteil von denen, die er tatsächlich begangen hatte. Aber darum ging es nicht: Sie war über das Urteil empört gewesen, und ihre Empörung hatte im Gericht die Form ausgiebigen Gebrülls und Gestikulierens in Richtung Polizei angenommen. Die Richterin, die den Saal gerade verlassen wollte, nahm ihren Platz wieder ein und rief Florence zu sich.

»Dies ist ein ordentliches Gericht«, hatte sie gesagt. »Sie müssen verstehen, dass Sie in diesem Gericht weder Polizisten noch irgendwelche anderen Personen anschreien dürfen. Außerdem können Sie von Glück sagen, dass der Staatsanwalt Sie nicht wegen all der Lügen, die Sie hier von sich gegeben haben, des Meineids beschuldigt hat.«

Man hatte sie zum Schweigen gebracht und entlassen, was ihr Unrechtsempfinden nur verstärkte. Die Republik Botswana hatte einen großen Fehler begangen, indem sie ihren Bruder ins Gefängnis steckte. Es gab viel schlimmere Menschen als ihn – weshalb blieben die unangetastet? Wo blieb die Gerechtigkeit, wenn Leute wie ... Die Liste war lang und zufällig kannte sie drei Männer auf dieser Liste, zwei davon intim.

Und an einen von ihnen, Mr. Philemon Leannye, wollte sie sich jetzt wenden, denn er schuldete ihr einen Gefallen. Sie hatte der Polizei nämlich einmal gesagt, dass er bei ihr gewesen wäre, obwohl das nicht stimmte, und das war sogar nach der richterlichen Verwarnung, Meineide betreffend, gewesen, die sie argwöhnisch gegen Behörden gemacht hatte. Sie hatte Philemon Leannye an einem Imbissstand in der African Mall getroffen. Er habe die Barmädchen satt, hatte er gesagt, und wolle ehrliche Mädchen kennen lernen, die kein Geld von ihm nahmen und ihn zwangen, Drinks für sie zu bezahlen.

»Jemanden wie dich«, hatte er charmant hinzugefügt.

Sie hatte sich geschmeichelt gefühlt und ihre Freundschaft erblühte. Es vergingen dann Monate, in denen sie ihn nicht zu sehen bekam, aber hin und wieder tauchte er auf und brachte ihr Geschenke mit – mal eine silberne Uhr, eine Tasche (noch mit Geldbeutel), eine Flasche Cape Brandy. Er lebte drüben in Old Naledi mit einer Frau, von der er drei Kinder hatte.

»Sie brüllt mich ständig an, diese Frau«, beklagte er sich. »Ich kann ihr einfach nichts recht machen. Ich gebe ihr jeden Monat Geld, aber sie jammert andauernd, die

Kinder hätten Hunger und womit soll sie ihnen was zum Essen kaufen? Immer unzufrieden.«

Florence hatte Verständnis.

»Du solltest sie verlassen und mich heiraten«, sagte sie. »Ich brülle keinen Mann an. Ich wäre eine gute Frau für einen wie dich.«

Ihr Vorschlag war ernst gemeint gewesen, aber er hatte ihn wie einen Witz behandelt und sie scherzhaft geknufft.

»Du wärst genauso schlimm«, sagte er. »Wenn Frauen erst einmal verheiratet sind, fangen sie an sich zu beschweren. Das ist eine bekannte Tatsache. Da kannst du jeden verheirateten Mann fragen!«

Ihre Beziehung blieb also nur oberflächlich, aber nach ihrem ziemlich beängstigenden Verhör bei der Polizei – ein Verhör, bei dem sein Alibi mehr als drei Stunden lang überprüft wurde –, war sie der Meinung, dass eine Verpflichtung bestand, auf die sie eines Tages zurückgreifen könnte.

»Philemon«, sagte sie, als sie an einem heißen Nachmittag neben ihm auf Mr. J. L. B. Matekonis Bett lag. »Ich will, dass du mir eine Waffe besorgst.«

Er lachte, wurde aber ernst, als er sich umdrehte und ihren Gesichtsausdruck sah.

»Was hast du vor? Willst du Mr. J. L. B. Matekoni erschießen? Wenn er das nächste Mal in die Küche kommt und sich über das Essen beschwert, knallst du ihn ab, was?«

»Nein, ich habe nicht vor, einen Menschen zu erschießen, sondern ich will die Pistole einer Person ins Haus schmuggeln. Dann will ich der Polizei sagen, dass dort eine Pistole zu finden ist, und die Polizei wird kommen und die Waffe finden.«

»Das heißt, ich kriege meine Pistole nicht wieder?«

»Nein, die Polizei nimmt sie mit. Aber sie nehmen auch die Person mit, in deren Haus sie war. Was passiert, wenn die Polizei eine verbotene Pistole findet?«

Philemon zündete sich eine Zigarette an und blies den Rauch kerzengerade zur Decke hoch.

»Sie mögen hier keine illegalen Waffen. Wenn man dich mit einer Waffe antrifft, kommst du ins Gefängnis. So einfach ist das. Ohne Wenn und Aber. Sie wollen nicht, dass es hier wie in Johannesburg wird.«

Florence lächelte. »Da bin ich aber froh, dass sie so streng sind. Das ist mir nur recht.«

Philemon zupfte einen Tabakkrümel aus dem Spalt zwischen seinen Vorderzähnen. »So«, sagte er. »Und wie bezahle ich für die Waffe? 500 Pula, Minimum. Jemand muss sie aus Johannesburg rüberbringen. Hier kriegst du nicht so leicht eine.«

»Ich habe keine 500 Pula«, sagte sie. »Klau doch die Pistole! Du hast Verbindungen. Lass es einen von deinen Jungs machen.« Sie legte eine kleine Pause ein. Dann sagte sie: »Vergiss nicht, dass ich dir geholfen habe. Das war nicht leicht für mich.«

Er musterte sie sorgfältig. »Bist du sicher, dass du eine Pistole brauchst?«

»Ja«, sagte sie. »Es ist sehr wichtig für mich.«

Er drückte seine Zigarette aus und schwenkte die Beine über die Bettkante.

»Okay«, sagte er. »Ich besorg dir die Waffe. Aber vergiss nicht: Wenn irgendwas schief geht, hast du das Ding nicht von mir!«

»Ich werde behaupten, dass ich sie gefunden hätte«, sagte Florence. »Ich werde sagen, sie lag im Busch hinter dem Gefängnis. Vielleicht haben die Gefangenen was damit zu tun.«

»Klingt einleuchtend«, sagte Philemon. »Wann willst du sie haben?«

»So bald wie möglich«, erwiderte sie.

»Ich kann dir schon heute Abend eine besorgen«, sagte er. »Zufällig habe ich eine als Reserve. Die kannst du haben.«

Sie setzte sich auf und streichelte seinen Nacken. »Du bist ein sehr guter Mann. Du kannst jederzeit zu mir kommen, weißt du? Jederzeit. Ich freue mich immer, dich zu sehen und dich glücklich zu machen.«

»Du bist ein feines Mädchen«, sagte er lachend. »Sehr schlecht. Und sehr schlau.«

Wie versprochen lieferte er die Pistole, in Butterbrotpapier gewickelt und am Boden einer riesigen Plastiktüte von den *OK Bazaars* unter einem Schwung alter Ausgaben der Zeitschrift *Ebony* verstaut, bei ihr ab. Sie packte das Päckchen in seinem Beisein aus und er begann ihr zu erklären, wie die Sicherung funktionierte, aber sie schnitt ihm das Wort ab.

»Das interessiert mich nicht«, sagte sie. »Ich bin nur an der Pistole interessiert und an den Kugeln.«

Die Kugeln glänzten, als ob jede einzelne für ihren Zweck poliert worden wäre, und es gefiel ihr, wie sie sich anfühlten. Man könnte eine schöne Halskette draus machen, dachte sie, wenn man den Boden durchbohrte und sie auf eine Nylonschnur oder vielleicht eine silberne Kette fädelte.

Philemon zeigte ihr, wie man die Kugeln ins Magazin lud und wie man die Pistole anschließend abwischte, um Fingerabdrücke zu entfernen. Dann zog er Florence kurz an sich, drückte einen Kuss auf ihre Stirn und ging. Der Geruch nach seinem Haaröl, ein exotischer, rumartiger

Duft, schwebte in der Luft, und sie verspürte einen Stich des Bedauerns, als sie an ihren faulen Nachmittag und seine Freuden dachte. Wenn sie zu seinem Haus ginge und seine Frau erschoss – ob er sie heiraten würde? Wäre sie für ihn seine Befreierin oder die Mörderin der Mutter seiner Kinder? Schwer zu sagen.

Außerdem könnte sie niemals einen Menschen töten. Sie war Christin und hielt nichts vom Töten anderer Leute. In ihren Augen war sie ein guter Mensch, den die Umstände zwangen, manchmal Dinge zu tun, die gute Menschen eigentlich nicht taten – oder zumindest behaupteten, nicht zu tun. Sie wusste es natürlich besser. Jeder sah zu, wo er blieb, und wenn sie sich vorgenommen hatte, mit Mma Ramotswe auf diese etwas ungewöhnliche Weise zu verfahren, dann nur, weil solche Maßnahmen gegen jemanden nötig waren, der eindeutig für Mr. J. L. B. Matekoni eine Gefahr darstellte. Wie konnte sich der arme Mann denn gegen eine so entschlossene Frau wehren? Es war klar, dass ernsthafte Schritte unternommen werden mussten, und ein paar Jahre im Gefängnis würden die Dicke lehren, die Rechte anderer mit mehr Respekt zu behandeln. Diese Detektivin, die ihre Nase in Dinge steckte, die sie nichts angingen, war Urheberin ihres eigenen Missgeschicks. Sie hatte es sich ganz allein selbst zuzuschreiben.

Jetzt, dachte Florence, habe ich eine Pistole. Diese Pistole muss nun an den Ort geschafft werden, den ich für sie vorgesehen habe, nämlich ein bestimmtes Haus am Zebra Drive.

Um dies zu bewerkstelligen, bedurfte es eines zweiten Gefallens. Ein Mann, den sie nur als Paul kannte, ein Mann, der Unterhaltung und Zuneigung bei ihr suchte, hatte vor zwei Jahren Geld bei ihr geliehen. Keine große Summe, aber er hatte das Geld nie zurückgezahlt. Vielleicht hatte er es vergessen, sie aber nicht, und nun würde er daran erinnert werden. Und wenn er Schwierigkeiten machte, dann hatte auch er eine Frau, die von den Besuchen ihres Mannes im Haus von Mr. J. L. B. Matekoni nichts wusste. Die Drohung, dieses Geheimnis zu enthüllen, könnte ihn nachgiebiger stimmen.

Es war jedoch schon das Geld, das ihr seine Bereitwilligkeit sicherte. Sie erwähnte die geliehene Summe, und er gestand stotternd, dass er nicht zahlen könne.

»Für jede Pula, die ich ausgebe, muss ich Rechenschaft ablegen«, sagte er. »Wir müssen das Krankenhaus für eins der Kinder bezahlen, es wird immer wieder krank. Ich habe nichts übrig. Irgendwann kriegst du das Geld wieder.«

Sie nickte verständnisvoll. »Das lässt sich leicht vergessen«, sagte sie. »Ich kann dieses Geld vergessen, wenn du etwas für mich tust.«

Er hatte sie misstrauisch angestarrt.

»Du gehst in ein leer stehendes Haus – niemand wird da sein. Du schlägst ein Fenster in der Küche ein und kletterst da durch.«

»Ich bin kein Dieb«, unterbrach er sie. »Ich stehle nicht.«

»Aber ich verlange ja nicht von dir, dass du stiehlst«, sagte sie. »Welcher Dieb betritt ein Haus und legt etwas hinein? So etwas macht doch kein Dieb!«

Sie erklärte, dass er ein Päckchen in einen Schrank legen sollte, in irgendeinen, aber gut versteckt, wo es niemand fände.

»Ich möchte etwas sicher aufbewahren«, erklärte sie. »Dort ist es dann sicher.«

Er hatte an der Idee herumgenörgelt, aber sie erwähnte wieder das Geld, und er kapitulierte. Am folgenden Nachmittag, wenn jeder bei der Arbeit wäre, würde er es machen. Sie hatte alles gut durchdacht: nicht einmal ein Dienstmädchen wäre im Haus und es gab keinen Hund.

»Es könnte nicht leichter sein«, versprach sie. »Das schaffst du in 15 Minuten – rein, raus.«

Sie reichte ihm das Päckchen. Die Pistole war in Butterbrotpapier und braunes Packpapier gewickelt. Die Verpackung verbarg den Inhalt, aber das Päckchen war schwer, und er war misstrauisch.

»Stell keine Fragen«, sagte sie. »Stell einfach keine Fragen, dann weißt du von nichts.«

Es ist eine Pistole, dachte er. Ich soll in das Haus am Zebra Drive eine Pistole hineinschmuggeln.

»Ich will das Ding nicht mit mir herumschleppen«, sagte er. »Es ist zu gefährlich. Ich weiß, dass es eine Pistole ist, und ich weiß, was passiert, wenn mich die Polizei mit einer Pistole antrifft. Ich will nicht in den Knast. Ich hol sie morgen im Haus von Matekoni bei dir ab.«

Sie überlegte. Sie könnte die Pistole in einem Plastikbeutel mit zur Arbeit nehmen. Wenn er sie morgen abholen wollte – in Ordnung. Wichtig war, dass sie ins Haus von Mma Ramotswe gelangte und dass es die Polizei zwei Tage später erfuhr.

»Also gut«, sagte sie. »Ich werde sie wieder in den Beutel stecken und morgen mitnehmen. Komm um halb drei. Um die Zeit ist er wieder in seiner Werkstatt.«

Er sah zu, wie sie das Päckchen wieder in der *OK-Bazaars*-Tüte verstaute.

»Okay«, sagte sie dann. »Du bist ein guter Mann, und ich möchte dich glücklich machen.«

Er schüttelte den Kopf. »Ich bin zu nervös, um glücklich zu sein. Vielleicht ein andermal.«

Am folgenden Nachmittag, kurz nach zwei, schlüpfte Paul Monsopati, höherer Angestellter im Gaborone Sun Hotel und ein Mann, der vom Hotelmanagement zur Beförderung vorgesehen war, in das Büro einer Sekretärin und bat sie, den Raum für wenige Minuten zu verlassen.

»Ich muss ein wichtiges Telefongespräch führen«, sagte er. »Eine Privatsache. Hat was mit einer Beerdigung zu tun.«

Die Sekretärin nickte und ging aus dem Zimmer. Es starb ständig irgendjemand, und Begräbnisse, an denen jeder ferne Verwandte, dem es möglich war, und fast jeder flüchtige Bekannte gerne teilnahmen, erforderten eine umfassende Planung.

Paul nahm den Hörer in die Hand und wählte eine Nummer, die er auf einen Zettel geschrieben hatte.

»Ich möchte mit einem Inspektor sprechen«, sagte er. »Nicht mit einem Wachtmeister. Einem Inspektor.«

»Wer sind Sie, Rra?«

»Das ist unwichtig. Sie geben mir einen Inspektor oder Sie bekommen Ärger!«

Danach wurde es still, aber wenige Minuten später war eine neue Stimme in der Leitung.

»Hören Sie mir jetzt bitte zu, Rra«, sagte Paul. »Ich kann nicht lange reden. Ich bin ein treuer Bürger Botswanas. Ich bin gegen das Verbrechen.«

»Gut«, sagte der Inspektor. »Das hören wir gern.«

»Also«, sagte Paul. »Wenn Sie in ein bestimmtes Haus gehen, werden Sie eine Frau antreffen, die im Besitz einer Pistole ist. Sie verkauft illegale Waffen. Die Pistole befindet sich in einer weißen *OK-Bazaars*-Tüte. Wenn Sie sofort hingehen, werden Sie sie schnappen. Sie ist die Waffenbesitzerin, nicht der Mann, der im Hause wohnt. Die Waffe ist in ihrer Tüte und die hat sie bei sich in der Küche. Weiter habe ich nichts zu sagen.«

Er gab die Adresse durch und legte auf. Am anderen Ende der Leitung lächelte der Inspektor zufrieden. Das wäre eine problemlose Festnahme, und man würde ihn beglückwünschen, weil er gegen illegalen Waffenbesitz vorgegangen war. Man konnte über die Öffentlichkeit und über ihren Mangel an Pflichtgefühl klagen so viel man wollte, aber immer mal wieder gab ein gewissenhafter Bürger einem den Glauben an die Gesellschaft zurück. Für solche Leute sollte es Auszeichnungen geben. Auszeichnungen und Bargeld. Mindestens 500 Pula.

Kapitel 16

Mr. J. L. B. Matekoni war sich der Tatsache bewusst, dass er direkt unter dem Ast einer Akazie stand. Er blickte hoch und sah sekundenlang in völliger Klarheit die Einzelheiten der Blätter, die sich von der Leere des Himmels abhoben. In der Mittagshitze zusammengerollt, waren die Blätter wie winzige, zum Gebet gefaltete Hände. Ein Vogel, zerzaust und unauffällig, hockte mit fest zupackenden Krallen auf einem höher gelegenen Ast und schoss aus schwarzen Augen Blicke hin und her. Es war die verzweifelte Lage, in der er sich befand, die seine Wahrnehmung so schärfte – so wie ein Verurteilter vielleicht am letzten Morgen seines Lebens aus seiner Zelle spähte und die vertraute, entschwindende Welt betrachtete.

Er senkte den Blick und sah, dass Mma Ramotswe etwa zehn Schritte von ihm entfernt immer noch dastand, ihre Miene amüsiertes Staunen. Sie wusste, dass er für die Waisenfarm arbeitete und kannte Mma Potokwanes Überzeugungstalent. Sie stellte sich wahrscheinlich vor, dass er zwei Waisen zu einem Tagesausflug abgeholt und dafür gesorgt hatte, dass sie fotografiert wurden. Ganz sicher dachte sie nicht, dass Mr. J. L. B. Matekoni hier mit seinen neuen Pflegekindern stand, die bald auch ihre Pflegekinder wären.

Mma Ramotswe unterbrach die Stille. »Was machst du hier?«, fragte sie. Es war eine völlig vernünftige Frage, eine Frage, die jede Freundin oder erst recht jede Verlobte stellen würde. Mr. J. L. B. Matekoni guckte die Kinder an. Das Mädchen hatte ihr Foto in einen Plastikbeutel gesteckt, der am Rollstuhl befestigt war. Der Junge drückte sein Foto an die Brust, als ob Mma Ramotswe es ihm wegnehmen wollte.

»Es sind zwei Kinder von der Waisenfarm«, stotterte Mr. J. L. B. Matekoni. »Das hier ist das Mädchen und das hier der Junge.«

Mma Ramotswe lachte. »Aha! So ist das also! Dann weiß ich ja Bescheid.«

Das Mädchen lächelte und grüßte Mma Ramotswe höflich.

»Ich heiße Motholeli«, sagte sie. »Und mein Bruder heißt Puso. Die Namen haben wir auf der Waisenfarm bekommen.«

Mma Ramotswe nickte. »Ich hoffe, dass sie sich dort gut um euch kümmern. Mma Potokwane ist eine liebe Frau.«

»Sie ist lieb«, sagte das Mädchen. »Sehr lieb.«

Es sah aus, als ob sie noch etwas sagen wollte, und Mr. J. L. B. Matekoni fuhr schnell dazwischen.

»Ich habe die Kinder fotografieren lassen«, erklärte er und fügte, sich an das Mädchen wendend, hinzu: »Zeig dein Foto Mma Ramotswe, Motholeli.«

Das Mädchen rollte mit dem Stuhl vorwärts und reichte Mma Ramotswe das Foto, die es bewunderte.

»Da hast du aber ein sehr schönes Bild von dir«, sagte sie. »Ich habe nur eine oder zwei Aufnahmen aus der Zeit, wo ich so alt war wie du. Immer wenn ich mich alt fühle, schau ich sie mir an und denke, vielleicht bin ich ja doch noch gar nicht so alt.«

»Du bist noch jung«, sagte Mr. J. L. B. Matekoni. »Heutzutage sind wir erst mit 70 – oder noch später – alt. Alles hat sich geändert.«

»Das möchten wir gerne glauben«, lachte Mma Ramotswe und gab dem Mädchen das Foto zurück. »Bringt euch Mr. J. L. B. Matekoni jetzt zurück oder werdet ihr in der Stadt essen?«

»Wir waren einkaufen«, sprudelte es aus Mr. J. L. B. Matekoni. »Und wir müssen noch ein paar Sachen erledigen.«

»Wir gehen bald wieder zu ihm nach Hause«, sagte das Mädchen. »Wir leben jetzt mit Mr. J. L. B. Matekoni zusammen. Wir wohnen in seinem Haus.«

Mr. J. L. B. Matekoni spürte, wie sein Herz wie wild gegen seinen Brustkorb hämmerte. Ich bekomme einen Herzinfarkt, dachte er. Das ist das Ende. Und einen Augenblick lang bedauerte er es zutiefst, dass er nun Mma Ramotswe nie heiraten und als Junggeselle ins Grab steigen würde, dass die Kinder zwei Mal zu Waisen würden und dass *Tlokweng Road Speedy Motors* schließen müsste. Aber sein Herz hörte nicht auf zu schlagen, sondern pochte weiter, und Mma Ramotswe und die ganze Welt blieben hartnäckig dort, wo sie waren.

Mma Ramotswe sah Mr. J. L. B. Matekoni fragend an.

»Sie leben in deinem Haus?«, sagte sie. »Das ist ja eine ganz neue Entwicklung. Sind sie gerade erst zu dir gekommen?«

Er nickte unglücklich. »Gestern«, sagte er.

Mma Ramotswe blickte auf die Kinder und dann wieder zu Mr. J. L. B. Matekoni hin.

»Da müssen wir wohl mal miteinander reden«, sagte sie. »Ihr Kinder bleibt einen Moment lang hier. Mr. J. L. B. Matekoni und ich gehen in die Post.«

Es gab kein Entrinnen. Mit hängendem Kopf wie ein Schuljunge, der bei einer Missetat ertappt worden war, folgte er Mma Ramotswe in eine Ecke des Postamts, wo er sich vor einer Reihe von Schließfächern dem Gericht und Urteil stellte, das sein Schicksal wäre. Sie würde sich scheiden lassen – wenn das der richtige Ausdruck für das Lösen einer Verlobung war. Wegen seiner Unehrlichkeit und Dummheit hatte er sie verloren – und an allem war nur Mma Potokwane schuld. Solche Frauen mussten sich immer in das Leben anderer Leute einmischen und ihnen Sachen aufzwingen. Und dann ging alles schief und Leben wurden dabei ruiniert.

Mma Ramotswe setzte ihren Korb mit Briefen ab.

»Warum hast du mir nichts von den Kindern erzählt?«, fragte sie. »Was hast du gemacht?«

Er traute sich kaum, ihren Blick zu erwidern. »Ich wollte dir alles sagen«, antwortete er. »Ich war gestern draußen auf der Waisenfarm. Die Pumpe machte mal wieder Ärger. Sie ist so alt. Und dann brauchte der Kleinbus auch noch neue Bremsen. Ich habe versucht, die Bremsen zu reparieren, aber es gibt immer wieder Probleme damit. Wir werden neue Teile dafür finden müssen. Das habe ich ihnen schon oft gesagt, aber …«

»Ja, ja«, drängte Mma Ramotswe. »Du hast mir schon von den Bremsen erzählt. Aber was ist mit den Kindern?«

Mr. J. L. B. Matekoni seufzte. »Mma Potokwane ist eine sehr starke Frau. Sie hat gesagt, ich soll ein paar Pflegekinder aufnehmen. Ich wollte es nicht machen, ohne vorher mit dir darüber zu reden, aber sie ließ mich nicht zu Wort kommen. Sie brachte die Kinder an, und ich hatte keine Wahl. Es war sehr schwierig für mich.«

Er schwieg. Ein Mann ging auf dem Weg zu seinem Schließfach an ihnen vorbei und suchte, etwas vor sich hin brummelnd, in seiner Hosentasche nach dem Schlüssel. Mma Ramotswe sah dem Mann zu, dann guckte sie Mr. J. L. B. Matekoni wieder an.

»So«, sagte sie. »Du hast dich also bereit erklärt, die Kinder aufzunehmen. Und jetzt glauben sie, bei dir bleiben zu können.«

»Ja, wahrscheinlich«, murmelte er.

»Und wie lange?«, fragte Mma Ramotswe.

Mr. J. L. B. Matekoni holte tief Luft. »So lange wie sie ein Zuhause brauchen«, sagte er. »Ja, das habe ich ihnen angeboten.«

Ganz unerwartet fühlte er sich auf einmal ganz zuversichtlich. Er hatte nichts Schlechtes getan. Er hatte nichts gestohlen, keinen getötet und auch nicht Ehebruch begangen. Er hatte nur das Angebot gemacht, das Leben zweier armer Kinder zu verändern, die nichts gehabt hatten und jetzt geliebt und umsorgt werden würden. Wenn das Mma Ramotswe nicht gefiel, könnte er jetzt nichts mehr daran ändern. Er hatte unbedacht gehandelt, aber sein impulsives Handeln war für einen guten Zweck gewesen.

Mma Ramotswe fing an zu lachen. »Also, Mr. J. L. B. Matekoni«, sagte sie. »Niemand kann behaupten, dass du kein guter Mann bist. Du bist, denke ich, der beste in Botswana. Welcher andere Mann würde so etwas tun? Ich kenne keinen, keinen einzigen. Niemand sonst würde das tun. Niemand.«

Er starrte sie an. »Du bist mir nicht böse?«

»Ich war verärgert«, sagte sie. »Aber nur kurz. Für eine Minute vielleicht. Aber dann dachte ich: Will ich den besten Mann hier im Land heiraten? Ja. Kann ich den Kindern eine Mutter sein? Ja. Das habe ich gedacht, Mr. J. L. B. Matekoni.«

Er sah sie ungläubig an. »Du bist selbst eine sehr gute Frau, Mma. Du bist sehr gut zu mir.«

»Wir sollten hier nicht rumstehen und vom Gutsein reden«, sagte sie. »Die Kinder warten draußen. Fahren wir sie zum Zebra Drive und zeigen wir ihnen, wo sie in Zukunft leben werden. Heute Nachmittag kann ich sie abholen und mit zu mir nehmen. Mein Haus ist …«

Sie stockte, aber es machte ihm nichts aus.

»Ich weiß, dass es am Zebra Drive bequemer ist«, sagte er. »Und es wäre besser für sie, wenn du dich um sie kümmerst.«

Sie gingen gemeinsam zu den Kindern zurück.

»Ich werde diese Dame heiraten«, verkündete Mr. J. L. B. Matekoni. »Sie wird bald eure Mutter sein.«

Der Junge machte ein erschrockenes Gesicht, aber das Mädchen senkte respektvoll den Blick.

»Danke, Mma«, sagte sie. »Wir werden versuchen, gute Kinder für Sie zu sein.«

»Das ist prima«, sagte Mma Ramotswe. »Wir werden eine sehr glückliche Familie sein. Das spüre ich jetzt schon.«

Mma Ramotswe ging, um ihren kleinen weißen Lieferwagen zu holen, und nahm den Jungen mit. Mr. J. L. B. Matekoni schob den Rollstuhl des Mädchens zu seinem alten Pick-up und fuhr dann zum Zebra Drive, wo Mma Ramotswe und Puso schon auf sie warteten. Der Junge war ganz aufgeregt und rannte zu seiner Schwester, um sie zu begrüßen.

»Es ist ein sehr schönes Haus«, rief er ihr zu. »Schau, da sind Bäume und Melonen! Ich kriege nach hinten raus ein Zimmer.«

Mr. J. L. B. Matekoni blieb zurück, als Mma Ramotswe die Kinder durchs Haus führte. Alles, was er für sie empfunden hatte, hatte sich jetzt noch einmal bestätigt. Es gab überhaupt keine Zweifel mehr: Obed Ramotswe, ihr Vater, der sie nach dem Tod ihrer Mutter großgezogen hatte, hatte sehr gute Arbeit geleistet. Er hatte Botswana eine der besten Frauen geschenkt. Er war ein Held, auch wenn er es wahrscheinlich nie gewusst hatte.

Während Mma Ramotswe das Mittagessen für die Kinder vorbereitete, rief Mr. J. L. B. Matekoni die Werkstatt an, um nachzufragen, ob die Lehrlinge mit den Aufgaben, die er ihnen übertragen hatte, fertig wurden. Der Jüngere nahm den Hörer ab, und Mr. J. L. B. Matekoni hörte sofort heraus, dass irgendetwas nicht in Ordnung war. Die Stimme des jungen Mannes war unnatürlich hoch und aufgeregt.

»Ich bin froh, dass Sie anrufen, Rra«, sagte er. »Die Polizei war da. Sie wollten mit Ihnen über Ihre Haushälterin reden. Sie haben sie festgenommen und hinter Gitter gebracht. Sie hatte eine Pistole in der Tasche. Die Polizei ist sehr böse.«

Weiter konnte ihm der Lehrling nichts sagen, und so legte Mr. J. L. B. Matekoni auf. Seine Hausangestellte war bewaffnet gewesen! Er hatte ihr eine Menge zugetraut – Unehrlichkeit und vielleicht Schlimmeres –, aber nicht, dass sie eine Waffe mit sich herumtrug. Wie verbrachte sie bloß ihre Freizeit? Mit bewaffneten Raubüberfällen? Mord?

Er ging in die Küche, wo Mma Ramotswe Kürbisstücke in einem großen Emailletopf kochte.

»Meine Angestellte ist verhaftet und ins Gefängnis gebracht worden«, sagte er tonlos. »Sie hatte eine Pistole bei sich. In der Tasche.«

Mma Ramotswe legte den Löffel hin. Der Kürbis kochte so, wie er sollte, und würde bald weich sein. »Das wundert mich nicht«, sagte sie, »das war eine unehrliche Person. Die Polizei hat sie also endlich erwischt. Die Frau war nicht zu schlau für sie.«

Mr. J. L. B. Matekoni und Mma Ramotswe beschlossen an diesem Nachmittag, dass das Leben für sie zu kompliziert wurde und dass sie den Rest des Tages mit einfachen Aktivitäten verbringen sollten, die sich auf die Kinder konzentrierten. Mr. J. L. B. Matekoni telefonierte deshalb mit seinen Lehrlingen und forderte sie auf, die Werkstatt bis zum folgenden Morgen zu schließen.

»Ich wollte euch schon immer mal freigeben, damit ihr richtig lernen könnt«, sagte er. »Ihr könnt euch also den Nachmittag zum Lernen freinehmen. Hängt ein Schild an die Tür, auf dem steht, dass wir morgen früh um acht wieder aufmachen.«

Zu Mma Ramotswe sagte er: »Sie werden nicht lernen, sie werden den Mädchen hinterherlaufen. Diese jungen Männer haben einfach nichts im Kopf. Gar nichts.«

»Viele junge Leute sind so«, sagte sie. »Sie denken nur ans Tanzen und Kleider und laute Musik. Das ist ihr Leben. Wir waren auch mal so, erinnerst du dich?«

Bei ihrem Telefonat mit der *No. 1 Ladies' Detective Agency* hatte ihr eine selbstbewusste Mma Makutsi erklärt, dass die Untersuchung des Falls Badule abgeschlossen sei und dass jetzt nur noch darüber zu entscheiden wäre, was mit den eingeholten Informationen gemacht werden sollte. Darüber würden sie reden müssen, sagte Mma Ramotswe. Sie hatte befürchtet, dass die Nachforschungen eine Wahrheit ans Licht brächten, die, was die moralische Seite betraf, ganz und gar nicht simpel wäre. Es gab Zeiten, in denen Ignoranz bequemer als Wissen war.

Der Kürbis war jedoch fertig, und es war Zeit, sich zum ersten Mal als Familie an den Tisch zu setzen.

Mma Ramotswe sprach das Tischgebet.

»Wir sind dankbar für diesen Kürbis und dieses Fleisch«, sagte sie. »Es gibt Brüder und Schwestern, die kein gutes Essen auf dem Tisch haben, und wir denken an sie und wünschen ihnen für die Zukunft Kürbis und Fleisch. Und wir danken dem Herrn, der diese Kinder in unser Leben gebracht hat, damit wir glücklich sind und sie bei uns ein Zuhause haben. Und wir denken daran, was für ein glücklicher Tag dies für die verstorbene Mutter und den verstorbenen Daddy dieser Kinder ist, die uns von oben zusehen.«

Mr. J. L. B. Matekoni hatte diesem Gebet nichts hinzuzufügen, weil er es in jeder Beziehung für vollkommen hielt. Es drückte seine eigenen Gefühle aus, und sein Herz war zu voll, um sprechen zu können. Also blieb er still.

Kapitel 17

Der Morgen ist die beste Zeit, um ein Problem in Angriff zu nehmen, dachte Mma Ramotswe. In den ersten Stunden des Tages, wenn die Sonne noch tief steht und die Luft scharf ist, ist man am frischesten. Das ist die Zeit, in der man sich die wichtigsten Fragen stellen sollte, eine Zeit der Klarheit und Vernunft, unbelastet von der Schwere des Tages.

»Ich habe Ihren Bericht gelesen«, sagte Mma Ramotswe, als Mma Makutsi erschien. »Es ist ein ausführlicher Bericht und sehr gut abgefasst. Gut gemacht!«

Mma Makutsi nahm das Kompliment freudig entgegen.

»Ich war froh, dass mein erster Fall kein schwieriger war«, sagte sie. »Zumindest war es nicht schwer herauszufinden, was herauszufinden war. Aber die Fragen, die ich am Ende stelle – das ist der schwierige Teil.«

»Ja«, sagte Mma Ramotswe und blickte auf das Blatt Papier. »Die moralischen Fragen.«

»Ich weiß nicht, wie ich das Problem lösen soll«, sagte Mma Makutsi. »Wenn ich denke, dass eine Antwort richtig ist, sehe ich gleich alle Schwierigkeiten, die damit verbunden sind. Dann lasse ich mir die andere Lösung durch den Kopf gehen und sehe neue Schwierigkeiten auf mich zukommen.«

Sie sah Mma Ramotswe, die das Gesicht verzog, erwartungsvoll an.

»Für mich ist es auch nicht leicht«, sagte Mma Ramotswe. »Dass ich ein bisschen älter bin als Sie, heißt nicht, dass ich für jedes Problem, das daherkommt, eine Lösung parat habe. Tatsächlich ist es so, dass man, je älter man wird, immer mehr Seiten einer Sache sieht. In Ihrem Alter ist alles klar und deutlich.« Sie machte eine Pause und sagte dann: »Aber vergessen Sie nicht, dass ich noch keine 40 bin. So alt bin ich nun auch wieder nicht.«

»Nein«, sagte Mma Makutsi. »Das ist genau das richtige Alter für einen Menschen. Aber unser Problem – es macht mir große Sorgen. Wenn wir Mr. Badule von dem Mann erzählen und er macht der Sache ein Ende, dann wird das Schulgeld des Jungen gestrichen. Dann wäre es mit dieser fantastischen Chance für ihn vorbei. Für den Jungen wäre es nicht die beste Lösung.«

Mma Ramotswe nickte. »Richtig«, sagte sie. »Andererseits können wir Mr. Badule nicht belügen. Es ist unmoralisch für einen Detektiv, seine Kunden zu belügen. Das kann man nicht machen.«

»Ich verstehe das«, sagte Mma Makutsi. »Aber es gibt sicherlich Situationen, in denen eine Lüge etwas Gutes ist. Was, wenn ein Mörder zu Ihnen ins Haus käme und Sie nach einer bestimmten Person fragen würde? Und was, wenn Sie wüssten, wo diese Person ist – wäre es dann falsch zu sagen: ›Ich weiß nichts von dieser Person. Ich habe keine Ahnung, wo sie ist.‹ Wäre das nicht auch eine Lüge?«

»Ja, aber Sie sind nicht verpflichtet, einem Mörder die Wahrheit zu sagen. Aber Sie haben die Pflicht, Ihrem Kunden die Wahrheit zu sagen, oder Ihrem Ehemann oder der Polizei. Das ist etwas anderes.«

»Aber wieso? Wenn es falsch ist zu lügen, dann ist es doch sicher immer falsch zu lügen. Wenn die Menschen lügen können, wenn sie es für richtig halten, wissen wir nie, wann sie es ehrlich meinen.« Mma Makutsi dachte kurz nach, bevor sie weiterredete. »Was der eine für richtig hält, ist für den anderen vielleicht falsch. Wenn jeder für sich eigene Regeln aufstellt ...« Sie hob die Schultern und ließ die Konsequenzen unausgesprochen.

»Ja«, sagte Mma Ramotswe. »Da haben Sie Recht. Das ist das Problem mit der Welt heutzutage. Alle glauben, sie können für sich selbst entscheiden, was richtig und was falsch ist. Jeder denkt, er kann die alte Botswana-Moral vergessen. Kann er aber nicht.«

»Aber das wahre Problem hier ist, ob wir ihm alles sagen sollen«, sagte Mma Makutsi. »Was, wenn wir sagen: ›Sie haben Recht, Ihre Frau ist untreu.‹ Und belassen es dabei? Haben wir dann unsere Pflicht getan? Wir lügen nicht, oder? Wir sagen bloß nicht die ganze Wahrheit.«

Mma Ramotswe starrte Mma Makutsi an. Sie hatte die Ansichten ihrer Sekretärin immer geschätzt, aber sie hätte nie erwartet, dass sie aus einem so kleinen Problem, auf das ein Detektiv ja täglich stieß, solch einen moralischen Berg machen würde. Man half den Leuten mit ihren Problemen, aber man musste ihnen keine komplette Lösung anbieten. Was sie mit den Informationen anstellten, die man ihnen gab, war ihre Sache. Es war schließlich ihr Leben und die Leute mussten damit fertig werden.

Aber während sie darüber nachdachte, wurde ihr klar, dass sie in der Vergangenheit viel mehr als das getan hatte. Bei einigen ihrer erfolgreichen Fälle hatte sie nicht nur Nachforschungen betrieben, sie hatte Entscheidungen bezüglich des Ergebnisses getroffen, und diese Entscheidungen hatten sich oft als folgenschwer erwiesen. Zum Beispiel hatte sie bei dem Fall mit der Frau, deren Mann einen Mercedes gestohlen hatte, dafür gesorgt, dass das Auto seinem Besitzer zurückgebracht wurde. Im Fall des Versicherungsbetrugs des Mannes mit den 13 Fingern hatte sie beschlossen, ihn nicht anzuzeigen. Diese Entscheidung hatte ein Leben verändert. Vielleicht wurde er ein ehrlicher Mann, nachdem sie ihm diese Chance gegeben hatte, vielleicht aber auch nicht. Sie konnte es nicht wissen. Aber sie hatte ihm eine Chance geboten, und das hatte vielleicht etwas bewirkt. Also mischte sie sich doch in das Leben anderer Leute ein, und es stimmte nicht, dass sie nur Auskünfte erteilte.

In diesem Fall wurde ihr klar, dass das eigentliche Problem das Schicksal des Jungen war. Die Erwachsenen konnten für sich selber sorgen. Mr. Badule konnte mit der Entdeckung des Ehebruchs fertig werden (im Grunde seines Herzens wusste er ja bereits, dass seine Frau ihm untreu war), der andere konnte knierutschend zu seiner Gemahlin zurückkehren und seine Strafe entgegennehmen (vielleicht zog er wieder zu seiner katholischen Frau ins ferne Dorf), und was die modische Dame betraf – nun, sie konnte ein bisschen mehr Zeit in der Fleischerei als auf dem breiten Bett am Nyerere Drive verbringen. Aber den Jungen konnte man nicht einfach seinem Schicksal überlassen. Sie müsste dafür sorgen, dass er – was immer auch geschah – nicht wegen des schlechten Benehmens seiner Mutter zu leiden hätte.

Vielleicht gab es eine Lösung, die dem Jungen erlaubte, auf der Privatschule zu bleiben. Wenn man sich die Lage, so wie sie war, einmal richtig vor Augen hielt – gab es denn einen, der wirklich unglücklich war? Die modische Ehefrau war glücklich. Sie hatte einen reichen Liebhaber und ein großes Bett, auf dem sie sich räkeln konnte. Der reiche Liebhaber war glücklich, weil er eine fesche Freundin hatte und nicht allzu viel Zeit mit seiner frommen Ehefrau verbringen musste. Die fromme Ehefrau war glücklich, weil sie lebte, wo sie leben wollte, und vermutlich tat, was sie gerne tat, und einen Mann hatte, der regelmäßig, aber nicht so häufig nach Hause kam, dass er ihr auf die Nerven ging. Der Junge war glücklich, weil er zwei Väter hatte und in einer teuren Schule eine gute Schulbildung bekam.

Und Mr. Letsenyane Badule? War er glücklich? Und wenn er unglücklich war, konnte man ihn glücklich machen, ohne die Situation zu verändern? Wenn das machbar wäre, bräuchten sich die Lebensumstände für den Jungen nicht zu ändern. Aber wie? Sie konnte Mr. Badule nicht sagen, dass der Junge nicht sein Sohn war – das wäre zu schockierend, zu grausam, und wahrscheinlich auch für den Jungen ein Schock. Vermutlich wusste der Junge gar nicht, wer sein richtiger Vater war. Auch wenn sie die gleichen großen Nasen hatten – Kindern fiel so etwas normalerweise nicht auf und er hatte sich bestimmt keine Gedanken darüber gemacht. Mma Ramotswe beschloss, dass es dabei auch bleiben sollte. Für den Jungen wäre es jedenfalls am besten, ihn im Zustand der Unwissenheit zu lassen. Später, wenn das ganze Schulgeld bezahlt wäre, könnte er immer noch am Beispiel von Nasen Erbgesetze studieren und seine eigenen Schlüsse ziehen.

»Es geht um Mr. Badule«, verkündete Mma Ramotswe. »Wir müssen ihn glücklich machen. Wir müssen ihm sagen, was los ist, ihn aber dazu bringen, es zu akzeptieren. Wenn er es akzeptiert, verschwindet das Problem.«

»Aber er hat uns gesagt, dass er sich Sorgen macht«, wandte Mma Makutsi ein.

»Er macht sich Sorgen, weil er es für eine schlimme Sache hält, dass seine Frau sich mit einem anderen trifft«, entgegnete Mma Ramotswe. »Wir werden ihn vom Gegenteil überzeugen.«

Mma Makutsi standen die Zweifel ins Gesicht geschrieben, sie war aber erleichtert, dass Mma Ramotswe die Verantwortung übernommen hatte. Es würden keine Lügen erzählt werden und wenn doch, dann nicht von ihr. Jedenfalls war Mma Ramotswe höchst erfinderisch. Wenn sie glaubte, Mr. Badule davon überzeugen zu können, glücklich zu sein, standen die Chancen gut, dass sie es schaffte.

Aber es gab auch noch andere Dinge, die Mma Ramotswes Aufmerksamkeit verlangten. Von Mrs. Curtin war ein Brief gekommen, in dem sie Mma Ramotswe fragte, ob sie etwas ans Licht gebracht hätte. »Ich weiß, es ist zu früh, um nachzufragen«, schrieb sie. »Aber seit ich mit Ihnen gesprochen habe, hatte ich das Gefühl, dass Sie etwas für mich herausfinden würden. Ich möchte Ihnen nicht schmeicheln, Mma, aber ich hatte das Gefühl, dass Sie zu den Leuten gehören, die es einfach *wissen*. Sie müssen diesen Brief nicht beantworten. Ich weiß, ich sollte zum gegenwärtigen Zeitpunkt nicht schreiben, aber ich musste einfach etwas tun. Sie werden das verstehen, Mma Ramotswe – ich weiß es.«

Der Brief hatte Mma Ramotswe berührt – wie alle Bitten bekümmerter Menschen. Sie dachte darüber nach, wie weit sie bisher in der Sache gekommen war. Sie hatte die Farm gesehen und geahnt, dass das Leben des jungen Mannes dort geendet hatte. In gewisser Hinsicht war sie von Anfang an der Meinung gewesen. Jetzt musste sie die Sache von hinten herum aufrollen und herausfinden, warum er in der trockenen Erde am Rand der großen Kalahari lag. Sie *wusste*, dass er dort lag. Wie war dies geschehen? Irgendwann war etwas Schlimmes passiert, und wenn man herausfinden wollte, was es war, dann musste man diejenigen finden, die zu diesem Schlimmen fähig waren. Mr. Oswald Ranta.

Der winzige weiße Lieferwagen fuhr behutsam über die Schwellen, die das Universitätspersonal daran hindern sollten, wie wild durch das Gelände zu preschen. Mma Ramotswe war eine rücksichtsvolle Verkehrsteilnehmerin und schämte sich für die schlechte Fahrweise anderer, die die Straßen so gefährlich machte. Botswana war natürlich viel sicherer als andere Länder in diesem Teil Afrikas. In Südafrika war es ganz schlimm. Dort gab es aggressive Fahrer, die einen niederschossen, wenn man ihnen in die Quere kam, und oft waren sie betrunken, vor allem nach dem Zahltag. Wenn der Zahltag auf einen Freitag fiel, war es purer Leichtsinn, sich auf die Straße zu trauen. Swasiland war noch schlimmer. Die Swasis liebten Geschwindigkeit, und die kurvenreiche Straße zwischen Manzini und Mbabane, auf der sie einmal eine schreckliche halbe Stunde zugebracht hatte, war eine berüchtigte Killerin motorisierten Lebens. Sie erinnerte sich, in einer Ausgabe der *Times of Swaziland* zufällig auf einen Artikel mit dem Bild eines ziemlich farblos und unbedeutend aussehenden Mannes gestoßen zu sein, unter dem nur *Der verstorbene Mr. Richard Mavuso (46)* stand. Mr. Mavuso, der einen winzigen Kopf und einen kleinen, ordentlich gestutzten Schnurrbart trug, wäre von den meisten Schönheitsköniginnen wohl nicht beachtet worden, und doch war er – wie der Zeitungsbericht offenbarte – leider von einer überfahren worden.

Mma Ramotswe hatte der Bericht auf seltsame Weise berührt. Dabei wurden Leute ständig überfahren, und es wurde nicht viel Getue darum gemacht. Machte es einen Unterschied, von einer Schönheitskönigin überfahren zu werden? Und war es traurig, weil Mr. Mavuso so ein kleiner und unbedeutender Mann und die Schönheitskönigin so groß und bedeutend war? Vielleicht war ja so ein Vorfall eine bemerkenswerte Metapher für die Ungerechtigkeiten des Lebens? Die Mächtigen, Schönen, Gefeierten konnten so oft die Unbedeutenden, Schüchternen ungestraft beiseite schieben.

Sie steuerte den kleinen weißen Lieferwagen in eine Parklücke hinter dem Verwaltungsgebäude und sah sich um. Sie fuhr jeden Tag am Universitätsgelände vorbei und kannte die weiße Gebäudegruppe mit ihren die Sonne abweisenden Jalousien, die sich in der Nähe des alten Flugplatzes auf einer riesigen Fläche verteilte, gut. Aber sie hatte nie die Gelegenheit gehabt, das Grundstück zu betreten, und jetzt, wo sie sich einer ziemlich verwirrenden Anordnung von Häuserblocks gegenübersah, fühlte sie sich ein bisschen eingeschüchtert. Sie war keine ungebildete Frau, aber sie hatte keinen akademischen Grad. Und dies war ein Ort, an dem jeder, mit dem man zu tun hatte, ein Diplom oder vielleicht noch mehr vorweisen konnte. Hier waren unvorstellbar gebildete Leute – Gelehrte wie Professor Tlou, der die Geschichte von Botswana und eine Biografie von Seretse Khama geschrieben hatte. Oder Dr. Bojosi Otloghile, der ein Buch über den Hohen Gerichtshof von Botswana verfasst hatte, das sie gekauft, aber noch nicht gelesen hatte. So einem Menschen konnte man begegnen, wenn man in einem dieser Gebäude um die Ecke ging, und sie würden wie jeder andere aussehen. Aber ihre Köpfe würden eine Menge mehr als der Kopf einer Durchschnittsperson enthalten, der meistens nicht besonders voll war.

Sie blickte auf eine Tafel, die sich als Campus-Plan bezeichnete. Physik-Abteilung dahin, theologische Abteilung dorthin, Institut für fortgeschrittene Studien erste Abzweigung rechts. Und dann – bedeutend hilfreicher – Auskunft. Sie folgte dem Pfeil in Richtung Auskunft und gelangte zu einem bescheidenen Fertigbau, der sich hinter der Theologie und vor den afrikanischen Sprachen befand. Sie klopfte an und trat ein.

Eine ausgemergelte Frau saß hinter einem Schreibtisch und versuchte, die Kappe eines Füllfederhalters abzuschrauben.

»Ich suche einen Mr. Ranta«, sagte Mma Ramotswe. »Ich glaube, er arbeitet hier.«

Die Frau sah gelangweilt aus. »Dr. Ranta«, sagte sie. »Er ist nicht einfach ein Mr. Ranta. Er ist Dr. Ranta.«

»Tut mir Leid«, sagte Mma Ramotswe. »Ich möchte ihn nicht beleidigen. Wo ist er, bitte?«

»Man sucht ihn hier, man sucht ihn da«, sagte die Frau. »Einen Moment ist er hier, im nächsten nirgendwo. So ist Dr. Ranta.«

»Ist er in diesem Moment vielleicht hier?«, fragte Mma Ramotswe. »Der nächste Moment ist mir egal.«

Die Frau hob eine Augenbraue. »Sie könnten es in seinem Büro versuchen. Er hat ein Büro hier. Aber die meiste Zeit verbringt er in seinem Schlafzimmer.«

»Oh«, sagte Mma Ramotswe. »Er ist ein Frauenheld, dieser Dr. Ranta?«

»So kann man's ausdrücken«, sagte die Frau. »Und eines schönes Tages wird der Universitätsrat ihn erwischen und fesseln. Aber in der Zwischenzeit wagt es keiner, ihn anzurühren.«

Mma Ramotswe hörte gespannt zu. Oft nahmen einem die Leute die Arbeit ab – so wie jetzt diese Frau.

»Warum darf man ihn nicht anrühren?«, wollte Mma Ramotswe wissen.

»Die Mädchen haben zu viel Angst, um zu reden«, sagte die Frau. »Und seine Kollegen haben ja selber alle was zu verbergen. Sie wissen doch, wie es an den Universitäten zugeht.«

Mma Ramotswe schüttelte den Kopf. »Ich habe keinen Universitätsabschluss«, sagte sie. »Ich weiß es nicht.«

»Na, ich könnte Ihnen einiges erzählen«, meinte die Frau. »Es gibt eine Menge von Dr. Rantas Sorte hier. Sie werden es schon merken. Ich kann mit Ihnen darüber reden, weil ich morgen aufhöre. Ich kriege nämlich einen besseren Job.«

Mma Ramotswe bekam Anweisungen, wie sie zu Dr. Rantas Büro käme, und verabschiedete sich von der hilfsbereiten Empfangsdame. Es war keine gute Idee gewesen, diese Frau in das Auskunftsbüro der Universität zu setzen, dachte sie. Wenn sie zu jeder Anfrage nach einem Fakultätsmitglied Gerüchte in die Welt setzte, könnten Besucher einen falschen Eindruck gewinnen. Aber vielleicht redete sie auch nur so, weil sie am nächsten Tag ihre Stelle aufgab, was sich allerdings als eine gute Chance erweisen könnte.

»Noch was, Mma«, sagte Mma Ramotswe, als sie die Tür erreichte. »Es ist sicher schwierig, an Dr. Ranta heranzukommen, weil er nichts Schlechtes getan hat. Vielleicht ist es nicht richtig, sich mit Studentinnen einzulassen, aber noch lange kein Grund, ihn vor die Tür zu setzen – jedenfalls heutzutage nicht mehr. Man kann also nichts machen.«

Sie sah sofort, dass es funktionierte und dass sie mit ihrer Vermutung richtig lag, dass die Angestellte auch unter Dr. Ranta gelitten haben musste.

»O doch!«, rief sie, plötzlich munter, aus. »Er hat einer Studentin versprochen, ihr Prüfungsunterlagen zu zeigen, wenn sie ihm gefällig wäre. Ich bin die Einzige, die es weiß! Die Studentin ist die Tochter meiner Cousine. Sie erzählte es ihrer Mutter, hat es aber nicht offiziell gemeldet. Aber die Mutter hat es mir gesagt.«

»Sie haben aber keine Beweise?«, fragte Mma Ramotswe freundlich. »Ist dies das Problem?«

»Genau«, sagte die Frau. »Es gibt keine Beweise. Er würde sich nur herausreden.«

»Und das Mädchen, diese Margaret – was hat sie getan?«

»Margaret? Wer ist Margaret?«

»Die Tochter Ihrer Cousine«, sagte Mma Ramotswe.

»Sie heißt nicht Margaret«, sagte die Frau. »Sie heißt Angel. Sie hat nichts getan, und er kam ungestraft davon. Männer kommen immer ungestraft davon, nicht wahr?«

Mma Ramotswe wollte *nein, nicht immer* sagen, aber ihre Zeit war knapp, und so verabschiedete sie sich zum zweiten Mal und machte sich auf den Weg zur volkswirtschaftlichen Abteilung.

Die Tür war offen. Bevor Mma Ramotswe anklopfte, las sie eine kurze Notiz. *Dr. Oswald Ranta, B.Sc. (Econ.), (UB) Ph.D. (Duke). Wenn ich nicht da bin, können Sie bei der Sekretärin der Abteilung eine Nachricht hinterlassen. Studenten, die Arbeiten zurückhaben wollen, sollten sich an ihren Tutor wenden oder im Sekretariat nachfragen.*

Sie lauschte auf Stimmen im Raum, hörte aber keine. Stattdessen hörte sie das Klicken einer Tastatur. Dr. Ranta war also da.

Er blickte abrupt auf, als sie anklopfte und die Tür langsam zur Seite schob.

»Ja, Mma«, sagte er auf Englisch. »Was wünschen Sie?«

Mma Ramotswe antwortete auf Setswana. »Ich würde gern mit Ihnen sprechen, Rra. Haben Sie einen Moment Zeit?«

Er warf einen Blick auf seine Armbanduhr.

»Ja«, sagte er nicht unhöflich. »Aber ich habe nicht ewig Zeit. Sind Sie eine meiner Studentinnen?«

Mma Ramotswe machte eine wegwerfende Handbewegung und setzte sich auf den Stuhl, auf den er gedeutet hatte. »Nein«, sagte sie. »So gebildet bin ich nicht. Ich hab mein *Cambridge Certificate,* aber nichts weiter. Ich habe für die Busgesellschaft vom Mann meiner Cousine gearbeitet, verstehen Sie? Ich konnte meine Ausbildung nicht fortsetzen.«

»Es ist nie zu spät, Mma«, sagte er. »Sie können immer noch studieren. Wir haben hier ein paar sehr alte Studenten. Nicht, dass Sie so alt wären – natürlich –, aber ich will damit sagen, dass jeder studieren kann.«

»Vielleicht«, sagte sie. »Vielleicht irgendwann.«

»Hier können Sie praktisch alles studieren«, fuhr er fort. »Außer Medizin. Wir können noch keine Ärzte ausbilden.«

»Und keine Detektive.«

Er sah überrascht aus. »Detektive? Detektivwesen kann man an keiner Universität studieren.«

Sie zog eine Augenbraue in die Höhe. »Aber ich habe gelesen, dass es an amerikanischen Universitäten Kurse für Privatdetektive gibt. Ich habe ein Buch von …«

Er schnitt ihr das Wort ab. »Ach, das! Ja, an amerikanischen Colleges können Sie praktisch alles lernen. Schwimmen, wenn Sie wollen. Aber nur an einigen. An den guten Universitäten, die, die wir *Ivy League* nennen, kommen Sie mit solchem Unsinn nicht weit. Dort müssen Sie richtige Fächer studieren.«

»Zum Beispiel Logik?«

»Logik? Ja. Das wäre im Philosophiestudium enthalten. An der Duke University haben sie Logik gelehrt. Jedenfalls, als ich dort war.«

Er erwartete von ihr, dass sie beeindruckt aussah, und sie versuchte, ihm mit einem bewundernden Blick den Gefallen zu tun. Dies, dachte sie, ist ein Mann, der ständig Bestätigung braucht – deshalb die vielen Mädchen.

»Aber darum geht es doch bei der Arbeit von Detektiven. Es geht um Logik und um ein wenig Psychologie. Wenn man Logik versteht, weiß man, wie die Dinge funktionieren sollen. Versteht man etwas von Psychologie, sollte man wissen, wie Menschen funktionieren.«

Er lächelte und faltete die Hände vor seinem Bauch, als ob er sich für eine Vorlesung vorbereitete. Dabei ließ er seinen Blick über Mma Ramotswes Figur wandern. Sie sah ihn an – die gefalteten Hände und die Krawatte des modebewussten Mannes.

»Also, Mma«, sagte er. »Ich würde mich gern lange mit Ihnen über Philosophie unterhalten. Aber ich habe bald eine Besprechung und muss Sie bitten, mir zu sagen, worüber Sie mit mir reden wollten. Oder war es doch Philosophie?«

Sie lachte. »Ich will Ihnen nicht die Zeit stehlen, Rra. Sie sind ein kluger Mann mit vielen Verpflichtungen. Ich bin nur eine Detektivin. Ich ...«

Sie sah, dass er sich straffte. Die Hände lösten sich voneinander und umfassten die Stuhllehnen.

»Sie sind Detektivin?«, fragte er. Seine Stimme war jetzt kälter.

Sie winkte ab. »Es ist nur ein kleines Büro. Die *No. 1 Ladies' Detective Agency*. Drüben am Kgale Hill. Sie haben das Schild vielleicht gesehen.«

»Da geh ich nicht hin«, sagte er. »Ich habe noch nicht von Ihnen gehört.«

»Ich erwarte nicht, dass Sie von mir gehört haben, Rra. Ich bin nicht sehr bekannt – im Gegensatz zu Ihnen.«

Seine rechte Hand fuhr nervös an seinen Krawattenknoten.

»Worüber wollen Sie mit mir reden?«, fragte er. »Hat Sie jemand aufgefordert, mich aufzusuchen?«

»Nein«, sagte sie. »Das ist es nicht.«

Sie bemerkte, dass ihn die Antwort beruhigte und dass seine Arroganz zurückkehrte.

»Was dann?«

»Ich bin gekommen, um Sie zu bitten, über eine Sache zu sprechen, die vor langer Zeit passiert ist. Vor zehn Jahren.«

Er starrte sie an. Sein Blick war jetzt misstrauisch, und sie roch den unverkennbar scharfen Geruch eines Menschen, der Angst hatte.

»Zehn Jahre sind eine lange Zeit. Leute erinnern sich nicht so weit zurück.«

»Ja«, stimmte sie ihm zu. »Sie vergessen. Aber es gibt einiges, was sich nicht so leicht vergessen lässt. Eine Mutter, zum Beispiel, vergisst ihren Sohn nicht.«

Während sie redete, änderte er wieder seine Haltung. Er stand lachend auf.

»Ach«, sagte er. »Jetzt verstehe ich. Die Amerikanerin, die immer Fragen stellt, bezahlt Sie, damit Sie in der Vergangenheit herumschnüffeln. Gibt sie niemals auf? Wird sie es nie lernen?«

»Was lernen?«, fragte Mma Ramotswe.

Er stand am Fenster und blickte auf eine Gruppe von Studenten auf dem Gehweg unter ihm.

»Lernen, dass es nichts zu erfahren gibt«, sagte er. »Der Junge ist tot. Er muss in die Kalahari gewandert sein und sich verlaufen haben. Spazieren gegangen und nie zurückgekehrt. Das kann leicht passieren, nicht wahr? Ein Dornenbaum sieht aus wie der nächste, wissen Sie, und dort unten gibt es keine Berge, an denen man sich orientieren kann. Man verläuft sich schnell. Vor allem, wenn man ein Weißer und nicht in seinem natürlichen Element ist. Was kann man anderes erwarten?«

»Aber ich glaube nicht, dass er sich verlaufen hat und dabei umgekommen ist«, sagte Mma Ramotswe. »Ich glaube, dass ihm etwas anderes zugestoßen ist.«

Er drehte sich zu ihr um.

»Zum Beispiel?«, fragte er bissig.

Sie zuckte mit den Schultern. »Ich bin nicht ganz sicher, was. Aber woher soll ich das wissen? Ich war nicht dort.« Sie schwieg. Dann sagte sie, fast zu sich selbst: »Aber Sie.«

Sie hörte ihn atmen, als er zu seinem Stuhl zurückging. Unten wurde gerufen, einer der Studenten brüllte etwas von einer Jacke, und die anderen lachten.

»Sie sagen, ich war dort. Was meinen Sie damit?«

Sie hielt seinem Blick stand. »Ich meine, dass Sie damals dort lebten. Sie waren einer von den Leuten, die ihn jeden Tag gesehen haben. Sie sahen ihn am Tage seines Todes. Sie müssen doch etwas wissen.«

»Ich habe es damals der Polizei gesagt, und ich habe es der Amerikanerin gesagt, die zu uns kam und uns allen Fragen stellte. Ich habe ihn einmal am Morgen gesehen und dann wieder um die Mittagszeit. Ich habe ihnen gesagt, was wir zu Mittag gegessen haben. Ich beschrieb die Kleidung, die er trug. Ich habe ihnen alles gesagt.«

Während er noch redete, wusste Mma Ramotswe Bescheid: er log. Hätte er die Wahrheit gesagt, hätte sie die Unterredung beendet, aber sie wusste jetzt, dass ihre anfängliche Eingebung richtig war. Er log, das war leicht zu erkennen. Mma Ramotswe konnte gar nicht verstehen, weshalb nicht alle sofort erkannten, wenn jemand log. In ihren Augen war es offensichtlich, und Dr. Ranta könnte genauso gut eine Lichtreklame um den Hals tragen, auf der *Lügner* stand.

»Ich glaube Ihnen nicht, Rra«, sagte sie. »Sie belügen mich.«

Er öffnete leicht den Mund und klappte ihn wieder zu. Dann faltete er wieder die Hände über dem Bauch und lehnte sich auf seinem Stuhl zurück.

»Unser Gespräch ist beendet, Mma«, verkündete er. »Es tut mir Leid, dass ich Ihnen nicht helfen kann. Vielleicht können Sie nach Hause gehen und ein bisschen mehr Logik studieren. Die Logik wird Ihnen sagen, dass Sie, wenn Ihnen eine Person sagt, dass sie Ihnen nicht helfen kann, keine Hilfe erhalten werden. Das ist logisch.«

Er sagte es höhnisch grinsend. Offenbar freute er sich über die elegante Formulierung.

»Sehr gut, Rra«, sagte Mma Ramotswe. »Sie *können* mir aber helfen oder besser gesagt: Sie können der armen Amerikanerin helfen. Sie ist eine Mutter. Sie hatten auch eine Mutter. Ich könnte zu Ihnen sagen: *Denken Sie an die Gefühle dieser Mutter*. Aber ich weiß, dass sie für einen Menschen wie Sie keine Rolle spielen. Ihnen ist diese Frau egal, und nicht nur, weil sie eine Weiße ist, die von weit her kommt. Sie wäre Ihnen auch egal, wenn sie aus Ihrem Dorf stammte, nicht wahr?«

Er grinste sie an. »Wie ich Ihnen bereits gesagt hatte – unser Gespräch ist beendet.«

»Aber Menschen, denen andere egal sind, können manchmal dazu gebracht werden, dass sie ihnen nicht mehr gleichgültig sind.«

Er schnaubte. »Ich werde gleich die Verwaltung anrufen und sagen, dass Sie mein Zimmer unbefugt betreten hätten. Ich könnte behaupten, dass ich Sie beim Klauen ertappt habe. Das könnte ich tun, verstehen Sie? Und genau das werde ich auch tun. Wir haben in letzter Zeit nämlich viel Ärger mit Dieben gehabt. Man würde ganz schnell Wachpersonal zu mir schicken, und Sie könnten Probleme bekommen, das Ganze zu erklären, Mrs. Logikerin.«

»Das würde ich lieber sein lassen, Rra«, sagte sie. »Sehen Sie, ich weiß alles über Angel.«

Das wirkte sofort. Sein Körper versteifte sich, und wieder stieg ihr der strenge Geruch in die Nase, noch stärker als zuvor.

»Ja«, sagte sie. »Ich weiß über Angel und die Prüfungsunterlagen Bescheid. Ich habe dazu eine Aussage in meinem Büro. Ich kann Ihnen jetzt sofort den Stuhl unterm Hintern wegziehen. Was würden Sie als arbeitsloser Universitätsdozent in Gaborone machen, Rra? In Ihr Dorf zurückkehren? Wieder mit den Rindern helfen?«

Ihre Worte schlugen wie Beilhiebe zu. So funktioniert Erpressung, dachte sie. So muss sich ein Erpresser fühlen, wenn ihm sein Opfer zu Füßen liegt. Totale Macht.

»Das können Sie nicht machen … ich werde leugnen … es gibt nichts …«

»Ich habe alle Beweise, die nötig sind«, sagte sie. »Angel und ein anderes Mädchen, das bereit ist zu lügen und auszusagen, dass Sie ihnen die Prüfungsfragen vorzeitig gegeben haben. Sie ist böse auf Sie und wird lügen. Was sie sagt, ist nicht wahr, aber es wird zwei Mädchen mit der gleichen Geschichte geben. Wir Detektive nennen das Erhärtung des Beweismaterials. Gerichte mögen das auch – sie nennen es *similar fact evidence*. Ihre Kollegen in der juristischen Abteilung werden es Ihnen bestätigen können. Gehen Sie und reden Sie mit ihnen! Sie werden Ihnen die Gesetze erklären können.«

Er schob die Zunge zwischen den Zähnen vor, als ob er sich die Lippen befeuchten wollte. Sie sah es, und sie sah auch die Schweißspuren in seinen Achselhöhlen. Einer seiner Schnürsenkel war aufgegangen und die Krawatte hatte einen Kaffee- oder Teefleck.

»Ich tu so was nicht gern, Rra«, sagte sie. »Aber es ist mein Job. Und manchmal muss ich hart sein und Dinge tun, die mir nicht gefallen. Aber was ich jetzt mache, muss getan werden, weil es eine sehr traurige amerikanische Frau gibt, die sich von ihrem Sohn verabschieden will. Ich weiß, sie ist Ihnen egal, aber mir nicht, und ich finde, die Gefühle dieser Frau sind wichtiger als Ihre. Ich werde Ihnen also einen Handel anbieten. Sie erzählen mir, was passiert ist, und ich verspreche Ihnen – und dies meine ich ernst, Rra –, ich verspreche Ihnen, dass wir von Angel und ihrer Freundin nichts mehr hören werden.«

Sein Atem ging unregelmäßig. Kurzes Schnaufen wie bei einem Menschen mit Atembeschwerden, das Ringen nach Luft.

»Ich habe ihn nicht getötet«, sagte er. »Ich habe ihn nicht getötet.«

»Jetzt sprechen Sie die Wahrheit«, sagte Mma Ramotswe. »Das spüre ich. Aber Sie müssen mir sagen, was passiert ist und wo seine Leiche begraben ist. Das will ich wissen.«

»Werden Sie zur Polizei gehen und sagen, dass ich ihr Informationen vorenthalten habe? Wenn ja, werde ich lieber die Sache mit dem Mädchen auf mich zukommen lassen.«

»Nein, ich werde nicht zur Polizei gehen. Diese Geschichte ist nur für die Mutter bestimmt. Weiter nichts.«

Er schloss die Augen. »Hier kann ich nicht reden. Sie können zu mir nach Hause kommen.«

»Ich komme heute Abend.«

»Nein«, sagte er. »Morgen.«

»Ich werde heute Abend kommen«, sagte sie. »Die Frau hat zehn Jahre gewartet. Sie darf nicht noch länger warten.«

»Na schön. Ich schreibe die Adresse auf. Sie können um neun kommen.«

»Ich werde um acht bei Ihnen sein«, sagte Mma Ramotswe. »Nicht jede Frau macht, was Sie ihr sagen, verstehen Sie?«

Sie verließ ihn, und während sie zu ihrem winzigen weißen Lieferwagen ging, lauschte sie ihrem eigenen Atem und spürte, wie wild ihr Herz pochte. Sie hatte keine Ahnung, woher sie den Mut genommen hatte, aber er war da gewesen wie das Wasser am Boden eines stillgelegten Steinbruchs – unergründlich tief.

Kapitel 18

Während Mma Ramotswe dem Vergnügen der Erpressung frönte – denn das war es schließlich, auch wenn es einem guten Zweck diente (worin ein weiteres moralisches Problem lag, das sie und Mma Makutsi zu gegebener Zeit durchkauen würden), nahm Mr. J. L. B. Matekoni seine beiden Pflegekinder am Nachmittag mit in die Werkstatt. Das Mädchen, Motholeli, hatte gebettelt, er möge sie mitnehmen, damit sie ihm bei der Arbeit zuschauen könne, und etwas gedankenverloren hatte er zugestimmt. Eine Autowerkstatt mit all den schweren Werkzeugen und Druckluftschläuchen war kein Platz für Kinder, aber er konnte einen der Lehrlinge abkommandieren, auf die Kinder aufzupassen, während er arbeitete. Außerdem war die Idee vielleicht nicht schlecht, dem Jungen schon jetzt die Werkstatt zu zeigen. Das Verständnis für Autos und Motoren musste frühzeitig geweckt werden. So was ließ sich später nicht einfach aufschnappen. Man konnte natürlich in jedem Alter Mechaniker werden, aber nicht jeder hatte ein Gefühl für Motoren. Man eignete es sich langsam im Laufe der Jahre an, man nahm es sozusagen durch die Poren auf.

Er parkte so vor seiner Bürotür, dass Motholeli im Schatten in den Rollstuhl klettern konnte. Der Junge rannte sofort weg, um einen Hahn an der Hauswand zu untersuchen, und musste zurückgerufen werden.

»Hier ist es gefährlich«, warnte Mr. J. L. B. Matekoni. »Ihr müsst bei einem der Jungs dort drüben bleiben.«

Er rief den jüngeren Lehrling zu sich, derjenige, der ihn ständig mit seinem öligen Finger antippte und seine sauberen Overalls ruinierte.

»Du musst das liegen lassen, was du gerade machst«, sagte er. »Gib auf die beiden Acht, während ich arbeite. Pass auf, dass ihnen nichts passiert.«

Der Lehrling schien über seine neue Aufgabe äußerst erfreut zu sein und strahlte die Kinder an. Das ist ein Fauler, dachte Mr. J. L. B. Matekoni. Er würde ein besseres Kindermädchen als einen Automechaniker abgeben.

In der Werkstatt war viel los. Der Kleinbus eines Fußballteams stand da und musste gründlich überholt werden. Die Arbeit war eine echte Herausforderung. Durch dauernde Überlastung war der Motor zu stark beansprucht worden. Aber das war bei jedem Kleinbus im Land der Fall. Sie waren immer überlastet, weil die Besitzer jede mögliche Fuhre reinzuquetschen versuchten. Dieser hier, der neue Ringe benötigte, hatte so viel beißenden schwarzen Rauch ausgespuckt, dass die Spieler über Atemnot klagten.

Der Motor lag frei und das Getriebe war abmontiert worden. Mithilfe des anderen Lehrlings befestigte Mr. J. L. B. Matekoni Hebezeug am Motorblock und begann ihn aus dem Fahrzeug zu kurbeln. Motholeli, die aufmerksam von ihrem Rollstuhl aus zusah, machte ihren Bruder auf etwas aufmerksam. Er warf einen kurzen Blick auf den Motor und schaute dann wieder weg. Er zeichnete ein Muster in dem Ölfleck zu seinen Füßen.

Mr. J. L. B. Matekoni legte die Kolben und Zylinder frei. Dann machte er eine Pause und sah zu den Kindern hin.

»Was passiert jetzt, Rra?«, rief ihm das Mädchen zu. »Tauschst du die Ringe da aus? Was machen die? Sind sie wichtig?«

Mr. J. L. B. Matekoni sah den Jungen an. »Siehst du, Puso? Siehst du, was ich mache?«

Der Junge lächelte schwach.

»Er zeichnet ein Bild mit dem Öl«, sagte der Lehrling. »Er zeichnet ein Haus.«

Das Mädchen sagte: »Darf ich näher kommen, Rra? Ich werde dir nicht im Weg sein.«

Mr. J. L. B. Matekoni nickte, und nachdem sie sich zu ihm gerollt hatte, zeigte er ihr, wo das Problem lag.

»Halt das mal für mich«, sagte er. »So!«

Sie nahm den Schraubenschlüssel und hielt ihn fest in der Hand.

»Gut«, sagte er. »Und jetzt dreh das hier. Siehst du? Nicht zu weit. So ist es richtig!«

Er nahm ihr den Schraubenschlüssel ab und legte ihn an seinen Platz. Dann drehte er sich um und sah das Mädchen an. Sie saß im Rollstuhl nach vorn gebeugt. Die Augen funkelten vor Interesse. Er kannte den Blick, der Ausdruck eines Menschen, der Motoren liebt. Er ließ sich nicht vortäuschen. Der jüngere Lehrling hatte ihn zum Beispiel nicht. Und deshalb würde aus ihm höchstens ein mittelmäßiger Mechaniker werden. Aber dieses Mädchen, dieses fremde, ernste Kind, das in sein Leben getreten war, hatte das Zeug zum Mechaniker. Sie hatte die wahre Begabung. Er hatte es noch nie bei einem Mädchen gesehen, aber es war da. Und warum nicht? Mma Ramotswe hatte ihn gelehrt, dass es keinen Grund gab, weshalb Frauen nicht alles tun konnten, was sie wollten. Sie hatte zweifellos Recht. Die Leute hatten angenommen, dass nur Männer Privatdetektive sein könnten. Und nun schau sich mal einer an, wie erfolgreich Mma Ramotswe war! Sie hatte die Beobachtungsgabe und das Einfühlungsvermögen der Frauen eingesetzt, um

Dinge herauszufinden, die einem Mann möglicherweise entgangen wären. Wenn ein Mädchen also danach strebte, Detektivin zu werden – weshalb sollte es dann nicht auch danach streben, in die überwiegend männliche Welt der Autos und Motoren einzudringen?

Motholeli hob den Blick und sah ihm immer noch respektvoll in die Augen.

»Du bist mir nicht böse, Rra?«, fragte sie. »Du denkst nicht, dass ich eine Plage bin?«

Er streckte die Hand aus und legte sie sanft auf ihren Arm.

»Natürlich bin ich nicht böse«, sagte er. »Ich bin stolz. Ich bin stolz, jetzt eine Tochter zu haben, aus der einmal eine hervorragende Automechanikerin wird. Das möchtest du doch – hab ich Recht?«

Sie nickte bescheiden. »Ich habe Motoren immer gern gehabt«, sagte sie. »Ich hab sie mir immer gern angeguckt. Ich habe immer gern mit Schraubenziehern und Schraubenschlüsseln gearbeitet. Aber ich hatte nie die Gelegenheit, etwas Richtiges zu machen.«

»Das wird sich jetzt ändern«, sagte Mr. J. L. B. Matekoni. »Du kannst an den Samstagvormittagen mitkommen und mir helfen. Würde dir das gefallen? Wir können dir eine Werkbank zimmern, nur für dich – eine niedrige – damit sie die richtige Höhe für deinen Rollstuhl hat.«

»Du bist sehr freundlich, Rra.«

Für den Rest des Tages blieb sie an seiner Seite und beobachtete jeden Vorgang und stellte ab und zu eine Frage, achtete aber darauf, sich nie aufzudrängen. Er bastelte am Motor des Kleinbusses herum und redete ihm gut zu, bis er – mit neuen Kräften versehen – wieder an seinem Platz eingebaut wurde und beim Testen keinen beißend schwarzen Qualm mehr produzierte.

»Siehst du«, sagte Mr. J. L. B. Matekoni stolz und zeigte auf das klare Auspuffgas. »Öl verbrennt nicht so, wenn es da bleibt, wo es hingehört. Feste Dichtungen. Gute Kolbenringe. Alles am richtigen Platz.«

Motholeli klatschte in die Hände. »Der Wagen ist jetzt glücklicher«, sagte sie.

Mr. J. L. B. Matekoni lächelte. »Ja«, stimmte er ihr zu, »er ist glücklicher.«

Er wusste jetzt ohne jeden Zweifel, dass sie die richtige Begabung hatte. Nur diejenigen, die Maschinen wirklich verstanden, konnten sich vorstellen, dass ein Motor glücklich war. Es war eine Einsicht, die Leuten ohne entsprechendes Talent einfach fehlte. Dieses Mädchen hatte es, der jüngere Lehrling dagegen nicht. Er würde einen Motor eher treten als mit ihm reden, und er hatte oft beobachtet, wie er Metall zwang. Man kann Metall nicht zwingen, hatte ihm Mr. J. L. B. Matekoni immer und immer wieder gesagt. Wenn du Metall zwingst, wehrt es sich. Denk dran, auch wenn du alles andere, was ich dir beizubringen versucht habe, vergisst! Aber der Lehrling riss trotzdem Schrauben aus, indem er die Muttern falsch herum drehte. So durfte man Maschinen nicht behandeln.

Das Mädchen war anders. Sie verstand die Gefühle von Motoren und würde eines Tages eine großartige Mechanikerin sein – das war klar.

Als er sich die Hände an einem Fetzen Rohbaumwolle abwischte, betrachtete er sie voll Stolz. Die Zukunft von *Tlokweng Road Speedy Motors* schien gesichert.

Kapitel 19

Mma Ramotswe hatte Angst. Sie hatte in ihrer Tätigkeit als Botswanas einzige Privatdetektivin (ein Titel, der ihr immer noch zukam – Mma Makutsi war, was nicht vergessen werden sollte, nur stellvertretende Privatdetektivin) nur ein oder zwei Mal Angst verspürt. So war ihr zumute gewesen, als sie den gefährlichen Charlie Gotso aufgesucht hatte, den reichen Geschäftsmann, der immer noch auf schwarze Magie baute, und bei jenem Treffen hatte sie sich ja auch tatsächlich gefragt, ob ihr Beruf sie nicht eines Tages in echte Gefahr bringen könnte. Jetzt, wo ihr der Gang zu Dr. Rantas Haus bevorstand, ließ sich das gleiche kalte Gefühl im Magen nieder. Natürlich gab es keine echten Gründe dafür. Es war ein gewöhnliches Haus in einer alltäglichen Straße in der Nähe der Maru-a-Pula-Schule. Es gäbe Nachbarn nebenan und Stimmen. Hunde würden in der Nacht bellen, die Scheinwerfer von Autos würden leuchten. Sie konnte sich nicht vorstellen, dass Dr. Ranta eine Gefahr für sie wäre. Er war vielleicht ein vollendeter Verführer, ein Manipulierer und Opportunist, aber kein Mörder.

Andererseits – die gewöhnlichsten Leute konnten Mörder sein. Und wenn dies die Art war, wie man zu Tode kommen sollte, kannte man meist seinen Mörder und traf unter ganz gewöhnlichen Umständen mit ihm zusammen. Sie hatte seit kurzem das *Journal of Criminology* abonniert (ein teurer Fehler, weil es wenig für sie Interessantes enthielt), aber zwischen den nichts sagenden Tabellen und der unverständlichen Prosa war sie auf eine faszinierende Tatsache gestoßen: Die überwältigende Mehrheit von Mordopfern kennt die Person, die sie tötet. Die Menschen werden nicht von Fremden umgebracht, sondern von Freunden, der Familie, von Arbeitskollegen. Mütter töten ihre Kinder. Ehemänner töten ihre Frauen. Ehefrauen töten ihre Männer. Arbeitnehmer töten ihre Arbeitgeber. Gefahr, so schien es, lauerte in jeder Ecke des täglichen Lebens. Konnte es wahr sein? Nicht in Johannesburg, dachte sie, wo die Leute Opfer von *tsostis* wurden, Gangstern, die nachts umherstreiften, von Autodieben, die stets bereit waren, ihre Waffen einzusetzen, und von wahllosen Gewalttaten junger Männer ohne Gespür für den Wert des Lebens. Aber vielleicht waren solche Städte doch eher die Ausnahme. Vielleicht geschahen Morde unter normaleren Umständen in genau so einer Umgebung wie dieser – bei einem ruhigen Gespräch in einem unauffälligen Haus, während die Leute nur einen Steinwurf entfernt ihren gewöhnlichen Geschäften nachgingen.

Mr. J. L. B. Matekoni spürte, dass etwas nicht stimmte. Er war zum Essen gekommen, um ihr von seinem Gang ins Gefängnis zu berichten, wo er etwas früher am Abend seine Hausangestellte besucht hatte, und er merkte sofort, dass Mma Ramotswe etwas zu quälen schien. Er erwähnte es aber nicht gleich. Es gab nämlich eine Geschichte von dem Hausmädchen zu erzählen, die Mma Ramotswe von der Sache, die sie so beschäftigte, ablenken könnte.

»Ich habe mich darum gekümmert, dass sie ein Rechtsanwalt besucht«, sagte er. »Es gibt einen Mann in der Stadt, der sich mit solchen Fällen auskennt. Ich habe dafür gesorgt, dass er sie in ihrer Zelle aufsuchen wird und sich vor Gericht für sie einsetzt.«

Mma Ramotswe häufte eine reichliche Portion Bohnen auf seinen Teller.

»Hat sie irgendwas erklärt?«, fragte sie. »Es kann nicht gut für sie aussehen. Dumme Person.«

Mr. J. L. B. Matekoni runzelte die Stirn. »Sie war hysterisch, als ich ankam. Sie brüllte die Wachen an. Es war mir ziemlich peinlich. Sie sagten: ›Zügeln Sie bitte Ihre Frau und sagen Sie ihr, sie soll ihren großen Mund halten!‹ Ich musste ihnen zwei Mal erklären, dass sie nicht meine Frau ist.«

»Aber warum hat sie gebrüllt?«, fragte Mma Ramotswe. »Sie begreift doch sicher, dass ihr das Gebrüll kaum dabei hilft, entlassen zu werden.«

»Das weiß sie, glaube ich«, sagte Mr. J. L. B. Matekoni. »Sie brüllte, weil sie wütend war. Sie sagte, jemand anderes sollte im Gefängnis sitzen und nicht sie. Aus irgendeinem Grund hat sie deinen Namen erwähnt.«

Mma Ramotswe legte sich selbst Bohnen auf. »Mich? Was hab ich mit der Sache zu tun?«

»Das habe ich sie gefragt«, fuhr er fort. »Aber sie schüttelte nur den Kopf und sagte nichts mehr dazu.«

»Und die Pistole? Hat sie erklärt, was es mit der Pistole auf sich hat?«

»Sie hat gesagt, die Pistole gehört ihr nicht. Sie sagte, sie gehört einem Freund und dass er sie abholen wollte. Dann wiederum sagte sie, sie hätte nicht gewusst, dass eine Pistole im Haus gewesen wäre. Sie dachte, das Päckchen hätte Fleisch enthalten. Jedenfalls behauptet sie das.«

Mma Ramotswe schüttelte den Kopf. »Das werden sie nicht glauben. Dann könnten sie nie jemanden verurteilen, den sie im Besitz einer Waffe antreffen, oder?«

»Das Gleiche hat mir der Anwalt am Telefon gesagt«, meinte Mr. J. L. B. Matekoni. »Er hat gesagt, dass es sehr schwierig ist, jemanden mit einer solchen Beschuldigung frei zu bekommen. Die Gerichte glauben den Leuten einfach nicht, wenn sie sagen, sie haben von einer Waffe nichts gewusst. Sie gehen davon aus, dass sie lügen, und stecken sie für mindestens ein Jahr ins Gefängnis. Wenn sie vorbestraft sind, was meistens der Fall ist, noch viel länger.«

Mma Ramotswe hob die Teetasse an die Lippen. Sie trank gern Tee zu ihren Mahlzeiten, und für diesen Zweck hatte sie eine besondere Tasse. Sie würde versuchen, Mr. J. L. B. Matekoni eine passende dazu zu kaufen, aber es wäre wahrscheinlich nicht einfach, weil diese Tasse aus England kam und etwas ganz Besonderes war.

Mr. J. L. B. Matekoni betrachtete Mma Ramotswe von der Seite. Sie hatte etwas auf dem Herzen. In einer Ehe, dachte er, wäre es wichtig, vor seinem Partner nichts geheim zu halten. Und sie konnten genauso gut schon jetzt mit diesem Verfahren beginnen! Allerdings vergaß er dabei nicht, dass er Mma Ramotswe über die Existenz zweier Pflegekinder im Unklaren gelassen hatte, was kaum eine geringfügige Sache war, aber es war nun mal geschehen, und ein anderes Verhalten war gefragt.

»Mma Ramotswe«, wagte er zu äußern. »Irgendwas beunruhigt dich heute Abend. Ist es etwas, was ich gesagt habe?«

Sie setzte die Teetasse ab und blickte dabei auf ihre Armbanduhr.

»Es hat nichts mit dir zu tun«, sagte sie. »Ich muss gleich gehen und heute Nacht noch mit jemandem reden. Es geht um Mma Curtins Sohn. Ich mache mir Sorgen wegen der Person, die ich aufsuchen muss.«

Sie erzählte ihm von ihren Ängsten und erklärte, dass es zwar äußerst unwahrscheinlich sei, dass ein an der

Universität von Botswana beschäftigter Volkswirt gewalttätig werden könnte, sie aber trotzdem von der Verderbtheit seines Charakters überzeugt sei und deshalb tief beunruhigt.

»Für einen solchen Menschen gibt es eine spezielle Bezeichnung«, erklärte sie. »Ich habe etwas darüber gelesen. Man nennt so einen Menschen Psychopath. Das ist ein Mann ohne Moral.«

Er hörte ihr schweigend zu, die Stirn in sorgenvolle Falten gelegt. Als sie zu Ende geredet hatte, sagte er: »Du kannst da nicht hingehen. Ich kann es nicht zulassen, dass sich meine zukünftige Frau in Gefahr begibt.«

Sie sah ihn an. »Es freut mich, dass du dir Sorgen um mich machst«, sagte sie. »Aber ich habe einen Beruf, den einer Privatdetektivin. Wenn ich ängstlich bin, hätte ich mir besser einen anderen gesucht.«

Mr. J. L. B. Matekoni sah unglücklich aus. »Du kennst diesen Mann nicht. Du kannst nicht einfach so zu ihm nach Hause gehen. Wenn du aber darauf bestehst, komme ich mit. Ich werde draußen warten. Er braucht nicht zu wissen, dass ich da bin.«

Mma Ramotswe dachte nach. Sie wollte nicht, dass sich Mr. J. L. B. Matekoni Sorgen machte, und wenn es *ihn* beruhigte, vor dem Haus zu bleiben ... nun, dann gab es keinen Grund, ihn nicht mitkommen zu lassen. »Also gut«, sagte sie. »Du wartest draußen. Wir nehmen meinen Wagen. Du kannst drin sitzen bleiben, während ich mit ihm rede.«

»Und im Notfall«, sagte er, »schreist du! Ich werde dich hören.«

In etwas gelockerterer Stimmung beendeten sie ihre Mahlzeit. Die Kinder hatten schon früher zu Abend gegessen, und Motholeli las ihrem Bruder in seinem Zimmer etwas vor. Während Mr. J. L. B. Matekoni die Teller in die Küche trug, ging Mma Ramotswe den Korridor entlang und fand das Mädchen im Halbschlaf mit dem Buch auf den Knien. Puso war noch wach, aber schlaftrunken, ein Arm quer über der Brust, der andere hing über der Bettkante. Sie legte den Arm aufs Bett, und er lächelte sie verschlafen an.

»Es ist jetzt auch Zeit für dich, ins Bett zu gehen«, sagte sie zu dem Mädchen. »Mr. J. L. B. Matekoni hat mir gesagt, dass du heute fleißig Motoren repariert hast.«

Mma Ramotswe schob Motholeli in ihr Zimmer, wo sie ihr aus dem Rollstuhl und auf die Bettkante half. Das Mädchen war gern selbstständig, deshalb zog es sich ohne Hilfe aus und schlüpfte in das neue Nachthemd, das Mr. J. L. B. Matekoni bei ihrem Einkaufsbummel gekauft hatte. Es hat nicht die richtige Farbe, dachte Mma Ramotswe, aber ein Mann hat es schließlich ausgewählt, von dem man nicht erwarten konnte, dass er über so etwas Bescheid wusste.

»Gefällt es dir hier, Motholeli?«, fragte sie.

»Ich bin so glücklich«, sagte das Mädchen. »Und jeden Tag wird mein Leben glücklicher.«

Mma Ramotswe steckte die Zudecke um Motholeli fest und drückte ihr einen Kuss auf die Wange. Dann knipste sie das Licht aus und ging aus dem Zimmer. *Jeden Tag bin ich glücklicher.* Mma Ramotswe fragte sich, ob die Welt, die dieses Mädchen und sein Bruder erben würden, besser wäre als die, in der sie selbst und Mr. J. L. B. Matekoni aufgewachsen waren. Sie waren glücklicher geworden, dachte sie, weil sie miterlebt hatten, wie Afrika unabhängig wurde und eigene Schritte unternahm. Aber was für eine schwierige Zeit des Heranwachsens der Kontinent durchgemacht hatte, mit seinen aufgeblasenen

Diktatoren und ihren korrupten Bürokratien. Und die ganze Zeit versuchte das afrikanische Volk doch nur, inmitten des Chaos und der Enttäuschungen ein anständiges Leben zu führen. Wussten die Leute, die alle wichtigen Entscheidungen auf dieser Welt trafen, die mächtigen Leute an Orten wie Washington und London, von Menschen wie Motholeli und Puso? Oder waren sie ihnen egal? Sie wären ihnen sicher nicht egal, wenn sie Bescheid wüssten. Manchmal meinte sie, dass Leute im Ausland für Afrika keinen Platz in ihrem Herzen hatten, weil ihnen niemand erklärte, dass die afrikanischen Menschen genauso waren wie sie. Sie wussten eben einfach nichts von Leuten wie ihrem Daddy, Obed Ramotswe, der auf dem Foto in ihrem Wohnzimmer stolz in seinem glänzenden Anzug dastand. Du hattest keine Enkel, sagte sie zu dem Bild, aber jetzt hast du welche. Zwei. In diesem Haus.

Das Foto blieb stumm. Er hätte die Kinder gern kennen gelernt, dachte sie. Er wäre ein guter Großvater gewesen, der ihnen die alte Botswana-Moral beigebracht und sie gelehrt hätte, was es bedeutet, ein rechtschaffenes Leben zu führen. Das würde sie jetzt tun müssen, sie und Mr. J. L. B. Matekoni. Sie würde bald einmal zur Waisenfarm hinausfahren und Mma Silvia Potokwane dafür danken, dass sie ihnen die Kinder gegeben hatte. Sie würde ihr außerdem für alles danken, was sie für die anderen Waisen tat, weil ihr, wie sie vermutete, kein anderer dafür dankte. Mma Potokwane mochte außergewöhnlich energisch sein, aber schließlich war sie die Leiterin einer Waisenfarm und es war die Aufgabe einer Leiterin, so zu sein, genau wie Detektivinnen neugierig sein mussten und Mechaniker ... Aber wie sollten Mechaniker eigentlich sein? Ölverschmiert? Nein, ölverschmiert war nicht das richtige Wort. Darüber müsste sie nachdenken.

»Ich werde bereit sein«, sagte Mr. J. L. B. Matekoni mit gedämpfter Stimme, obwohl es nicht nötig war. »Du weißt, dass ich da bin. Direkt hier vor dem Haus. Wenn du schreist, kann ich dich hören.«

Sie betrachteten das Haus im trüben Licht der Straßenlampe. Es war ein unauffälliges Gebäude mit einem normalen roten Ziegeldach und ungepflegtem Garten.

»Er hat offensichtlich keinen Gärtner«, bemerkte Mma Ramotswe. »Schau dir diese Unordnung an!«

Es war rücksichtslos, keinen Gärtner zu beschäftigen, wenn man wie Dr. Ranta einen gut bezahlten Job hatte. Es war eine soziale Pflicht, Hausangestellte zu beschäftigen, von denen es genügend gab und die verzweifelt nach Arbeit suchten. Die Löhne waren niedrig – unverschämt niedrig, wie Mma Ramotswe meinte –, aber zumindest sorgte das System für Arbeitsplätze. Wenn jeder, der Arbeit hatte, sich eine Hausangestellte zulegte, bedeutete das Essen in die Münder der Hausangestellten und ihrer Kinder. Was blieb den Leuten, die Haushaltshilfen und Gärtner waren, wenn jeder seine Haus- und Gartenarbeiten selber verrichtete?

Indem er seinen Garten nicht pflegte, zeigte Dr. Ranta, dass er egoistisch war, was Mma Ramotswe ganz und gar nicht überraschte.

»Zu egoistisch«, bemerkte Mr. J. L. B. Matekoni.

»Genau das habe ich auch gerade gedacht«, sagte Mma Ramotswe.

Sie öffnete die Tür des Lieferwagens und manövrierte sich hinaus. Das Auto war ein bisschen zu klein für eine traditionell gebaute Dame wie sie, aber sie mochte es und fürchtete den Tag, an dem Mr. J. L. B. Matekoni es nicht mehr reparieren konnte. Kein moderner Kombi mit all seinem Komfort und Raffinessen könnte den winzigen weißen Lieferwagen ersetzen. Seit sie ihn vor elf Jahren erworben hatte, machte er treu und brav jede Reise mit und ließ sich die heißesten Oktobertage oder den feinsten Staub gefallen, der zu bestimmten Zeiten des Jahres von der Kalahari herüberdriftete und alles in eine rotbraune Decke hüllte. Staub war der Feind der Motoren, hatte Mr. J. L. B. Matekoni bei mehr als einer Gelegenheit erklärt – Feind der Motoren, aber Freund des hungrigen Mechanikers.

Mr. J. L. B. Matekoni beobachtete, wie Mma Ramotswe sich dem Eingang näherte und anklopfte. Dr. Ranta musste auf sie gewartet haben, weil sie blitzschnell eingelassen wurde und die Tür sofort hinter ihr ins Schloss fiel.

»Nur Sie, Mma?«, fragte Dr. Ranta. »Kommt Ihr Freund nicht mit rein?«

»Nein«, sagte sie. »Er wartet draußen auf mich.«

Dr. Ranta lachte. »Als Beschützer? Damit Sie sich sicher fühlen?«

Sie ignorierte seine Fragen. »Sie haben ein schönes Haus«, sagte sie. »Sie haben Glück.«

Er forderte sie mit einer Handbewegung auf, ihm ins Wohnzimmer zu folgen. Dann deutete er auf einen Stuhl und setzte sich.

»Ich will meine Zeit nicht damit vergeuden, mich mit Ihnen zu unterhalten«, sagte er. »Ich rede nur, weil Sie mich erpresst haben und ich momentan Probleme mit ein paar Lügnerinnen habe. Nur deshalb spreche ich mit Ihnen.«

Sein Stolz war verletzt. Er fühlte sich in die Enge getrieben, noch dazu von einer Frau – eine schmerzliche

Demütigung für einen Frauenheld. Lange Vorreden hatten keinen Sinn, dachte sie sich, und kam zur Sache.

»Wie starb Michael Curtin?«

Dr. Ranta saß ihr direkt gegenüber und schob die Lippen vor.

»Ich habe dort gearbeitet«, sagte er, als ob er ihre Frage überhört hätte. »Ich war Landwirtschaftsexperte, und sie hatten Geld von der Ford Foundation bekommen, um jemanden einstellen zu können, der die Wirtschaftlichkeit dieses kleinen Agrarbetriebs untersuchen sollte. Das war mein Job. Aber ich wusste, dass es hoffnungslos war. Von Anfang an. Die Leute waren Idealisten – sie dachten, man könnte Dinge ändern, die nie anders gewesen waren. Ich wusste, dass es nicht funktionieren konnte.«

»Aber das Geld haben Sie genommen«, sagte Mma Ramotswe.

Er starrte sie herablassend an. »Es war ein Job. Ich bin Volkswirt. Ich untersuche Dinge, die funktionieren, und Dinge, die nicht funktionieren. Aber das verstehen Sie wahrscheinlich nicht.«

»Doch«, sagte sie.

»Nun gut«, fuhr er fort. »Wir – das Management sozusagen – wohnten zusammen in einem großen Haus. Ein Deutscher – ein Mann aus Namibia, Burkhardt Fischer, war der Leiter des Projekts. Er hatte eine Frau, Marcia, und dann waren da noch eine Südafrikanerin, Carla Smit, der junge Amerikaner und ich.

Wir kamen alle ganz gut miteinander aus, aber Burkhardt konnte mich nicht leiden. Er versuchte mich kurz nach meiner Ankunft wieder loszuwerden, aber ich hatte einen Vertrag mit der Stiftung, und die lehnte das ab. Er verbreitete Lügen über mich, aber sie glaubten ihm nicht.

Der junge Amerikaner war sehr höflich. Er sprach verhältnismäßig gut Setswana, und die Leute mochten ihn. Die Südafrikanerin fühlte sich zu ihm hingezogen, und sie fingen an, sich ein Zimmer zu teilen. Sie tat alles für ihn – kochte sein Essen, wusch seine Sachen und verwöhnte ihn nach Strich und Faden. Dann bekam sie Interesse an mir. Ich hatte sie nicht dazu ermutigt, aber wir hatten eine Affäre miteinander, während sie noch mit dem Jungen zusammen war. Sie sagte, sie würde es ihm erzählen, wollte aber seine Gefühle nicht verletzen. Also trafen wir uns heimlich, was da draußen schwierig war, aber wir schafften es.

Burkhardt hatte einen Verdacht, und er rief mich in sein Büro und drohte, dem Amerikaner Bescheid zu sagen, wenn ich nicht aufhörte, mich mit Carla zu treffen. Ich sagte ihm, dass es ihn nichts anginge, und er wurde wütend. Er sagte, er würde wieder an die Stiftung schreiben und den Leuten dort mitteilen, dass ich die Arbeit des Kollektivs sabotiere. Da versprach ich, Carla nicht mehr zu sehen.

Aber ich tat es doch. Warum auch nicht? Wir trafen uns abends. Sie sagte, sie ginge gern in der Dunkelheit im Busch spazieren – der Amerikaner mochte es nicht und blieb im Haus. Er warnte sie aber – sie solle nicht zu weit gehen und sich vor wilden Tieren und Schlangen in Acht nehmen.

Wir hatten einen Ort, wo wir allein sein konnten. Es war eine Hütte hinter den Feldern. Wir benutzten sie, um Hacken und Schnüre und solche Sachen aufzubewahren. Aber es war auch ein guter Treffpunkt für Verliebte.

In jener Nacht waren wir zusammen in der Hütte. Es war Vollmond und ziemlich hell draußen. Plötzlich merkte ich, dass jemand vor der Hütte war, und stand auf. Ich kroch zur Tür und öffnete sie langsam. Der Amerikaner stand davor. Er hatte nur Shorts und seine Arbeitsschuhe an. Es war eine sehr heiße Nacht.

Er fragte: ›Was machst du da?‹ Ich sagte nichts, und plötzlich schob er sich an mir vorbei und schaute in die Hütte. Er sah Carla und wusste natürlich sofort Bescheid.

Zuerst sagte er nichts. Er sah sie nur an und dann sah er mich an. Dann rannte er weg, aber er rannte nicht zum Haus, sondern in die entgegengesetzte Richtung, raus in den Busch.

Carla schrie, ich solle ihm nachlaufen, was ich auch tat. Er rannte ziemlich schnell, aber ich holte ihn trotzdem ein und packte ihn an den Schultern. Er stieß mich von sich und rannte weiter. Ich folgte ihm, sogar durch Dornenbüsche, die mir die Beine und Arme zerkratzten. Ich hätte leicht einen Dorn ins Auge kriegen können, aber es passierte nichts. Es war sehr gefährlich.

Ich holte ihn wieder ein, und dieses Mal konnte er sich nicht so leicht losreißen. Ich legte meinen Arm um seine Schulter, um ihn zu beruhigen, damit wir ihn ins Haus zurückbringen könnten, aber er zuckte von mir weg und stolperte.

Wir befanden uns am Rand eines tiefen Grabens, einem *donga*, der sich dort durch den Busch zog. Er war ungefähr zwei Meter tief, und als der Amerikaner stolperte, fiel er in den Graben. Ich schaute hinunter und sah ihn auf dem Boden liegen. Er rührte sich überhaupt nicht und war völlig still.

Ich kletterte hinunter und schaute ihn an. Er lag reglos da, und als ich seinen Kopf berührte, um zu sehen, ob er verletzt war, rollte er in meiner Hand zur Seite. Da wurde mir klar, dass er sich beim Sturz das Genick gebrochen hatte und nicht mehr atmete.

Ich rannte zu Carla zurück und sagte ihr, was passiert war. Sie lief mit mir zum *donga* zurück, und wir schauten ihn beide an. Er war eindeutig tot, und sie fing an zu schreien.

Als sie wieder still war, setzten wir uns in den Graben und überlegten, was wir tun sollten. Ich dachte, wenn wir die Sache meldeten, würde uns niemand glauben, dass er ausgerutscht war – nur ein Unfall. Ich stellte mir vor, dass die Leute sagen würden, wir hätten uns geschlagen, als er entdeckte, dass ich mich mit seiner Freundin traf. Vor allem war ich ziemlich sicher, dass Burkhardt der Polizei sagen würde, ich hätte ihn wahrscheinlich umgebracht. Es hätte schlecht für mich ausgesehen.

Also beschlossen wir, die Leiche zu vergraben und zu sagen, dass wir von nichts eine Ahnung hätten. Ich wusste, dass es in der Nähe Termitenhügel gab. Der Busch ist voll davon. Und ich wusste, dass es ein guter Platz war, um eine Leiche verschwinden zu lassen. Ich fand schnell einen dieser Hügel und hatte Glück. Ein Ameisenbär hatte ein großes Loch gegraben, und ich konnte es ein wenig vergrößern und dann die Leiche hineinschieben. Dann füllte ich das Loch noch mit Steinen und Erde auf und kehrte die Stelle um den Hügel herum mit dem Zweig eines Dornenbaums. Ich glaube, ich habe alle Spuren von dem Unfall beseitigt, denn der Fährtensucher, den man dann später holte, fand nichts. Außerdem regnete es am nächsten Tag und das half auch, alle Zeichen zu verwischen.

In den folgenden Tagen stellte die Polizei uns Fragen, andere Leute auch. Ich sagte ihnen, ich hätte ihn an dem Abend nicht gesehen, und Carla sagte das Gleiche. Sie stand unter Schock und wurde sehr still. Sie wollte mich nicht mehr sehen und weinte viel.

Dann ging Carla fort. Sie sprach noch kurz mit mir, bevor sie ging. Sie sagte, es täte ihr Leid, sich mit mir eingelassen zu haben. Sie sagte auch, dass sie schwanger sei, aber das Baby wäre von ihm und nicht von mir, weil sie schon schwanger gewesen war, als wir die Affäre begannen.

Sie verließ die Farm, und einen Monat später ging ich auch. Ich erhielt ein Stipendium von der Duke University. Carla verließ das Land. Sie wollte nicht nach Südafrika zurück, wo es ihr nicht gefiel. Ich hörte, sie sei nach Simbabwe gezogen, nach Bulawayo, und leite dort ein kleines Hotel. Erst neulich erfuhr ich, dass sie noch dort ist. Jemand, den ich kenne, war in Bulawayo und hat mir erzählt, dass er sie von fern gesehen hätte.«

Er hörte auf zu reden und sah Mma Ramotswe an. »Das ist die Wahrheit, Mma«, sagte er. »Ich habe ihn nicht umgebracht. Ich habe Ihnen die Wahrheit erzählt.«

Mma Ramotswe nickte. »Ich weiß«, sagte sie. »Ich weiß, dass Sie nicht gelogen haben.« Sie schwieg. Dann setzte sie hinzu: »Ich werde der Polizei nichts sagen. Das habe ich Ihnen versprochen, und ich halte meine Versprechen. Aber ich werde der Mutter erzählen, was passiert ist, wenn sie mir dasselbe verspricht – dass sie nicht zur Polizei geht. Und ich denke, dass sie es mir versprechen wird. Ich sehe keinen Sinn darin, dass die Polizei den Fall wieder aufrollt.«

Es war deutlich zu erkennen, dass Dr. Ranta erleichtert war. Seine feindselige Miene war verschwunden, und er schien etwas Aufmunterndes von ihr zu erwarten.

»Und die Mädchen«, sagte er. »Sie machen mir doch keinen Ärger?«

Mma Ramotswe schüttelte den Kopf. »Von denen bekommen Sie keinen Ärger. Da brauchen Sie sich keine Sorgen zu machen!«

»Was ist mit der Aussage?«, fragte er. »Von dem anderen Mädchen. Werden Sie die vernichten?«

Mma Ramotswe erhob sich und ging zur Tür.

»Die Aussage?«

»Ja«, sagte er. »Die Aussage über mich von dem Mädchen, das gelogen hat.«

Mma Ramotswe öffnete die Tür und sah hinaus. Mr. J. L. B. Matekoni saß im Auto und schaute hoch, als die Tür aufging.

Sie betrat den Fußweg.

»Nun, Dr. Ranta«, sagte sie ruhig. »Ich glaube, Sie sind ein Mann, der schon viele Leute belogen hat, vor allem Frauen. Und jetzt ist etwas passiert, was Ihnen vielleicht noch nie passiert ist. Eine Frau hat Sie belogen, und Sie sind vollständig darauf reingefallen. Das wird Ihnen nicht gefallen, aber vielleicht zeigt es Ihnen, wie es ist, manipuliert zu werden. Es gab kein Mädchen.«

Sie ging den Weg entlang und aus dem Tor. Er stand an der Tür und sah ihr nach, aber sie wusste, er würde es nicht wagen, ihr etwas anzutun. Wenn der Zorn verflogen war, der ihn mit Sicherheit gepackt hatte, würde ihm klar werden, wie leicht er davongekommen war. Und wenn er auch nur einen Schimmer von Gewissen hatte, wäre er ihr sogar dankbar, dass sie die zehn Jahre zurückliegenden Ereignisse ruhen lassen wollte. Aber was sein Gewissen betraf, da hatte sie so ihre Zweifel und hielt das eher für unwahrscheinlich.

Was ihr eigenes Gewissen anging, so hatte sie ihn belogen und zur Erpressung gegriffen. Sie hatte es getan, um Informationen zu erhalten, was ihr sonst nicht gelungen wäre. Und wieder tauchte die bohrende Frage zum Zweck auf, der die Mittel heiligt. War es richtig, Falsches zu tun, um das richtige Ergebnis zu erhalten? Ja. Es musste wohl so sein. Es gab Kriege, die gerechte Kriege waren. Afrika war gezwungen worden zu kämpfen, um sich zu befreien, und niemand sagte, dass es falsch war, Gewalt anzuwenden, um dieses Ziel zu erreichen. Das Leben war ein Durcheinander, und manchmal gab es keine andere Möglichkeit. Sie hatte Dr. Ranta mit seinen eigenen Mitteln geschlagen und gewonnen, genauso, wie sie mit Täuschung gearbeitet hatte, um den grausamen Medizinmann in einem früheren Fall zu besiegen. Es war bedauerlich, aber notwendig in einer Welt, die weit davon entfernt war, perfekt zu sein.

Kapitel 20

Frühzeitig unterwegs, als die Stadt sich kaum regte und der Himmel noch dunkel war, fuhr Mma Ramotswe mit ihrem winzigen weißen Lieferwagen die Francistown Road entlang. Kurz bevor sie die Abzweigung nach Mochudi erreichte, wo die Straße zur Quelle des Limpopo hinunter trudelte, stieg die Sonne über der Ebene auf, und einige Minuten lang war die Welt ein pulsierendes Gelbgold – die *kopjes*, der prächtige Kopfschmuck der Baumkronen, das trockene Gras am Straßenrand, selbst der Staub. Die Sonne, ein großer roter Ball, schien über dem Horizont zu hängen. Dann befreite sich die Sonne und schwebte über Afrika. Die natürlichen Farben des Tages kehrten zurück, und Mma Ramotswe sah die vertrauten Dächer ihrer Kindheit in der Ferne, die Esel neben der Straße und die Häuser als Farbtupfer hier und da zwischen den Bäumen.

Es war ein trockenes Land, aber jetzt, zu Beginn der Regenzeit, fing es an sich zu verändern. Der früh eintretende Regen hatte gut getan. Große lila Wolken hatten sich im Norden und Osten aufgetürmt, und der Regen war wie ein weißer Wasserfall, der das Land bedeckte, herabgestürzt. Das Land, ausgedörrt von monatelanger Trockenheit, hatte die schimmernden Teiche, die der Regenguss entstehen ließ, verschluckt, und nur Stunden danach war das Braun mit einem Grünton überzogen. Grasschösslinge, winzige gelbe Blumen, deren Ranken sich durch den Boden wanden, brachen durch die aufgeweichte Erdkruste und machten das Land grün und saftig. Die Wasserlöcher, Vertiefungen aus festgebackenem Lehm, waren plötzlich mit schlammigbraunem Wasser gefüllt, und Flussbetten, trockene Sandkorridore, waren wieder gefüllt. Die Regenzeit war das jährliche Wunder, das Leben in diesen trockenen Gebieten überhaupt erst ermöglichte – ein Wunder, an das man glauben musste, sonst würde der Regen vielleicht nicht kommen und das Vieh würde sterben, wie es in der Vergangenheit schon geschehen war.

Sie mochte die Fahrt nach Francistown, obwohl sie heute noch drei Stunden weiter nach Norden über die Grenze und nach Simbabwe fahren musste. Mr. J. L. B. Matekoni hatte nicht gewollt, dass sie diese Reise unternahm, und versucht, sie ihr auszureden, aber sie hatte darauf bestanden. Sie hatte diesen Nachforschungsauftrag übernommen und musste ihn nun zu Ende bringen.

»Das Land ist gefährlicher als Botswana«, hatte er gesagt. »Dort oben gibt es immer Probleme. Erst der Krieg, dann die Rebellen und andere Störenfriede. Straßensperren – Überfälle – solche Sachen. Was, wenn du eine Autopanne hast?«

Dieses Risiko musste sie in Kauf nehmen, auch wenn sie ihn nicht gern in Unruhe versetzte. Abgesehen von der Tatsache, dass sie der Meinung war, die Reise unternehmen zu müssen, war es wichtig für sie, das Prinzip durchzusetzen, in solchen Angelegenheiten eigene Entscheidungen zu treffen. Es ging nicht, dass sich ein Ehemann in die Arbeit der *No. 1 Ladies' Detective Agency* einmischte, sonst könnten sie die Agentur ja gleich in *No. 1 Ladies' (and Husbands') Detective Agency* umbenennen. Mr. J. L. B. Matekoni war ein guter Automechaniker, aber kein Detektiv. Es war eine Sache des … was war es doch gleich? Spürsinns? Der Intuition?

Es blieb also bei der Fahrt nach Bulawayo. Sie sagte sich, dass sie wusste, wie sie auf sich aufzupassen hatte. Viele Menschen, die in Schwierigkeiten gerieten, hatten es sich selbst zuzuschreiben. Sie wagten sich in Gegenden, in denen sie nichts zu suchen hatten. Sie machten provozierende Aussagen gegenüber den falschen Leuten. Sie beachteten die gesellschaftlichen Gepflogenheiten nicht. Mma Ramotswe verstand es, mit ihrer Umgebung zu verschmelzen. Sie begriff, wie man einen jungen Mann mit dem explosiven Bewusstsein seiner eigenen Wichtigkeit – was ihrer Meinung nach zum gefährlichsten Phänomen Afrikas gehörte – behandeln musste. Ein junger Mann mit einem Gewehr war eine Landmine. Trat man auf seine Empfindlichkeiten – was nicht schwierig war –, so konnte dies unheilvolle Konsequenzen nach sich ziehen. Behandelte man ihn aber korrekt, also mit dem Respekt, nach dem sich solche Leute sehnten, konnte man die Lage entschärfen. Gleichzeitig durfte man nicht zu passiv sein, sonst betrachtete er einen als günstige Gelegenheit, sich zu beweisen. Es war immer eine Frage des Einschätzens der psychologischen Komplikationen in einer bestimmten Situation.

Sie fuhr durch den Morgen. Um neun passierte sie Mahalapye, wo ihr Vater, Obed Ramotswe, geboren war. Er war in den Süden nach Mochudi gezogen, in das Dorf ihrer Mutter, aber hier hatten seine Leute gelebt, und in gewissem Sinne waren es auch ihre Leute. Wenn sie in den wahllos angelegten Straßen dieser Stadt herumspazierte und mit alten Leuten redete, würde sie bestimmt jemanden finden, der genau wusste, wer sie war. Jemand, der sie in irgendeinem komplizierten Stammbaum unterbringen konnte. Es gäbe Cousinen zweiten, dritten und vierten Grades, diffuse Familienbeziehungen, die sie mit Menschen in Verbindung brächten, die sie nie kennen gelernt hatte und bei denen sie sofort starke Verwandtschaftsgefühle verspüren würde. Wenn der winzige weiße Lieferwagen eine Panne hätte, könnte sie an jede dieser Türen klopfen und würde die Hilfe erhalten, die ferne Verwandte unter den Batswana verlangen können.

Mma Ramotswe konnte sich schlecht vorstellen, wie es wäre, keine Familie zu haben. Es gab Menschen, wie sie wusste, die niemanden in diesem Leben hatten, keine Onkel oder Tanten oder ferne Cousins irgendeines Grades, Menschen, die *ganz für sich* waren. Vielen Weißen ging es aus irgendeinem unerfindlichen Grunde so. Sie schienen keine Verwandten haben zu wollen und waren glücklich, ganz für sich zu sein. Wie einsam sie sein mussten – wie Raumfahrer tief im All, in der Dunkelheit dahinschwebend, jedoch sogar ohne die silberne Schnur, die die Astronauten mit dem kleinen metallenen Mutterleib aus Sauerstoff und Wärme verband. Einen Moment lang genoss sie die Metapher und stellte sich den winzigen weißen Lieferwagen im Weltall vor, wie er sich langsam vor einem sternenübersäten Hintergrund drehte und wie sie, Mma Ramotswe von der *No. 1 Ladies' Space Agency*, schwerelos und kopfüber durch den Raum trieb, mit einer dünnen Wäscheleine an den kleinen weißen Lieferwagen geknotet.

In Francistown hielt sie an und trank auf der Veranda des Hotels mit Blick auf die Eisenbahnlinie eine Tasse Tee. Eine Diesellok ruckte an einer Wagenladung Reisender aus dem Norden und fuhr auf ein Nebengleis. Ein Güterzug, beladen mit Kupfer aus den Minen Sambias, stand still, während der Lokomotivführer sich unter einem Baum mit einem anderen Eisenbahner unterhielt. Ein Hund, von der

Hitze erschöpft und lahm durch ein verschrumpeltes Bein, humpelte vorbei. Ein Kind, neugierig, mit laufender Nase, guckte heimlich um einen Tisch herum auf Mma Ramotswe und flitzte kichernd davon, als sie ihm zulächelte.

Dann kam die Grenze und die langsam schlurfende Menschenschlange vor dem weißen Block, in dem die uniformierten Beamten ihre billig gedruckten Formulare hin und her schoben und Pässe und Genehmigungen abstempelten, gelangweilt und diensteifrig zugleich. Die Formalitäten erledigt, lag der letzte Abschnitt ihrer Reise vor ihr, vorbei an Granithügeln, die am weichen blauen Horizont verblichen, durch eine Luft, die kühler, höher, frischer als die bedrückende Hitze in Francistown erschien. Und dann nach Bulawayo hinein, in die Stadt der breiten Straßen und Jacaranda-Bäume und schattigen Veranden. Sie hatte einen Platz, wo sie übernachten konnte, das Haus einer Freundin, die sie ab und zu in Gaborone besuchte. Ein gemütliches Zimmer in einem Haus mit kühlen, polierten roten Fußböden und einem Strohdach, das die Luft im Innern so still und kühl wie in einer Höhle machte, erwartete sie.

»Ich freue mich immer, dich zu sehen«, sagte die Freundin. »Aber warum bist du hier?«

»Um jemanden zu finden«, sagte Mma Ramotswe. »Oder besser: um jemandem zu helfen, jemanden zu finden.«

»Du sprichst in Rätseln«, lachte ihre Freundin.

»Dann lass mich's erklären«, sagte Mma Ramotswe. »Ich bin hier, um ein Kapitel abzuschließen …«

Sie fand sie und das Hotel ohne Schwierigkeiten. Mma Ramotswes Freundin machte ein paar Anrufe und gab ihr den Namen und die Adresse des Hotels. Es war ein altes Gebäude im Kolonialstil an der Straße, die zu den Matopos-Hügeln führte. Es war nicht klar, wer da übernachten würde, aber es schien gut in Schuss gehalten zu werden, und irgendwo im Hintergrund war eine geräuschvolle Bar. Über dem Eingang hing ein schwarzes Schild, auf dem in kleinen weißen Buchstaben *Carla Smit, Konzessionsinhaberin, zum Ausschank alkoholischer Getränke konzessioniert* stand. Damit war die Suche zu Ende, und wie es so häufig am Ende einer Suche der Fall ist, handelte es sich auch hier um einen ganz gewöhnlichen Schauplatz. Und doch war es überraschend, dass die gesuchte Person tatsächlich existierte und hier anzutreffen wäre.

»Ich bin Carla.«

Mma Ramotswe sah die Frau an, die am Schreibtisch saß, einen unordentlichen Haufen Papier vor sich. An der Wand dahinter, über einen Aktenschrank geheftet, hing ein Jahresplan, auf dem Blöcke von Tagen bunt markiert waren – ein Geschenk der Druckerei, wie in schwerer Bodoni-Schrift zu lesen war: *Gedruckt von der Matabeleland Printing Company (Private) Limited – Sie gucken, wir drucken!* Ihr kam in den Sinn, dass sie ihren Kunden ja auch einen Kalender verehren könnte – *Misstrauisch? Rufen Sie die No. 1 Ladies' Detective Agency an. Sie fragen, wir antworten!* Nein, zu lahm. *Sie lamentieren, wir spionieren!* Nein, nicht allen Kunden war elend zumute. *Wir finden Dinge für Sie heraus!* Schon besser. Es hatte die notwendige Würde.

»Sie sind?«, fragte die Frau höflich, aber mit einer Spur Misstrauen in der Stimme. Sie glaubt, ich suche einen Job, dachte Mma Ramotswe, und sie wappnet sich, um mich abweisen zu können.

»Mein Name ist Precious Ramotswe«, sagte sie. »Ich bin aus Gaborone. Und ich bin nicht hier, um Sie um einen Job zu bitten.«

Die Frau lächelte. »Viele Leute tun es«, sagte sie. »Es herrscht so eine schreckliche Arbeitslosigkeit. Leute, die alles Mögliche gelernt haben, suchen verzweifelt nach Arbeit. Irgendwas. Sie würden alles annehmen. Ich kriege zehn, zwölf Anfragen pro Woche, und noch viel mehr am Ende des Schuljahrs.«

»Die Lage ist so schlecht?«

Die Frau seufzte. »Ja, schon seit einiger Zeit. Viele Leute leiden.«

»Ich verstehe«, sagte Mma Ramotswe. »Wir haben Glück, unten in Botswana. Solche Sorgen haben wir nicht.«

Carla nickte und sah nachdenklich aus. »Ich weiß. Ich habe ein paar Jahre dort gelebt. Es ist schon eine Weile her, aber, wie ich höre, hat sich nicht viel verändert. Deshalb haben Sie Glück.«

»Das alte Afrika war Ihnen lieber?«

Carla sah sie prüfend an. Das war eine politische Frage. Sie musste vorsichtig sein.

Sie sprach langsam und überlegt. »Nein, nicht in dem Sinn, dass mir die Kolonialzeit lieber wäre. Natürlich nicht. Nicht allen Weißen gefiel das, wissen Sie? Ich stamme zwar aus Südafrika, aber ich habe das Land verlassen, um von der Apartheid wegzukommen. Deshalb bin ich nach Botswana gegangen.«

Mma Ramotswe hatte sie nicht in Verlegenheit bringen wollen. Ihre Frage war keine Anklage gewesen, und so versuchte sie, die junge Frau zu beruhigen. »So habe ich das nicht gemeint«, sagte sie. »Ich meinte das alte Afrika, als weniger Leute ohne Arbeit waren. Damals hatten die Menschen ein Zuhause. Sie gehörten zu ihrem Dorf, zu ihrer Familie. Sie hatten ihr Land. Inzwischen ist viel davon verschwunden, und ihnen ist nichts als eine Hütte am Stadtrand geblieben. Dieses Afrika gefällt mir nicht.«

Carla entspannte sich. »Ja, aber wir können die Welt nicht aufhalten, oder? Afrika hat eben jetzt diese Probleme. Wir müssen versuchen, damit fertig zu werden.«

Dann schwiegen sie. Diese Frau ist nicht gekommen, um über Politik zu reden, dachte Carla. Oder über afrikanische Geschichte. Weshalb ist sie dann hier?

Mma Ramotswe blickte auf ihre Hände und auf den Verlobungsring mit seinem winzigen Lichtfleck. »Vor zehn Jahren«, begann sie, »lebten Sie in der Nähe von Molepolole auf einer Farm, die von Burkhardt Fischer geleitet wurde. Sie waren dort, als ein Amerikaner namens Michael Curtin unter mysteriösen Umständen verschwand.«

Sie unterbrach ihre Rede. Carla schaute sie mit glasigen Augen an.

»Ich habe nichts mit der Polizei zu tun«, erklärte Mma Ramotswe eilig. »Ich bin nicht hergekommen, um Sie zu verhören.«

Carlas Miene blieb ausdruckslos. »Warum wollen Sie dann drüber reden? Das ist vor so langer Zeit passiert. Er ist verschollen. Weiter gibt es nichts dazu zu sagen.«

»Doch«, sagte Mma Ramotswe. »Das gibt es. Ich brauche Sie nicht zu fragen, was passiert ist, denn ich weiß genau, was sich dort abgespielt hat. Sie und Oswald Ranta waren in der Hütte, als Michael auftauchte. Er fiel in einen *donga* und brach sich das Genick. Sie versteckten die Leiche, weil Oswald Angst hatte, die Polizei würde ihn des Mordes an Michael beschuldigen. So ist es gewesen.«

Carla sagte nichts, aber Mma Ramotswe sah, dass ihre Worte sie geschockt hatten. Wie sie es sich gedacht hatte, hatte Dr. Ranta die Wahrheit gesagt und Carlas Reaktion bestätigte es.

»Sie haben Michael nicht getötet«, sagte sie. »Es war nicht Ihre Schuld. Aber Sie haben die Leiche versteckt, was bedeutet, dass seine Mutter nie erfahren hat, was mit ihm passiert ist. Das war falsch, aber darum geht es nicht. Es geht darum, dass Sie etwas tun können, um die Sache wieder gutzumachen. Und Sie können es völlig gefahrlos tun, Sie gehen kein Risiko dabei ein.«

Carlas Stimme kam von weit her und war kaum hörbar. »Was kann ich denn machen? Wir können ihn nicht zurückholen.«

»Sie können der Suche seiner Mutter ein Ende bereiten«, sagte sie. »Sie will sich ja nur von ihrem Sohn verabschieden. Menschen, die jemanden verloren haben, sind oft so. Sie haben keine Rachegelüste, sie wollen nur Bescheid wissen. Das ist alles.«

Carla lehnte sich zurück, den Blick gesenkt. »Ich weiß nicht ... Oswald wäre wütend, wenn ich darüber reden würde ...«

Mma Ramotswe schnitt ihr das Wort ab. »Oswald weiß es und ist damit einverstanden.«

»Warum kann *er* es ihr dann nicht selber sagen?«, erwiderte Carla, plötzlich zornig. »Er hat es getan. Ich habe nur gelogen, um ihn zu schützen.«

Mma Ramotswe nickte, um zu zeigen, dass sie die Frau verstand. »Ja«, sagte sie. »Es ist seine Schuld, aber er ist kein guter Mann. Er kann der Frau nichts geben – im Übrigen auch sonst keinem Menschen. Solche Leute können sich nicht bei anderen entschuldigen. Aber Sie können es. Sie können sich mit dieser Frau treffen und ihr sagen, was geschehen ist. Sie können sie um Verzeihung bitten.«

Carla schüttelte den Kopf. »Ich sehe nicht ein, warum ... Nach all den Jahren ...«

Mma Ramotswe unterbrach sie. »Außerdem«, sagte sie, »sind Sie die Mutter ihres Enkelkinds. Das stimmt doch, oder? Wollen Sie ihr diesen kleinen Trost denn verwehren? Sie hat keinen Sohn mehr. Aber da ist jetzt ein ...«

»Junge«, sagte Carla. »Er heißt auch Michael. Er ist neun, fast zehn.«

Mma Ramotswe lächelte. »Sie müssen ihr das Kind bringen, Mma«, sagte sie. »Sie sind eine Mutter. Sie wissen, was das bedeutet. Sie haben keinen Grund, es nicht zu tun. Oswald kann Ihnen nichts anhaben. Er ist keine Bedrohung.«

Mma Ramotswe erhob sich und ging an den Schreibtisch, wo Carla unentschlossen saß – in sich zusammengesunken.

»Sie wissen, dass Sie es tun müssen«, sagte sie.

Sie nahm die Hand der anderen Frau und hielt sie sanft in ihrer. Die Hand war gefleckt von zu viel Sonne in großen Höhen und Hitze und harter Arbeit.

»Sie werden es tun, nicht wahr, Mma? Mrs. Curtin ist bereit, nach Botswana zu kommen. Sie kommt in ein oder zwei Tagen, wenn ich es ihr sage. Können Sie sich freinehmen? Nur für ein paar Tage?«

»Ich habe eine Frau, die mir hilft«, sagte Carla. »Sie kann das Hotel führen.«

»Und der Junge? Michael? Wird er sich nicht freuen, seine Großmutter zu sehen?«

Carla blickte zu ihr hoch.

»Ja, Mma Ramotswe«, sagte sie. »Sie haben Recht.«

Am folgenden Tag fuhr sie nach Gaborone zurück und war spätabends zu Hause. Ihr Dienstmädchen, Rose, war im Haus geblieben, um sich um die Kinder zu kümmern, die bei Mma Ramotswes Ankunft fest schliefen. Sie schlich sich in ihre Zimmer und lauschte ihrem sanften Atem und roch den süßen Geruch schlafender Kinder. Erschöpft von der langen Fahrt taumelte sie in ihr eigenes Bett. Im Geiste fuhr sie noch, und ihre Augen bewegten sich hinter schweren, geschlossenen Lidern.

Am nächsten Morgen war sie früh im Büro. Die Kinder hatte sie in Roses Obhut gelassen. Mma Makutsi war sogar noch früher eingetroffen als sie und saß diensteifrig am Schreibtisch und tippte einen Bericht.

»Mr. Letsenyane Badule«, verkündete sie. »Ich schreibe den Schlussbericht.«

Mma Ramotswe hob eine Braue. »Ich dachte, Sie wollten, dass ich mich um den Abschluss kümmere.«

Mma Makutsi schob die Lippen vor. »Am Anfang war ich nicht mutig genug«, sagte sie. »Aber gestern ist Mr. Badule reingekommen und ich musste mit ihm sprechen. Wenn ich ihn gesehen hätte, hätte ich die Tür zugemacht und ein Geschlossen-Schild rausgehängt. Aber er war im Büro, bevor ich etwas unternehmen konnte.«

»Und?«, soufflierte Mma Ramotswe.

»Und ich habe ihm gesagt, dass seine Frau ihm untreu ist.«

»Was hat *er* gesagt?«

»Er hat sich aufgeregt. Er sah sehr traurig aus.«

Mma Ramotswe lächelte schief. »Was zu erwarten war.«

»Ja, aber dann sagte ich zu ihm, er solle nichts dagegen unternehmen, weil seine Frau es nicht für sich, sondern ihrem Sohn zuliebe täte. Sie hätte sich nur mit einem reichen Mann eingelassen, um dafür sorgen zu können, dass sein Sohn eine gute Schulbildung bekäme. Ich sagte, sie handle sehr selbstlos. Ich sagte, es wäre sicher besser, alles genauso zu lassen, wie es ist.«

Mma Ramotswe machte ein erstauntes Gesicht. »Und das hat er geglaubt?«

»Ja«, sagte Mma Makutsi. »Er ist kein besonders schlauer Mann. Er schien sich zu freuen.«

»Ich muss mich wundern«, sagte Mma Ramotswe.

»Da haben Sie's«, sagte Mma Makutsi. »Er bleibt glücklich und zufrieden. Die Frau bleibt auch glücklich und zufrieden. Der Junge bekommt seine Schulbildung. Und der Liebhaber seiner Frau und die Frau des Liebhabers seiner Frau sind ebenfalls glücklich. Ein gutes Ergebnis!«

Mma Ramotswe war nicht ganz überzeugt. Diese Lösung enthielt erhebliche moralische Mängel, aber es würde viele Überlegungen und Diskussionen erfordern, diese genau zu definieren. Sobald sie mehr Zeit hätte, würde sie mit Mma Makutsi ausführlicher darüber reden. Es war schade, dass das *Journal of Criminology* keine Kummerecke für solche Fälle hatte. Sie hätte hinschreiben und in dieser delikaten Angelegenheit um Rat bitten können. Vielleicht könnte sie trotzdem an den Redakteur schreiben und vorschlagen, eine Briefkastentante zu beschäftigen. Das Heft wäre dann sicher viel lesbarer.

Mehrere ruhige Tage folgten, an denen sie wieder einmal ohne Kunden waren und die Verwaltungsarbeiten der Agentur auf den neuesten Stand bringen konnten. Mma Makutsi ölte ihre Schreibmaschine und kaufte einen neuen Kessel für die Zubereitung des Buschtees. Mma Ramotswe schrieb Briefe an alte Freunde und arbeitete an ihrer Buchführung für das bevorstehende Ende des Geschäftsjahrs. Sie hatte nicht viel Geld verdient, aber auch keine Verluste gemacht, und sie war glücklich gewesen und hatte ihre Unterhaltung gehabt. Das war unendlich wichtiger als eine vor Gesundheit strotzende Bilanz. Jahresberichte, meinte sie, sollten neben Ausgaben und Zahlungseingängen auch einen Posten mit der Überschrift *Glück* enthalten. Diese Zahl wäre in ihren Büchern eine sehr große.

Aber nichts im Vergleich zum Glück von Andrea Curtin, die drei Tage später eintraf und am selben Nachmittag im Büro der *No. 1 Ladies' Detective Agency* die Mutter ihres Enkels und ihren Enkel selbst kennen lernte. Während Carla mit ihr allein gelassen wurde, um zu berichten, was in jener Nacht vor zehn Jahren passiert war, ging Mma Ramotswe mit dem Jungen spazieren und zeigte ihm die Granithänge von Kgale Hill und den blauen Fleck in der Ferne, das Wasser des Staudamms. Er war ein höflicher Junge und ziemlich ernst. Er interessierte sich für Steine und blieb immer wieder stehen, um an einem Felsbrocken zu kratzen oder einen Kieselstein aufzuheben.

»Das hier ist Quarz«, sagte er und zeigte ihr einen weißen Stein. »Manchmal findet man Gold in Quarz.«

Sie nahm den Stein und untersuchte ihn. »Du interessierst dich sehr für Steine?«

»Ich möchte Geologe werden«, sagte er mit ernster Miene. »Bei uns im Hotel wohnt manchmal ein Geologe. Er bringt mir alles über Steine bei.«

Sie lächelte aufmunternd. »Das wäre wirklich ein interessanter Beruf«, sagte sie. »So ähnlich wie der eines Detektivs. Du suchst nach Sachen.«

Sie gab ihm das Stück Quarz zurück. Als er es entgegennahm, blieb sein Blick an ihrem Verlobungsring hängen und einen Augenblick lang hielt er ihre Hand fest und betrachtete den goldenen Reif mit seinem funkelnden Stein.

»Cubic zirconium«, sagte er. »Sie machen sie so, dass sie wie Brillanten aussehen. Genau wie richtige.«

Als sie zurückkamen, saßen Carla und die Amerikanerin nebeneinander, und auf dem Gesicht der älteren Frau lag ein Frieden, sogar eine Freude, die Mma Ramotswe sagten, dass das, was sie beabsichtigt hatte, tatsächlich zustande gekommen war.

Sie tranken Tee zusammen und sahen sich nur an. Der Junge hatte für seine Großmutter ein Geschenk mitgebracht, eine kleine Schnitzerei aus Speckstein, die er selbst gemacht hatte. Sie nahm sie entgegen und küsste ihn, wie es jede Großmutter täte.

Auch Mma Ramotswe hatte ein Geschenk für die Amerikanerin – einen Korb, den sie auf der Rückfahrt von Bulawayo einer Frau, abgekauft hatte, die am Straßenrand in Francistown saß. Die Frau war verzweifelt, und Mma Ramotswe, die keinen Korb brauchte, hatte ihn gekauft, um ihr zu helfen. Es war ein traditioneller Korb aus Botswana mit einem eingeflochtenen Muster.

»Diese kleinen Erhebungen hier sind Tränen«, sagte sie. »Die Giraffe schenkt den Frauen ihre Tränen und die weben sie in den Korb.«

Die Amerikanerin empfing den Korb höflich mit beiden Händen. Wie ungezogen waren Leute, die ein Geschenk mit nur einer Hand entgegennahmen, als ob sie es dem Gebenden entreißen wollten. Die Amerikanerin wusste es besser.

»Sie sind sehr freundlich, Mma«, sagte sie. »Aber warum hat die Giraffe ihre Tränen verschenkt?«

Mma Ramotswe zuckte mit den Schultern. Sie hatte nie darüber nachgedacht. »Wahrscheinlich bedeutet es, dass wir alle etwas geben können«, sagte sie. »Eine Giraffe hat nichts anderes zu verschenken – nur Tränen.« War es das?, fragte sie sich. Und einen Augenblick lang bildete sie sich ein, eine Giraffe zu sehen, die durch die Bäume spähte, der merkwürdige, von Stelzen getragene Körper durch die Blätter getarnt, die feuchten samtenen Wangen und nassen Augen. Und sie dachte an all die Schönheit, die es in Afrika gab, und an das Lachen und die Liebe.

Der Junge sah sich den Korb an. »Stimmt das, Mma?«

Mma Ramotswe lächelte.

»Ich hoffe es«, sagte sie.